幽徑淺轍

缪文中 著

天津出版传媒集团
百花文艺出版社

图书在版编目（CIP）数据

幽径浅辙 / 缪文中著 . -- 天津 : 百花文艺出版社 , 2024. 8. -- ISBN 978-7-5306-8921-9

Ⅰ . I267

中国国家版本馆 CIP 数据核字第 2024R0Q736 号

幽径浅辙

YOUJING QIANZHE

缪文中 著

出 版 人：薛印胜
选题策划：郑 爽
责任编辑：沙 爽
封面题字：史大华
策划编辑：彭 雪
装帧设计：悟阅文化
出版发行：百花文艺出版社
地址：天津市和平区西康路 35 号 **邮编**：300051
电话传真：+86-22-23332651（发行部）
+86-22-23332656（总编室）
+86-22-23332478（邮购部）
网址：http://www.baihuawenyi.com
印刷：成都市兴雅致印务有限责任公司
开本：710 毫米 ×1000 毫米 1/16
字数：277 千字
印张：15
版次：2025 年 1 月第 1 版
印次：2025 年 1 月第 1 次印刷
定价：68.00 元

如有印装质量问题，请与成都市兴雅致印务有限责任公司联系调换
地址：成都市金牛区沙河源街道陆家桥社区
电话：028-83181689
邮编：610000

（序）

痕迹

潘江涛

一

如同小说创作一样，散文亦强调地域性。

地域色彩浓烈的散文，笃定会形成作家的鲜明特征。比如鲁迅、沈从文、孙犁、老舍的散文，也包括铁凝、贾平凹的早期散文，我们都可以感受到。而在当下文坛，也有长期专门写某个地域生活的散文作家，譬如写桐庐山水的浙江作家陆春祥，写皖南烟火的安徽作家钱红莉，写“稻田读书”系列的衢州作家周华诚。

义乌古老而富有魅力。亿万年前的恐龙足迹有迹可循，万年前的先民稻作硕果累累，近三千载制陶技艺惊绝于世。在时光洪流的千锤百炼中，孕育了一大批震古烁今的历史名人。一方水土，涵养了“勤耕好学、刚正勇为、诚信包容”的义乌精神。

改革开放四十多年，义乌的综合实力已名列全国百强县前茅。这种“莫名其妙，无中生有，点石成金”的发展逻辑，有一个显著特征，即人的流动性。假如没有人的流动，思想的解放和经济的流动就会变成一纸空谈。

人是最活跃的生产力，其流动性又会成为文学创作取之不竭的富矿。但就散文体裁而言，地域散文不同于旅游散文，总是用最真切的文字，书写自己最熟悉的生活。

缪文中码字作诗时日不长，但他留心生活，注意观察，信手拈来的素材，一经其思想，皆成丰富多彩的故事——晨跑，赏花，饮酒，参禅，爬山……都是日子的鲜活可爱。

故乡与亲情，是作家永恒的宝藏。世界上没有一个作家能回避这两个题材。《幽径浅辙》中《忆外婆》《泪别五叔》《从“义合”走进“春盛”》《我的前洪情缘》等文章，是作者一个字一个字说给你听的亲身经历，貌似质朴平和，实则是作者情感与思想的凝练，就像稀饭有稀饭的寡淡，牛奶有牛奶的浓香。而那封《给小女成人礼的信》，是以诗歌形式来表达的，道尽了一位父亲从“盼女成凤”到想做女儿“闺密”的心理转变，既贴近生活，又合乎人伦。

用心写作是对文字的尊重，亦是对读者的尊重。有“堵城”之称的义乌，是新兴的大城市，城区塞车现象由来已久。但到底堵得如何，相信多数人没什么体会。

“平阳山仓库离江东客运站不远，直线距离不过 2.5 公里。然而就在这段路上，我遭遇了令人咋舌的大堵车，印象之深刻骨难忘。”（《堵车记》）

驾驶员被堵在宽阔的街道中，想进无门，欲退无路，“闲坐悲君亦自悲”。文中因为急着办事，不得不下车疾走，却意外瞧见被堵驾驶员的“千姿百态”：

“有左顾右盼焦急张望的，搔头挠耳忐忑不安的，趴在方向盘上无精打采的，双手托腮似睡非睡的；有专心致志玩游戏的，满脸笑容盯着手机看电影的，半只脚伸出车窗仰面呼呼大睡的，戴着耳机闭着双眼悠闲听音乐的；还有怨声载道骂交警的，抢得大红包欢呼雀跃的，捧着手机时而狂笑时而懊恼拍大腿的，跟朋友微信语音聊天毫不在乎前方堵车的；更有聚在一起抽烟聊天的，遇急事无法出去而打 122 报警的……一个坐在小货车副驾驶座上的小伙子，戴着眼镜，手捧一本书，时而凝思，时而下笔，完全不在乎车流动不动……”

散文重视人生体验，主题的虚构性与语言的抽象性都受到一定的制约，而作者的身份与思想却在最真诚的状态下向读者敞开。

有一天，文中去水暖店买配件，没想到店老板会为这十几元钱的小生意，亲自动手把一个个连接件都烫接好，使他省却了不少烦琐的环节。为此，他感慨地写道：“专业的品质，热情的态度，贴心的服务，让我感觉如做上帝一般，怎能不为之动容？”（《天下快意之事莫若友》）

义乌市场之所以蓬勃发展，政策、机遇、环境等都是不可或缺的因素，但如果缺少“精明的义乌商人”，未必有今天的繁荣局面。

文学是人学，源于生活，又高于生活。而所谓的“高”，就是作家的情感与思想的提炼。集纳在《幽径浅辙》的散文，长长短短，或诗或赋，无一不是其呕心沥血之作。

诚如著名散文理论家陈剑晖所说：“好的散文的确应包含有诗的种子，只不过这些种子不是生长于精神的荒原、干枯的心灵和贫瘠的土地，也不是发芽于漂亮的抒情文字中，而是植根于思想的沃土，孕育于丰饶滋润的心灵，弥漫于散文的整体之内，而后外化为特有的美学风范，给予读者掩卷后无尽的遐思。”（《诗性散文》）

二

文中曾是商人，“近三十年的商海搏击，把年少的轻狂和青春的激情分解殆尽。在衣食无忧的环境里，开始厌倦商场的厚黑。”

人生有多长？徐志摩说，不过是午后到黄昏的距离。人活着，其实就是与时间对抗，但生命终究抵不过无涯的时间，只能心平气和地妥协。商场如战场，既然萌生退意，又该如何度过余生呢？

文中想到了几位文学前辈的教诲：“人世间，除了文字能流传千古，其他一切都是空的。家财万贯挥霍一空，浮名虚利能流传多久？唯有文字（透过文字流传的精神）才是真正的传家宝。”（《〈鬓华心笺〉后记》）

“名利来了总还去，此生只向字低头。”缪文中调整生活规律，彻底切割网络游戏，独居书斋，静心阅读——最惬意的读书，是没有负担的读书。

缪文中先读古诗词，在平仄格律中体会中华传统文化之韵味。他说：“伏易安词中领悟绵绵愁绪，潜东坡韵里体会壮志豪情，读美成词心怀敬意，品幼安句扼腕长叹……尘俗脱落，静气钻研。默读《声律启蒙》《笠翁对韵》，揣摩平水韵与词林正韵之差异，细考平仄去入演化之端倪，以此奠定声律根基；熟记经典佳作传世名篇，探究创作社会背景与所处环境，推敲作者思想与情感。从中解析经典名句历久弥新之原委，体会人生哲理，以此汲取营养，进益经纬。”

春种一粒粟，秋收万颗子。2020年9月，缪文中出版首部诗词集《鬓华心笺》（上下两册），虽说文句还稍显稚嫩，但伸手摘星的勇气毕现无遗；又过3年，再出诗词集《椎轮之辙》，诗文质量已不可同日而语。相较之下，这次推出的《幽径浅辙》承继了前两部集子的创作风格，且绝大部分文稿是在疫情期间完成的。

业余作者能保持恒久的创作激情，完全依凭于那一份滚烫的热爱。缪文中把写作当成生命的根须，牢牢地扎在生活的土壤里。如今，他将心灵沉浸在散文这片纯净透明的世界里，在被生活所爱的同时，也表达着对生活、对读书、对思考的爱。他在享受着文学，也创造着文学。

平常日子，一些零乱的句子，像突然窜出的蝴蝶飞舞。如果不马上记下来，它们似乎立即会消失不见。但自从有了智能手机，这一问题便可迎刃而解。

春分，“昼夜均而寒暑平”，是一年中最美时光。缪文中的朋友不少，春分那天，他巧妙地选取十几位圈友就春分话题写下的文字，有感而发：“一粒尘埃，在空气中凝结，最后生成磅礴的风雨；一粒沙石，在蚌体内打磨，最后结成昂贵的珍珠。有时候，渺小的开始，可以成就雄伟而宏大的事业；有时候，平凡的开

始，可以走出崇高而伟大的人生。”（《朋友圈里的春分》）

散文需要多种姿态的创作。缪文中原本是写诗的。细读《幽径浅辙》，你会觉得，诗和散文的边界已经模糊，但诗的语感、节奏和韵味还在，尤其文字间散发出来的那种淡淡的味道，往往让心灵拱出别样情怀。

东河肉饼，是义乌的知名小吃。缪文中睹饼寻思，以“料”兴托，竟亦别具特色。其中，他对“面”与“葱”的解读，看似单薄的文字，背后却是磅礴的思想：“面者，脸也。面有劲道，方彰其形，犹如人之容貌，喜怒哀乐皆现。所谓‘君子豹变，小人革面’，其面之柔合传情。”“葱者，通也。青葱白面，香而增色，令人赏心悦目，况其出于人手。所谓‘心之所向，素履以往’，其葱之香堪通心。”（《肉饼宴》）

三

散文，本来就是散装的一些文字。集中了是好，散成一团乱麻，也别有意趣。只要是诚心诚意地记录这个时代，都是有意思的。

人生无非一场“来过”，人生来过的意义又是什么？是当个体生命消失之后，这世界还留下了你来过的痕迹。

义乌乃藏龙卧虎之地。我不敢肯定缪文中是义乌乃至金华作家中最为勤快的，但他弃商从文，犹如蹒跚学步，在不长的时间里，接连推出3部或诗词或散文的集子，足见其所花心血，刻“痕”累累。

文章千古事，得失寸心知。榜样已经站在那里，盼望更多的人才和佳作能赶上来，紧随其后，使我们的文学天空星光灿烂。

是为序。

2024年端午于婺城梅苑斋

（本序作者系浙江省散文学会副会长、金华市作协主席）

（代自序）

写作，治愈了我的急性子

老妈是村里出了名的急性子，说话滔滔不绝，走路匆匆忙忙，做事火急火燎，时不时还要骂人。俗话说“脾气一养成，本性难改变”，作为晚辈，我们只能改变自己去适应她。去年四月，一场意外导致老妈的股髋骨开裂，手术后住院疗养期间，在妻和妹妹的精心照料和开导下，老妈的身体康复了，原本的急性子也有了很大转变。

一

抖音的魅力使人着迷，里面有不少灌输心灵鸡汤、剖析人生哲理的视频。前两天，刷到一位自称某教授的人，说急性子的人的八大优点：重感情、没心眼、心肠软、不偷懒、不计较、对人好、不记仇、最真诚。乍一对照，我竟然具备了六点。的确，传承了老妈基因的我，也是一个急性子的人。

急性子的人所具备的某些优点，在生意场上犹如一把利剑，所向披靡。最直观的表现就是，做事干净利索，不拖泥带水，能在第一时间解决问题，而且敢于承担责任，从不推诿扯皮。

我做方太集成厨房代理商的时候，每年要接待一百多个客户，有豪爽大方毫不吝啬的，有斤斤计较患得患失的，有鸡蛋里挑骨头——故意找碴的，有歪嘴吹笛子——对不上眼的，有通情达理和颜悦色的，有相见恨晚成为朋友的……不一而足，我都本着客户是上帝的观念，以最真诚的态度，想客户所想，为客户排忧解难，即使小事也在第一时间解决，赢得了广大客户的交口称赞。印象最深的一件事是：2012年大年除夕午后两点，家住北苑九州芳草园2幢的汪先生忽然来电，说厨房煤气灶打不着火，要我赶紧安排人员上门修理。除夕之际，所有员工都已放假回家，到哪里去找人呀？为解汪先生的燃眉之急，我放下电话就和妻一起赶往他家。我们到的时候，汪先生还没到家。进厨房检查后才发现，煤气灶打不着火的原因，竟然是没装电池，而装好近一个月的新厨房却已蒙上了厚厚的一层灰。我从抽屉里找出电池装上调整好火力，随即与妻一起把厨房打扫干净，汪先生才回到家。看到我们夫妻俩亲自动手把厨房打扫干净，汪先生感动了，从手提袋里掏出四千元钱递给我，说：“真不好意思，这点尾款已经拖欠您一个多月了！”我接过钱时，窗外谢年的爆竹声此起彼伏地响了起来。

此后，我成了汪先生的好朋友，上周末我们一起吃饭时，他还谈起了这件事。

二

俗话说，“心急吃不了热豆腐”。性子急的人短板也是有目共睹的：容易焦虑、容易急躁、容易激动、容易失误、盲目决定、缺乏耐心，这些特点在我身上或多或少都存在。当遇事手忙脚乱的时候，妻经常会问我：“你急什么呀？”随后补上一句：“你不知道‘欲速则不达’吗？”

遨游商海与风浪搏击了三十年后，商场血雨腥风的战斗让我感到了厌烦，在对商场规则产生了懈怠的间隙，瞬息万变的信息社会和迅猛发展的电子商务像一波巨浪无情地把我甩到了沙滩上。痛定思痛，我觉得这是性子太急种下的苦果。

我深知，要跟上时代的步伐，与潮流合拍，就必须摆脱急性子的掣肘。于是开始探索，去鱼塘钓鱼，闭门练书法，听音乐参禅，独自去凤凰谷冥思等，尝试了多种方法后，驿动的心还是无法平息。一个人的变化，往往是从转变观念开始的，为了实现自我“革命”，我做出了一个令周边人都惊掉下巴的决定——弃商从文。这个决定对我来说，犹如半路出家。

也许高中时期的文学情结未了，或许是受到中华优秀传统文化的感染，对古诗词情有独钟的我，再次燃起了文学梦。于是一头扎入，潜心学习，面对挑战，迎难而上，偶有失意，无怨无悔。咬文嚼字中，感受中国文字的优美和灵动；经典词句内，体会华夏文明的底蕴和内涵；平仄格律里，领悟中华传统文化的韵味和传承。东坡的《念奴娇·赤壁怀古》里“大江东去浪淘尽”的壮志豪情，陆游的《示儿》中“王师北定中原日”的浩然正气，辛弃疾的《破阵子》中“赢得生前身后名”的悲愤填膺，李清照的《声声慢》里“怎一个愁字了得”的愁苦心绪……让我在经典词句中品味人生的价值和意义。在学习过程中，我摆脱了恍惚，体验到专注的力量；忘却了纷扰，催生了清净的世界；克服了烦躁，明白了前进的方向。

后来，在学友季诚忠的引荐下我加入天歌诗社进入古今文学研究院。经过五年的学习和磨炼，在广大文朋诗友的支持和鼓励下，2020年9月，由团结出版社出版、记录了我六年学习历程的诗词集《鬓华心笺》面世，文学之门终于被敲开。现在回想起来，我依然觉得，当初的选择是人生中最正确的选择，因为这个选择契合了我的初心。

三

写作，是大脑受到刺激后，一次次自我交流的过程。它的表现形式就是用文字加以记录，这一过程，不仅需要静心思考，还要反复琢磨。

“好作品不是写出来的，而是改出来的”，这句话不无道理。在写作过程中，经常会为了一个字、一个词而绞尽脑汁苦思冥想半天。比如我填的《江城子·柳絮萦思》：“轻柔杨絮逐风忙。过南墙。入回廊。草上盐堆、犹记谢家娘。堪舀半瓢调趣味，君乐道，我评章。　　不知何处泛幽香。鸟伸吭。蝶疏狂。延目追寻、无故费思量。只待兴情飘散去，随俚俗，向清刚。”第一句“轻柔杨絮逐风忙”，原稿是“暖风轻拂絮飞扬”。改之前，我觉得既然以柳絮为主题，“暖风轻拂絮飞扬”一句主题意象表现不够突出，于是开始烧脑，受韵尾“飞扬”（平平）束缚，改了七八遍都感觉不如意。后来转变思路，把韵尾换成了“忙”，问题就迎刃而解，“轻柔杨絮逐风忙”更能体现柳絮的特征和灵动。而末句中的“随”和“向”两字，也是几经更改才确定的。难怪清代著名诗人、散文家袁枚会发出“爱好由来落笔难，一诗千改始心安”的感慨。

改诗的过程，既是一次去粗取精的过程，更是一次静心思考的历练，如同攀登高峰，需要克服无数困难和疲惫。写作的道路上充满了挑战，每一次落笔都是与困难做斗争。我很羡慕某些文友，其文章天机精妙，复接地气，措辞天真；能“以学问阅历养之，以功力词采足之”，具“风飘摇而有远情，调悠扬而有远韵，余味深长”。而我，却是“半路出家”皈依文学的人，大脑里只有半桶水，根本没有资格在别人面前招摇过市。所以只能摆好心态，静心学习，以免未遑顾及，终成一憾。

在不断学习和写作的过程中，我的性格发生了一百八十度大转弯，遇事不再慌里慌张，语速变得柔和顺畅，言行更加从容自信。请听，妻说我终于沉淀下来了，女儿说我变得深邃而有品位了，同学说我内质和涵养达到了一定的境界，久未谋面的老朋友说：“现在连说话也变得幽默风趣了，真是‘腹有诗书气自华’啊！”

四

有人说，写作是在情绪紊乱中塑造秩序的一种治疗法，创造一个可以全心投入的文字世界，把现实的烦恼从心灵中抹去。愚以为，写作就是在追梦，在追梦的过程中，释放情绪，使人变得充实，变得严谨，从而把人的洞察力和想象力激发出来，这是其他任何方式都无法达到的。

自走上文字编辑岗位以来，在审稿和校编中，接触到许多新信息、新观念和新理论，从而促使自己在思想和行动上向新文化、新风尚、新潮流跟进。偶有闲暇，会回头重新审视自己以前的作品，补苴罅漏。“人而不苦练，焉能艺精深?”去年年底，我的第二部诗集《椎轮之辙》由西泠印社出版发行，被义乌市社科联列入2023年度义乌特色文化品牌专题研究课题。从此，写作之路上了一个新台阶。

写作十年，酸甜苦辣全都有。易安居士说写作之味是“险韵诗成，扶头酒醒，别是闲滋味”；而谪仙的感受却是“兴酣落笔摇五岳，诗成笑傲凌沧洲”的畅快。写作之于我，放下了焦虑、放下了不安、放下了踌躇，内心的焦躁在优美的语句中得到了安抚，思想境界在朴实的文字里得到了升华。

写作，不仅打开了我的文学之门，让我变得从容淡定，还治愈了我的急性子。

目录

CONTENTS

幽径浅辙

跑　者 / 2
杨盆行 / 4
南江行吟 / 6
长堰之恋 / 7
黄檗山参禅 / 9
秋入盛家坑 / 12
风从义乌来 / 16
梦萦东白山 / 19
放马武功山 / 22
八岭古道寻诗 / 28
春雨伴行寤思长 / 31
紫藤争艳为清明 / 34
植物园里的收获 / 36
汤溪山水把梦留 / 38
古月桥影契我心 / 41

到华溪找个女朋友 / 45
浅醉望道森林公园 / 48
古道上的那点那滴 / 50
《鬓华心笺》前言 / 54
《鬓华心笺》后记 / 56
《椎轮之辙》自序 / 57
宗泽祠堂之我说 / 59
商城公交上的情景剧 / 63
重登萧皇岩 / 68
毅行寻古迹　协趣觅乡愁 / 69
仲夏时节的风景线 / 76

暗香疏影

野　麦 / 80
塘　趣 / 82
招　蜂 / 84
春分雨 / 89
晨光图 / 90
肉饼宴 / 91
凤凰藏幽 / 93
凤凰山赋 / 95
鸡鸣阁赋 / 97
横塘公园赋 / 98
粘依草籽 / 100
心中的雪 / 102
走出迷宫 / 106
地耳的诱惑 / 108
楼顶的枸杞 / 110

包租公·红明 / 112
福田公园之正解 / 120
鸟语花香引逸思 / 122
隐逸之君香沁脾 / 125
黄花鸢尾的启示 / 130
嘣尽三盘不说多 / 132
此心生不背朝日 / 137
萧皇寺楹联之浅悟 / 139
给小女成人礼的信 / 141
望道信仰线起点的雨 / 144
面对门槛，请勇敢地跨过去 / 146

心绪情怀

梦 / 150
忆外婆 / 151
堵车记 / 155
我的 2021 / 158
嵩溪访古 / 161
品味长堰 / 163
泪别五叔 / 165
2023 年回顾 / 167
我的前洪情缘 / 169
福田公园寻梦 / 174
记忆中的年俗 / 176
紫红色的手套 / 180
幸福的完美诠释 / 185
三十沧桑重聚首 / 187
九峰山下续真情 / 190

一片丹心为雨凝 / 194
朋友圈里的春分 / 196
从“义合”走进“春盛” / 198
情系商城，相约义乌 / 201
人生一世，贵在清明 / 204
信仰路上的加油站 / 206
老屋门前那根电线杆 / 209
站在义合旧址的断想 / 212
社会在发展，观念需改变 / 216
“龙行龘龘”引发的思绪 / 218
天下快意之事莫若友 / 220

后　记 / 223

幽径浅辙

跑 者

黑天鹅夫妻俩带着四只幼仔，在湖边享受着孩子们投食的美味，水面荡起无数个音符。一阵风起，片片花瓣随风起舞，而后飘然入水。黑天鹅被洒脱的花瓣舞迷住了，它们完全忽略了在栏杆边投食的那群小朋友，向湖面的花瓣奔去。或许，樱花的味道比那些吃腻了的食物更有诱惑力。

这是三月的清晨，植物园樱花湖里的一幕。

黑天鹅生动风趣的表演吸引着湖边的游人，而我的视线，却被一群晨跑者牵走。在无数花瓣点缀的游步道上，他们蓬勃的朝气在花红柳绿中显露出无限生机。

我跟随晨跑者的气息环湖慢跑了两圈，微汗之余在樟树林旁的石凳上小憩。

“表哥，早啊！”一位头扎吸汗布、身穿白色短袖运动衫、蓝色短裤、红色运动鞋的小伙朝我打了个招呼后，一溜烟地往前跑走了。

原来是表弟何刚。看着那矫健的身姿，一股惊羡之情瞬间涌上我心头。

没多久，他绕了一圈后在我旁边停了下来。解下额头的吸汗布拧了拧汗水，擦了把脸后看了看左腕上的运动手表，笑着对我说：“表哥，我已经跑了十二公里了！”一边双脚不停地在原地踏步。黝黑的肌肤、健壮的胸肌、浓密的汗毛都散发出一股阳刚之气。

表弟是某跑团的一员，自 2020 年 5 月起，抱着减肥的目的开始跑步，至今已坚持三年。他从每天晚饭后的小跑，到每天五至七公里的中短程跑，从江滨公园的三公里跑到了植物园环绕一圈九点六公里，从不到二百米就气喘吁吁到轻松跑完全马，从小白跑到了发烧友。跑过了春夏秋冬，也跑过了风霜雪雨。

他告诉我，跑步是一种简便易行的锻炼方法，是有效的有氧运动方式。三年下来，减肥的效果非常明显，心肺功能明显提升，血脂体脂完全恢复正常，感冒的概率很少，睡眠质量也得到改善。还有，结识了一批志同道合的跑友，在跑步时相互支持，相互鼓励。

“不以健身为目标的跑步者都是不想进步的同志。”表弟半开玩笑地说。

的确，如今，健身的方式很多，有八段锦、太极拳、健步走、广场舞……而我，却偏爱游泳和慢跑。由于游泳引发湿气缠身，目前，慢跑已成了我健身的唯一选项。天气好时，我会和妻去幸福湖环湖慢跑一圈，下雨天，就待在家里虐待跑步机，可怜的跑步机，为此病倒了三次。每次从跑步机上下来，满身的大汗不仅清空了一身的疲惫，还把那些无谓的烦恼甩在了脑后，那种酣畅淋漓的感觉更是无法用语言来形容的。

村上春树说："人生如长跑，赢了别人输了别人也罢，都不必太计较，倒是应该关心能否达到为自己设定的标准。在跑完全程时，能否感到自豪或类似自豪的东西，可能才是最重要的。"人生路上，会跑过几个节点。不同的节点有不同的陪跑者，小学同学陪我们跑过少年懵懂，中学同学陪我们跑出青春风采，进入社会后，我们会与千千万万的人一起跑一场马拉松，马拉松途中有火热的激情，有心灵的感悟，一直跑到暮年的沧桑。

人生也是一场与自己的赛跑。当心灵沾染了花香，生活便有了诗意，当岁月沉淀了心境，人生便有了向往。要有正确的目标取向，在健康的思维和良好的素养加持下，一路的奔跑就会更有意义。

每个人的起跑线是相同的，终点却大相径庭。没带伞的人跑得快是因为不想被雨淋湿；龟兔赛跑的故事告诉我勤奋才是硬道理；田忌赛马的故事让我意识到竞争策略的重要性；至于弯道超车，惊天逆袭，后来居上，那都需要不懈的努力。

历史的车轮滚滚向前，每个人都是跑者。在百年未有之大变局下，我们应该摒弃陈规陋习，紧跟时代的脉搏，跑出速度，跑出激情；在奋进的号角声中，牵手信息，怀抱"数字"，跑进新时代，跑向美好的未来。

"人生风景在游走，每当孤独我回首，你的爱总在不远地方等着我……"

熟悉的旋律正鼓励着每一位跑者，加油！

2023 年 4 月 7 日　10:30

杨盆行

昨天在东河五星塘姨妈家拜年时，与表弟相约今天前往赤岸镇杨盆村游玩。

所谓“磨刀不误砍柴工”，目标锁定，还得提前了解一下目的地的状况。请教度娘后得知：杨盆村位于义乌市赤岸镇南部，地处义乌最高峰大寒尖的半山腰，目前已由隐居集团联合浙江栖隐大安旅游发展有限公司共同开发，初步形成了集“吃、住、行、游、养”于一体的旅居小镇·半山民宿。

有戏！但更多的戏份或许源自表弟所画的那个大饼——杨盆不仅环境好，空气好，附近山上还能找到兰花！一听山上有兰花，我的精神为之一振。韦庄的《上春词》有云：“幽兰报暖紫芽折，夭花愁艳蝶飞回。”兰乃国香，吾妻尤爱。即使找不到国香，也可去领略一番杨盆的早春景象。

信息社会，万象皆新！以前虽未去过杨盆，但有北斗服务，导航可以精确到十米以内。于是打开百度地图导航，发现杨盆村距我家竟然有四十一公里。既已承诺，必当践行。上午九点，携妻整装出发。按百度导航指示，过古镇佛堂后，沿义武公路至毛店，从枫坑水库坝下进入山区。感谢老天眷顾，今天天气超好。春节假期，前往杨盆游玩的人络绎不绝，以至于原本并不宽敞的道路经常堵车。行驶在曲折幽静的盘山公路上，从林里溢出来的负氧离子驱散了汽车尾气，暖风携带着山区特有的香味飘进车内，把堵车的烦闷吹得一干二净。不知转了多少个弯，顺着盘山公路连续行驶了近半个小时后，终于到达杨盆村。

进入停车场泊好车。踩着先人的足迹登上观光台，畅吸着鲜爽的空气环顾四周。连绵起伏的群山，层层叠叠朝我奔来，让我的眼睛有点应接不暇；木姜子的橙香和玉兰花的清香，裹挟着欢快的鸟声从四面八方向我袭来，侵入耳鼻后渗人心田，进而醺醉了我的大脑。不知怎的，以往常被激起的诗意，瞬间被大自然清零。我禁不住连续做了几个深呼吸，想把以前在城市喧嚣中所吸进来的那些浊气全都吐出来。而眼前所展现的，正是“造化钟神秀”“荡胸生层云”“松排山面千重翠”“白云生处有人家”这一幅幅画卷。此刻，对先贤的崇敬之心油然而生。

驻足凝思，情绪顿生。谪仙曾有诗云：“今人不见古时月，今月曾经照古人。”先哲的心境和旷逸，我辈虽难以逾越，但斗转星移，时过境迁，我眼前的这一切美好，诗仙诗圣诗豪诗鬼们，都已无法目睹，无法体会。想到此，不禁长叹：青山未老，岁月无情啊！

追古思今，珍惜机遇。山外梅花已灿烂，索性就替先人来一次杨盆觅兰之行吧！于是跟随表弟，带上装备，与草做伴，牵藤为友，借石着脚，斩棘离身，学猴攀岩，似蛇弓行，在松林里开路，在竹海中穿梭，为国香探脑，思幽兰逆行。汗流浃背之际，来到一暗泉旁，抿一口甘洌的山泉，席地而坐，闭上双眼，双手合十，心中默念：“幽兰幽兰，我心虔诚，娶你回家！”或许是我的虔诚感动了山神和赵洁[1]，一阵微风拂来，吹干了额头的汗珠，几片树叶从我眼前飘过，无意间顺着树叶飘去的方向望去，叶落之处，隐隐有一丛青草在向我招手。我不假思索就噌地一下起身，靠近一看，这正是我梦寐以求的兰君！感谢山神和赵洁，赐予我兰君！苏辙有诗云：“知有清芬能解秽，更怜细叶巧凌霜。”我俯身轻轻剔除周边杂草腐叶，挥铲小心翼翼地把兰君从山神的怀中请了出来，心中一阵狂喜。

“世上狂夫休浪想，对樗蒲斗紫兰花”，我非狂夫，却爱兰花！因为我知道，它是君子的象征，不仅有“高洁”“贤德”之意，还有“自信”“友谊”“热烈”等象征意义。

请得一株兰花草，杨盆之行添异彩！

（发表于 2021 年 3 月 1 日《义乌商报》第三版）

---

[1] 赵洁，指兰花神。

南江行吟

仲夏时节，正值周末。从意驱车尝秀色，携妻避暑至南江。结交芒草，拜会枫杨；陪清波唠嗑，与绿叶搭腔；鱼矶头憩息，古木下乘凉；踏清沙沐足，陪卵石追光。观白鹭而知洒逸，识菖蒲欲做文章。

南江如画，画里南江。风和吹晓雾，钟天地之灵秀；雨霁裹残烟，蕴山川之华英。东来之水，携本邑声情滚滚西去；北往之云，带他乡气度翩翩而归。江滨小草，几经旱涝不轻薄；冲天翠竹，伫立涯岸亦虚怀。四周绵山雄伟，群峰耸峙；眼前层波荡漾，一线连开。霞映令鸟醉，气舒使人清。螺依礁石蜷卧在轻浪怀里，醺醺然摇头摆尾；鱼戏浮藻隐匿于水草之间，悠悠乎无拘无束。

转行石径，移步沙滩；遥襟甫畅，逸兴遄飞。弃屐入水，卷袖拾螺；石尖刺足不知痛，汗流浃背但觉爽；爱恨情仇全抛去，苦闷劳烦尽注消。侣枫杨而友倒影，听蝉鸣而念众生。

休憩之余，恍然凝思。尘海变迁，物换星移；光阴流转，世相迷离；来去匆匆，聚散依依。谁说秋水无痕？秦汉硝烟，唐宋绮云；明清雨雪，近代风霜；南江之史，源远流长。且看蓝天辽阔，岁序如故，江山换装；苍松翠柏，滴翠生香；盛世芳华，百姓安详。

抚今追昔，感慨顿生。抚断矶而长叹，嗟世事之沧桑，望山河之壮美，抒斗志而昂扬。

嗟乎！南江之美，刻入吾心，拾螺之行，震动文思。遂铺长卷，扶巨笔，发宏辞，寄豪情，作此赋以歌桑梓，致意南江云尔：

屡至钟村少问津，断矶将我当乡亲。
乘风白鹭方留影，伏水青螺已效颦。
营念入心知口味，脱鞋从意去江滨。
垂纶只顾沉浮趣，不解回波有事因。

2023 年 7 月 9 日

长堰之恋

长堰，乃义乌城西一水库之名也。为二十世纪五六十年代所筑之中型水利工程。其功能以灌溉为主，辅之以防洪、发电及供水。位于溪干村以北百米，G60与浙赣线一侧，伏龙山之脚，望道信仰线环绕。

辛丑菊月中旬，吾独游至此。拾级上至库坝，环顾四周，但见“山原旷其盈视，川泽纡其骇瞩”。于是面群山，掬净水，观松涛，闻蛩鸣，摘野花，问风云。临长湖独坐，沐微风静思，吸洁鲜之空气，揽山水之秀色，侣鱼虾而兴浓，抚岩石而忘归。思绪汹涌，情趣绵长，遂冒布鼓雷门之嫌，作拙文记之，以表吾长堰之恋。

长堰之山为玉壶山之余脉。崇山峻岭，连绵起伏，及至义乌城西伏龙山一段，更是层峦叠翠，松竹争秀。远望如画，近观似屏，风光百态，气象万千。余思，自古仁者多爱山，或因其雄壮，赏其婀娜，或敬其虚怀，慕其谦卑。故今之商贾，退休后回归自然者甚多。其懂得自然之赋予，呵护及感恩。长堰秀色，可窥一斑。

长堰之水源于大峰山。集东黄线两侧群山之甘露，往南合分水塘之水汇入长堰。自库区蓄水以来，惠及下游北苑、城西、稠江和上溪四镇街。放眼库区，一湾碧波，四面奇秀，水岸迂回，倒影成画。似明镜剔透而灵动，如碧玉镶嵌于伏龙。鱼鸟比邻而居，虫虾于此洒逸。绿水替山沐足，映照生态之美；鲜藻为鸥供食，静观世情变迁。甘甜之水育新翠，澄澈之外有余香。

长堰之风柔且刚。季节变换，和而不同。春时催花开，夏季带清凉，秋来染林色，冬至驱浊尘。荡尽轻浮庸俗之气，带来稳重文雅之声。

长堰之韵出于实干。清澈湖水，昭示自然变化之规律；雄伟大坝，见证父辈奋斗之历程。似水流年，气宇依旧轩昂；浮生若梦，正气日渐凛然。不忘旧时记忆，紧跟时代步伐。荡气回肠，意味深长。

长堰之魂植于信仰。信仰之力量，源于分水塘。明真理，柴屋灯下译《宣言》；尝味道，墨糖不分永流传。革命理念甜于心，爱国之情溢芬芳。

湖光山色，风景宜人，美丽乡村，侵入我心。长堰之山，使我向往；长堰之水，令我心动；长堰之风，促我神清；长堰之韵，教我明理；长堰之魂，催我奋进。沐长堰之美景，感而长吟："江山如此多娇，引无数英雄竞折腰。"试问，不恋长堰，恋谁？

（发表于 2021 年 11 月 15 日《义乌商报》第四版）

黄檗山参禅

“一阵催花雨，数声惊蛰雷”，滚滚雷鸣惊万物，桃红柳绿又回春。

雨后晨清，沐东方之曦光，饮初春之绿意，与妻重游古婺胜地之黄檗山首岩。但见远山鲜霁，近阁唤春，鸡鸣声回环于古道，促人耳聪；辛夷吐蕊，杜鹃斗艳，祥瑞气拱绕于香樟，益鸟目明。

黄檗山位于义乌市后宅镇马交塘后侧。据《方舆纪要》卷九三记载：“义乌县黄檗山，县北二十里，本名黄栌尖。”“黄檗龙蟠”乃古乌伤八景之首，因年代久远，已无从可考。然黄檗首岩之传说，却流传甚广。据传，首岩之名，得于南宋丞相韩侂胄，乃其首级灵化而成。

首岩山顶有乌龙殿。据徐姓宗谱记载，乌龙殿始称韩相庙，建于元，盛于明，衰于清，至中华人民共和国成立初废弃。今乌龙殿，为20世纪80年代初由当地群众自发捐助重修。乌龙殿原供奉赤龙大帝，如今，信众请来四大金刚、十八罗汉、观音菩萨、如来佛祖，与赤龙大帝一起，同念和谐发展之元经，共展华夏复兴之宏图。此举，为民心所向，且与“勤耕好学、刚正勇为、诚信包容”之义乌精神相契合。

余结缘乌龙殿始于20世纪80年代末。家母乃虔诚佛徒，闲暇之余四处拜佛参禅，足迹遍及乌伤城乡大小寺庙，乌龙殿亦不例外。前些年，余曾数次送双亲到此朝拜，兼赏黄檗山美景。犹记当年，乌龙殿住持为一腿瘸男子，姓朱，名唤桂球，六旬有余。因家父与其交好，遂呼其为大伯。当年，周边信众纷纷解囊捐助，乌龙殿因此复兴。山门殿前和上山路旁功德碑林立，即为佐证。

往事如烟，浅笑而安；素心若水，淡然前行。泊车于山门前，见山门石柱上赫然刻着一联："黄檗胜地藏龙卧虎，梁代江淹曾至；首岩美景山清水秀，宋朝陆游到此。"江淹、陆游等诸先贤曾涉足此地，足见黄檗胜地之峻雅，首岩美景之幽峭。

山门连台阶曲折蜿蜒，清气引步履欢快舒畅。拾级而上，沿途松柏列翠屏，路边篱落野花馨；青山屈曲压云根，流水潺湲飞石髓；势若苍龙石上蟠，形如碧凤松阴里。及至殿前平台，环顾四周，一幅首岩春意图映入眼帘：鸟雀相亲，松篁交翠；五行光里隐，八卦气中潜；山不高却秀雅，水不深却澄清；涧不深却幽静，林不大却茂盛。朝南翠竹叶更茂，面北青岩似俊豪。

远望乌龙殿，犹如暗红花蕊隐于翠绿花瓣之中，聚天地之灵气，吸日月之精华；黄墙红瓦，规模宏阔；檐枋彩画，气势磅礴；楹联匾额，殿阁嵯峨；斗拱交错，檐牙高啄；气象庄严，傲对碧空。

正殿前，铜炉内香烟袅袅，烛台上蜡焰熊熊。三五香客，虔诚恭敬，焚经叩拜；鱼磬当当醒世咏，钟鼓咚咚劝世歌；祈求赤帝显灵千秋寿，奉迎乌龙神通万年福。见众香客弯腰伏地，余亦拈香燃烛，过额承空，合十收礼。

入殿，但见赤龙大帝目光炯炯，威风凛凛端坐于花格帷幔之后。方面圜睛霞彩亮，卷唇巨口血盆红。几根铁线稀髯摆，两鬓朱砂乱发蓬。形似显灵真太岁，貌如发怒狠雷公。身披铁甲团花灿，头戴金盔嵌宝浓。两旁石柱刻有"赤胆护君王，显灵哺食以饱洪武，皇帝离险境平安世事；龙心爱庶子，作法配丹以济忧病，众生脱苦海健康延年"一联，彰显赤龙大帝心怀苍生兼济天下之圣德。

转至殿后，憩于松亭。微风轻柔拂面，流水不绝于耳；清气溢满乾坤，香烟直上云霄。亭柱上，一联赫然入目："殿宇辉煌人杰地灵千古秀，圣德浩荡民安物阜万年春。"四周环顾，方觉黄檗之清秀，昂霄耸壑，烘云托月；驻足吮吸，倍感首岩之灵气，安魂定魄，通真达灵。亭畔，些许千足虫（学名：马陆）游荡于石阶，其貌瘆人，其态闲悠。身边，鸟雀声、松涛声、钟鼓声交响，天、地、人三才引领万物倾情共鸣，奏出一曲天籁般交响乐，曲调清纯，音韵和畅，意境宏伟，气势磅礴。远处，团团雾气自幽涧袅袅升起，交会于云端，形成云海奇观，将大片松林吞噬。电线兀自起伏，佛塔若隐若现。泉甘土沃，风和气舒，九龙滋润祥瑞；忠心昭日，人竞雄杰，才俊荟萃钟灵。置身其间，犹如进入世外桃源，除市井之嘈杂，沁鼓磬之梵音；心灵得到净化，思想得以升华。此乃首岩灵性之所在也。

余向往驾一叶小舟遨游于江湖之中，携一壶美酒浅醉于尘俗之间；欲观风雪于旷野，操琴棋于幽居；拟问世道于寺庙，求史学于黉门；皆因红尘杂事而耽搁。此番重回黄檗山参禅，于"造化钟神秀"之间，携手松竹，对话青山，赏心悦目，神清气爽。聆听自然旋律之美妙，筋骨得以舒展，心肺得以舒张，视界得以增宽，压力得以释放，一切杂念顿时烟消云散。

下山，才发现山门侧柱上刻有意味深长之联："游目驰骋此地有崇山峻岭，仰观俯察是日也天朗气清。"余以为，黄檗山意境之深，尽在此联。

"非淡泊无以明志，非宁静无以致远"，走过半生，古训渐明。韶华在岁月里消逝，感悟于步履中增长。人生纵有千般苦，悟得禅音亦不枉。

"心安何必找对手，切莫空房饮闷酒。一到残年万事空，几人千古名不朽？"人生短暂，宜自信，莫自大，宜自强，莫自卑。"往后余生，不乱于心，不困于情，不畏将来，不念过往"，丰子恺先生之谆谆教诲刻骨铭心。放下得失，看透无常，得之淡然，失之坦然。以心态化解磨难，用微笑面对生活，让时间诠释一切。面对挑战，勇敢探索，放飞自我，追寻美好。

此乃黄檗山参禅之所得也。

（发表于中国作家网）

秋入盛家坑

秋天的气息，只有深入大自然才能体会得更全面。

盛家坑，算是离市区较近的徒步健身和赏秋好去处。应好友之约，我参加了徒步盛家坑活动。

我们一行八人于早上八点半在光明水库坝集合。来到库坝时，蓝天白云和绿水青山已经在恭候我们了。

放眼望去，水库的四周，层林已被青黛赭黄等多种颜色交相晕染，群山像是穿上了一套靓丽的“迷彩服”；山脊线条分明，蜿蜒起伏向周边蔓延。近处，发黄的草丛中，几朵紫色的小花伸出脑袋向外张望；岸边的柿子树上，零星挂着一盏盏红灯笼……所谓“造化钟神秀”，这是秋姑娘奉献给我们的一幅杰作。

今年秋旱时间长，泉水已经断流，水库的水位很低。“潦水尽而寒潭清”，在裸露于四周的白色沙石映衬下，湖水显得更加澄澈，宛如盛在白玉盘中的一颗绿宝石。

沿着水库边小路向山里进发，山路弯弯，七高八低，崎岖难行。在库尾，我们走上了义永古道。这条义乌通往永康的古道，我曾来过好几次，每一次都有不同的感受。走在古道上，片片落叶在身边飞舞，指引着我们继续向前，沙沙的脚步声在寂静的丛林中回响。沿途，枫叶抢眼，桂香醉人，洋溢着秋的气息和味道。

或许是很久没有来户外运动了。走过一段长上坡，还未到达分水岭，我已是汗流浃背，胸闷气喘，脚步也变得沉重起来。抬头望山山不语，低头问石石无

声，只好几步一停坚持向上攀爬。又龟步蜗行了一刻钟，终于坚持不住，在路边的一块巨石旁停下来休息。一阵清风拂来，吹干了额头的汗水，片刻后，我站起来耸了耸肩，猛吸了一口饱含负氧离子的清气，只觉劳疲顿消，神清气爽，于是继续爬坡。

翻过分水岭，下坡来到八岭寺遗址，我们坐下来补充了一点能量。当我们准备上路时，刚好两位白发老者进来休息。于是坐下来向两位前辈取经。

从两位前辈口中得知，20 世纪 50 年代以前，这里有一座小庙，庙旁有个凉亭，是供经过这里的行人躲风避雨和休憩的，如今，只剩下残垣断壁。面对遗迹，听着老者的讲述，我的脑海里浮现出先人挑柴出山的艰辛，耳边隐隐传来古道上的马蹄声、脚步声和叹息声……

踏着先人的足迹继续前行，经过一段田塍路后，来到溪边岔路口，路标告诉我们，往左是盛家坑，往右是八岭坑。

到达盛家坑已是午饭时间。我们借用农家餐桌，把各自带来的食物进行全面展示，旭连的满满一盒烤饺、王瑛的炒牛肉和腊肠、保镖的提子和红美人、雪娇的橘子和饼干、小英的榨菜和干吃面、松玉的蜜枣和腰果、桂芳的苹果和石榴组成了一桌丰盛的午餐。我打开新鲜的杨梅酒，就着盛家坑的清新空气，连饮了三杯。这正是：秋色正好，微风不燥，美女怡情，美景入框，情景交融，快乐共享。

都说生活的节奏和季节的变化息息相关。挽着秋色，保镖当着大家的面调侃我："师兄是诗人，今天七位美女伴游盛家坑，感觉像掉进蜜罐里了吧？兴致盎然，岂能无诗？请来一首！"

我毫无思想准备，一下子被保镖的突然袭击弄蒙了，尴尬之余不敢回应。而头顶的乌桕叶却红着脸朝我笑，丝毫不在乎我的感受。

此时，林间传来鸟雀欢快的歌声，它们似乎在劝导我，静听秋风语，莫为落花伤。我顿有所悟，拿出手机，吟一阕昨天填的《西江月 · 秋》加以搪塞，词曰：

秋至别离炎暑，晨风顿觉清凉。
路边银杏叶微黄，片片回头南望。
善变白云潇逸，南归客雁匆忙。

入天松影剪熙阳，忽听钟声几响。

午餐后，我们计划从八岭坑方向绕回去。从盛家坑到八岭坑要翻过几座山峰，沿途山高路滑，坡陡崖险，沟壑纵横，荆棘丛生，十分难走。经过一番艰难跋涉，我们成功登顶。

站在山顶远眺，山峦连绵起伏，蜿蜒回旋，蓝天和白云打起了太极，电塔站在山峰之间互相对峙，历经千年风雨的岩石不知在为谁默默守候，只有四周的青松含情脉脉地注视着我。眼前的景色让我的视觉瞬间破防。恍惚间，和煦的阳光亲吻着我的脸颊，紫色的野花缠着我的裤脚。于是，我在一株古松旁坐下，静听鸟雀唱歌，看树叶跳舞，试着跟白云牵手，请清风传话，放飞思绪，放飞心情。

“我见青山多妩媚，料青山见我应如是，我见流水总多情，流水馈我鸣琴韵”，看着大自然所迸发的生机和活力，我觉得自己尘俗的积垢被涤荡了不少。

“上山容易下山难”。下山的路是一条被雨水冲刷出来的羊肠小道，一不小心就容易滑倒，可谓惊险连连，险象环生。我们充分发扬互帮互助的团队精神，克服了种种困难，终于安全到达八岭坑村。

盛家坑到八岭坑这段山路的经历让我难以忘怀。行成于思，人生也是如此。虽然每个人所走的路不尽相同，但是路上的坎坷能磨炼人的意志，更能考验一个人的责任和担当。只要目标明确，意志坚定，就充满希望，一定能到达目的地。

从八岭坑返回光明水库，我们走回了义永古道。平坦舒适的路况使我们原先紧绷的神经一下子放松下来。“我们走在大路上，意气风发斗志昂扬……”美女们边走边唱，唱得芒萁笑弯了腰，唱得毛竹竖起了耳，唱得枫叶想跟我们回家……对着镜头，她们托腮跷腿，POSS 摆得有型有款，十分逗人。在拱桥上合影，在竹林里摆拍，在岩石上耍酷，在古道上嬉闹……摘一朵紫花插耳上，扒一张竹叶做鬼脸，折一根芦花撩你的颈……嘻嘻哈哈，相互追逐，仿佛一下子回到了童年。

忽然，几颗皂果一起向我袭来。不知是受谁指使，她们把目标对准了我。我抱头鼠窜，引得她们一阵哄笑。

曾几何时，我迷醉于到古典诗词的无边风月中寻找灵感。当王瑛美女说起古典诗词，谈到苏轼、辛弃疾时，引起了我的共鸣，于笑谈指顾之间，感觉大广见闻，受益匪浅。或许，这正是唐代诗人窦庠所说的“时人莫小池中水，浅处无妨有卧龙”。

文秀典雅的旭连见多识广。一路上能叫出很多我们不认识的植物名来，斑地锦、苍耳、石栎（俗称择子）、芒萁、栀子、黄精、紫藤、菖蒲等等。看见路旁的石蒜时，她感慨地说：“这种植物有个特性，就是花叶永不相见，叶绿花未开，花开叶已落，因此人们说它情生彼岸，爱属流离，就叫它彼岸花。”

“它还有极高的药用价值，具有清热解毒、消炎止痛、止咳化痰等功效。”她补充道。

听了她的介绍，我忽然想起，前段时间在植物园里见到石蒜花开时的热烈场景，也曾为石蒜赋过一首诗，诗云：

竹林深处遇红霞，却是一丛彼岸花。
青叶不知何处去，风姿无限莫能加。
甘陪落叶分秋色，愿与西风闯际涯。
途短且能生密码，让人无意梦浮槎。

至于那些寄予石蒜的凄美爱情故事，我认为，那是人们的一种臆想，因大家对美好生活的向往而对它产生的偏见罢了。

保镖是这次活动的领队，不仅贤惠能干，体能也相当不错，而且幽默风趣。因师出同门，我们谈论的很多，包括家庭、教育、健康等话题和一些社会现象。现把曾触动我内心的几句摘录于此：

之一，“时下，很多有钱人喜欢自己种菜，自给自足，丰衣足食，陶冶情操的同时又锻炼了身体，这叫返璞归真”。

之二，“现在的很多人都喜欢穿布鞋，因为布鞋舒适”。

之三，“开新能源汽车的，很可能就是一个企业家”。

的确，我们义乌目前已有百分之九十五的家庭步入小康，消费观念也趋向成熟。随着时代的发展，其他观念也在发生改变，从一味追求物质享受，变为探求精神的修养，在注重生活品质的同时崇尚养身。这一切，都是社会进步的标志。

走过古桥，我们看见桥边的田里，一群山羊正在吃草。

“那就是我想要的生活。”看见羊群如此悠闲惬意，温婉贤淑的雪娇说出了她内心的期盼。

“高踏万阶虽辛苦，我心愉悦似得金。”我在秋天的画卷里走了一趟，把盛家坑留在了心里。

2022 年 10 月 13 日　24:00

风从义乌来

——义乌作协赴临海采风随感

“落红漂染青翠，万物增添彩装”，风把秋天绘成了一幅多彩的画卷。天，蓝得很透彻；云，飘得很洒逸；阳光，温暖又怡情；青山，靓丽而迷人。

秋意正浓，岂能辜负？我乘着舒爽的清风，跟随义乌作家协会采风团一行八十余人到临海，感受了东湖公园里曲桥、亭台和楼阁所承载的厚重文化，领悟了台州府城墙（江南长城）残存的墙砖所经受的岁月磨砺，重温了紫阳古街上那些即将消失的生活习俗，进而感叹：千年古城又是“太微启灵宇，紫殿含祥风”。

风从哪里来？又吹向何处？带着这个疑问，我走进了东湖公园。冠顶“台州园林之首”的美景令人目不暇接，而导游的步伐却总是那么匆匆，走马观花。踏进骆临海祠时，导游显得有点拘谨了，因为她面对的是骆宾王故里的文坛精英和骆氏后裔。在骆宾王铜像面前，我们向客居异乡的圣贤恭敬施礼，虔诚叩首。

骆宾王是义乌的骄傲。他七岁赋《咏鹅》诗，流传千古，妇孺皆知，并成为中国唯一入选联合国教科文组织教科书的儿童诗；《讨武曌檄》被誉为“亘古一绝”。在初唐风雨激荡的年代里，骆宾王并不是一个驾驭风云的政治人物，而是一个经常被风雨吹打浇淋的落魄者，久戍边城、屡遭贬谪、入狱为囚，这些经历造就了他耿介正直的品性和敢作敢为的傲然风骨。作为“初唐四杰”之一，他与王勃、卢照邻、杨炯一起，荡涤六朝文学颓波，革新初唐浮靡诗风，扩宽了唐诗的题材，加深了唐诗的思想意蕴，使唐诗增加了刚健高昂，为盛唐文学的繁荣吹起了改革的东风，为故乡留下了一笔可贵的精神财富。义乌近代三杰《共产党宣

言》首译者现代教育家陈望道、文艺理论家诗人冯雪峰、历史学家吴晗无不受他的文风影响，而“勤耕好学、刚正勇为、诚信包容”的义乌精神正是他品性的传承和拓展。

如今，由中国作家协会儿童文学委员会、浙江省作家协会、义乌市人民政府主办的每年一届“骆宾王国际儿童诗歌大赛”，已成为全球儿童诗歌界的盛大赛事，也是先贤遗风的传承和发扬。

登上被誉为“江南八达岭”的台州府城墙瞭望台，但见四周群山绵延起伏，像一位母亲紧紧地把临海城抱在怀中；东湖似一颗璀璨的明珠镶嵌在长城脚下，光彩夺目。“曲径披风不觉暑，清尊浣月最宜秋”，习习秋风里，亭台温婉，湖水绮丽，垂柳依依，情意绵长……

抚摸着城墙上历经沧桑的墙砖，我的脑海里浮现出戚家军抗击倭寇时的烽火边城和刀光剑影。明嘉靖三十四年（1555），戚继光从山东备倭南调至浙抗倭前线，在战斗中，他发现手下士兵懦弱而畏敌，战斗力不强，一筹莫展。当听闻义乌人血气方刚威武勇猛时，他亲自来义乌，在义乌知县赵大河的配合下，从义南赤岸一带招募了四千人，组训了一支英勇善战的军队。这就是令倭寇闻风丧胆的“义乌兵”。戚继光记曰：“是年（嘉靖三十八年）秋罢臣旧兵，使往义乌，民心风偃，义士云集。”可见，戚家军的主力是“义乌兵”。

风起云涌多少英雄，风吹云散几度沧桑。驻足古城墙，耳边依稀传来远去的鼓角争鸣，一个个鲜活的面容从淹没在钢筋水泥丛林里的黄尘古道上朝我走来：俞大猷、王春泽、王如龙、王惟中、陈大成、陈子銮、陈文澄、陈禄、叶大正、金科、童子明……这些优秀的义乌儿女，为了国家的安宁，背井离乡，在戚继光带领下先后在台州、福建等地冲锋陷阵、浴血杀敌，荡平倭患，留下了许多可歌可泣的故事。他们像一颗颗星星，闪耀在历史的天空里，也让“义乌兵”这个义乌人的群体在中国历史上留下了光辉璀璨的一页。旋而刮起一阵阵“义乌兵”的虎将雄风，激励着故乡人民不断奋发进取。

“江山代有才人出，各领风骚数百年。”时空在变，乌伤大地上的英雄气却从未改变。勤耕好学的义乌人民，继承了先辈们敢闯敢干的精神，乘着改革开放的春风，把义乌这个原浙江中部的贫困县打造成了举世闻名的“国际商贸城”，成为中国改革开放的“模范生”和社会主义市场经济最成功的样板，让鸡毛飞上了天。

“中国历史文化名街”——紫阳古街上，俊男靓女熙熙攘攘，身穿宋代服饰的管理人员让我穿越了时空，走进了现实版的清明上河图。在现代科技和古典雅韵的碰撞中，我品尝了素有“浙江第一豆腐”名号的临海白水洋豆腐，丝滑柔嫩的豆腐让我体会到了台州人民的勤劳勇敢和真诚友善，这种味道所包含的特性正与义乌精神完美契合。

兴善门城门口凉风习习，一道熟悉的风景映入眼帘。一面面鲜红的“戚”字旗在古城墙上迎风飘扬，我想，吹动“戚”字旗飘扬的不仅仅是自然风，还有骆宾王的文风和“义乌兵”的雄风。从义乌吹来的发展经验和“绿水青山展新颜，乡村振兴谋共富”的时代新风，给临海经济文化发展注入了新的动力。

风从义乌来，吹到临海，吹向全国。

2023 年 10 月 24 日　20:30

梦萦东白山

午后，阳光灿烂。携家人一起，驱车沿当年骑行路线，前往东白山。

老路重走，感慨迥异。沿途的风景，使我想起了那些熟悉的身影：布瓜、可可、荷姐、东子、开心林、风铃、车神、老张、校长、自由人、班主任……你追我赶，骑车前往东白山的情景浮现在脑海：早上六点半从二中对面的俱乐部出发，朝东阳方向一路狂奔，经廿三里、何宅入东阳，过六石、怀鲁，穿仙芝陵、夏岩，驻足白溪小学，至西垣后上东白山。布瓜在六石的樟树旁摔倒，可可的车在怀鲁省道边爆胎，校长到仙芝陵村口买水，车神到夏岩路段冲坡，自由人入白溪抓鱼，老张被西垣村口的千年香榧树迷醉，开心林在东白山茶厂品茗，大家一起在天池合影……一幕一幕，犹如昨天。

时过境迁，情趣绵延。十年时光一晃而过，路还是这条路，改变的是沿途的建筑，以至于到路口差点分不清方向。

季节不同，景物大相径庭。东白山依然巍然屹立于东、嵊、诸交界，海拔1194.6米也没有改变，但山顶已增添了不少“大风车”。三三两两的大风车站在连绵起伏的山坡上，在清风的指挥下翩翩起舞，它们唱着欢快的歌，朝蓝天挥手，与群山交融，在天地辉映，让我感受到大自然澎湃的活力。

适逢假日，天公作美，叠加消费观念改变等诸多因素，今天东白山上游人如织，私家车挤满了山顶的停车场，几度拥堵。

从绿色茶园中间拾级登上太白峰，极目远眺，“会当凌绝顶，一览众山小”的意境油然而生，驾车的疲惫在清风和瑞气的安抚下消失得无影无踪。

东白山位于东阳、诸暨、嵊州三地交界处，有“一脚踩三县”之美誉。其最高峰叫作“太白峰”，因唐代大诗人李白登临此地而得名。李白的《别储邕之剡中》云：“借问剡中道，东南指越乡。舟从广陵去，水入会稽长。”据考证，诗中的“剡中”即剡县，是嵊州的古称。谪仙是个旅行家，来到古越的剡中，明知东白山峰是会稽山脉的最高峰，岂有不登高赏景之理？所以，太白峰得名于李白登临之说是真实可靠的。太白峰石碑，如今已成为来东白山旅游必到的打卡点之一。

太白峰左侧有座仙姑庙。传说七仙女中的七妹与凡间的董永相爱，被玉帝拆散，他们只能在每年的七夕节相会。民间得知此事，愤愤不平，为表达对人世间真爱的祝福，人们在东白山太白峰旁立庙以祀，供奉七位仙女，俗称仙姑庙。

仙姑庙位于太白峰木鱼岩东侧，始建于南宋，以方条石砌筑而成，历经百年风雨依然完好无损，充分体现了先人的勤劳勇敢和聪明才智。这座东阳建筑的典范不断激励与其一脉相承的东阳建筑业走向辉煌。

仙姑庙前有一石碑，碑上刻有“浙江七大名山，可以炼丹修道，而太白山亦位居其一……”等字迹依稀可辨。这块石碑，无声地诉说着东白山的历史，也见证了东白山的沧桑巨变。

“有求必应”，是供奉在庙里的仙姑们对人间真爱的诚挚祝福。每年七夕，东阳、诸暨、嵊州三地及周边地区的青年男女，都会结伴来此，祈求爱情幸福，婚姻美满，同时举行“拜彩斗”“接七仙女”等活动，鼎盛时多达万余人。

在仙姑像前合十祈祷后，忽然想起，我们义乌稠江街道高庚村旁边也有一座有上百年历史的仙姑庙。十多年前，姐夫曾跟我说过高庚村旁的仙姑庙与东白山的渊源，庙里供奉的仙姑娘娘是从东白山请过来的。原来，七仙女中竟然有一位被请到我们义乌来了。

东白山不仅是避暑胜地，更是观日出的最佳场所。天气好的时候，会有大批驴友搭着帐篷在太白峰周边露营，以期第二天早上观日出。冬季雪后，银装素裹的东白山更会吸引大批游客上山赏雪。

东白山盛产茶叶，有东白毛尖、东白春芽、东白顶芽三个品种，明代时就被列为贡品。张志行的《东白禅林院碑记》就载有：“登其（东白山）绝顶，钱塘大江茫然在目围，信乎为浙江群山之雄。所环左右前后八百余里，地灵不凡，草木花药含芳孕秀，四时不凋，又土产春芽，名在古人茶谱，与婺源、顾渚播扬天下，真前世学道之士修行之佳处。”喝茶能除躁、静心，还可以让人冥思，促人心神合一，茶文化的深厚内涵和儒、释、道所倡导的理念深入融合后所产生的独特魅力对中华文化产生了深远的影响。我想，这就是“禅茶一味”的来历吧。

东白山的区位优势明显，自然条件独特、文化底蕴深厚。如今，每年举办的春季采茶节、夏季七夕庙会、秋季香榧节和冬季南方冰雪节，为来东白山的游客带来全新体验的同时，也促进了东阳旅游业的繁荣。

亲近自然，开阔视野，是很多年轻人缓解压力的方式。记得有一句深入人心的广告语："人生就像一场旅行，不必在意目的地，在乎的是沿途的风景和看风景的心情。"这句广告语时常引起我的共鸣，却无法诠释此刻我内心的感受。因为东白山入心入梦。

东白山萦梦，梦萦东白山。

（发表于中国作家网）

放马武功山

“秋来风景宜，一起出幽关。心系德仁苑，放马武功山。”

数次梦游武功山，这次总算成行。怀着对分宜县德仁苑六十九位孤儿和留守儿童的牵挂，带上志愿者的一片爱心，在“树树皆秋色，山山唯落晖”的季节，我们八名志愿者，乘着温煦的晨光，驱车沿 G60 直奔豫章腹地。

一

七个半小时我们行驶了六百二十公里，抵达分宜县德仁苑时已经下午一点。

闻知我们要来，德仁苑的校长提前给我们安排了午餐，跟孩子们一样，简约而丰盛。就餐期间，校长向我们介绍了德仁苑的情况和孩子们的现状。为了不让生活在这里的孩子们心灵蒙上阴影，德仁苑采用教养结合，注重以亲情感恩的新型教育方式，让孩子们在团结、互助、互爱的环境中健康快乐地学习和生活。

餐后，我们给六十九个孤儿和留守儿童每人送了一份礼物——一个爱心书包和一些学习用品，看见孩子们领到礼物后欢蹦乱跳的样子，一路奔波的疲惫瞬间消散。孩子们感激的眼神让我体会到了志愿者的价值和骄傲。事后，我们颇有感触，仅凭少数志愿者和爱心人士的捐赠是远远不够的，希望通过志愿者的引领作用，能带动全社会的力量，让“孤儿”们不再孤单，让家境困难的孩子健康成长。

下午三点一刻，在孩子们的依依道别声中，我们挥别德仁苑，踏上了下一个行程。

二

舒爽的秋风和明媚的阳光带着我们跟仙女湖来了次美丽的邂逅。

仙女湖是“中国七夕情人节”的发源地和电视剧《仙女湖》的主要取景地。东晋文学家干宝的《搜神记》中，“毛衣女下凡”的故事就发生在这里。早在2015年，仙女湖就被授予“中国七仙女传说之乡”称号，如今，她已被周边的青年男女推崇为“爱情圣地”和“演绎爱情经典的摇篮”。

对我们这些已过不惑之年的人来说，爱情虽然美好，却只能回味了。

奔向武功山，为圆心中梦。美丽的仙女湖终究敌不过被道佛两家辟为“修身养性之洞天福地”的武功山的诱惑。

秋高气爽之际，是武功山最美之时。“今日云景好，水绿秋山明”，武功山已经张开双臂向我们召唤。面向魂牵梦绕的武功山，我们高呼：武功山，我们来了！

傍晚五点半，我们抵达武功山脚下的龙山村，夜宿龙发客栈。老板娘的热情和特色鲜明的地方菜扫除了车马劳顿。队长联彬在觥筹交错间打了三针明天登山的“预防针”：“1. 为了后天看日出，明天晚上我们住金顶；2. 中途没有客栈，所以运动量有点大，请大家备好食物和水；3. 明天早上五点在客栈门口集合，五点一刻准时出发，请大家吃好早点休息！”所谓有备无患，首先思想上不能松懈。于是大家随后便盘整休息，为明天“挑战武功山”蓄能。

三

队长的号令是坚定而不可违的。仲秋时节的五点，天还没亮，心情却已发亮。五点一刻，队长一声令下，徒步反穿武功山的“战斗”打响了。

挂在老孟腰间的迷你型音箱里传来的音乐，唤出了武功山熹微的晨曦，鸟雀也起得比往日早一些。脚步在欢快的节奏中向前迈进，缠鞋的杂草、崎岖的山路都急着往后退缩。当旋律变得婉转悠扬时，溪涧的水流也跟着和唱。先前走过的驴友在凸岩和荆棘间开辟出一条羊肠小道，小道上留下了密密麻麻深浅不一的小孔，那是登山杖的印迹。毛竹根和松树根蔓延所形成的天然台阶，彰显了自然界的和谐，也为驴友们提供了便捷。脚印在延长，海拔在提升，清新幽静的竹林，茂密荫翳的松墙，从未见过的野草，憨态可掬的野花，身边的景色在不断变化。

来到发云界，映入眼帘的是一望无际的高山草甸，高低起伏，一直蔓延到天边，与风握手，跟云缠绵。黄黄绿绿的芒草整齐地列着队，时而点头，时而弯

腰，向我们招手示意；隐逸在草丛中的黄花像跟我们捉迷藏一样，不时会探出头来朝我们微笑。置身万亩绿色草甸，极目四望，一种置身“天上的草原”的感觉油然而生。打开手机随手一拍，就是一张绝美的桌面图片。看着眼前的画面，总感觉似曾相识，静心冥思，噢！这不正是自己电脑上的桌面背景吗？于是，就不在乎手机的电量和内存，从多个角度留下了高山草甸的丽影。

阳光透过云层洒向万亩草甸，山脊南北两侧呈现出的“阴阳割昏晓”，意境是那么真切；白色的纱幔在草原中轻轻飘舞，与草甸交耳私语，画面是那么柔美；一棵松树静静地立在山头，像一名士兵，为这一片绿色地毯站岗放哨；几块突兀的岩石，在它旁边静静地行着注目礼……回过头，团团雾气向我汹涌而来，转瞬间，我就成了孙大圣，腾云驾雾，在空中漫步，沉迷其中，如梦如幻。梦醒时分，想起《望岳》中“荡胸生层云”一句，不禁对杜工部增添了几分敬仰。这样的唯美景致，或许在三山五岳中也很难领略到，难怪徐霞客在游历武功山后，会留下“千峰嵯峨碧玉簪，五岭堪比武功山。观日景如金在冶，游人履步彩云间”的名句。

四

情景一时凑泊，不禁逸兴遄飞，“江山如此多娇，引无数英雄竞折腰”脱口而出。

时下，武功山已成为中国青少年户外体育运动营地，入围“中国大学生最喜欢的旅游景区”金奖，荣获“中国美丽田园”等荣誉称号。武功山徒步、武功山帐篷节等活动应运而生，各地驴友慕名纷至沓来。万亩高山草甸中留下的斑斑足迹印证了徒步等户外运动的热潮正蓬勃兴起。

徒步的意义，在于通过近似自虐的方式来释放工作、学习和生活中各种压力，寻找人生的乐趣；也在于通过战胜各种艰难险阻来亲近自然，进而让人敬畏自然、保护自然。

“无惧艰难险阻，勇敢追求梦想”是我们徒步反穿武功山的目的。为达到预期效果，队长联彬把武功山的最高峰——金顶（白鹤峰）设置为晚上的住宿地，也就是说，不到金顶，不能休息。

在好汉坡做了回好汉后来到绝望坡。绝望坡的最大坡度达七十度，近乎垂直，落差达三百五十米，海拔从一千三百六十米直接上升到一千七百一十米。短暂的休息和能量补充后，我们开始挑战绝望坡。“战胜绝望坡，踏平武功山！”领队保镖喊出了响亮的口号来激励大家前行。在战胜自我的信念支撑下，大家相互鼓励，一鼓作气，以过硬的体质和顽强的毅力战胜了绝望坡，为“踏平武功山”奠定了坚实的基础。

有人说：人在旅途，每一次经历都是一次成长，也是一次锻炼。战胜绝望坡的经历让我想起了一位资深驴友说过的话：登山，光有过硬的体质是不够的，一定要有坚定的信念和决心，上山时，不要往前看，低着头，一步一步耐心往上爬，再高的山峰终将在你脚下，千万不要被自己打倒。要在心里默念：相信自己，能行！

细想之下，人生何尝不是如此呢？

五

文字的魅力，在于它能描述事物的形象，表达深刻的思想和感情。站在绝望坡顶，面对满眼葱绿的高山草甸和不停涌动的云海奇观，我竟然几度词穷。因为眼前的美，即使再华丽的辞藻，也难以表达其一二。

来到吊马桩，太阳已经与远方的山顶牵手。武功山露出了她风姿和妩媚的另一面：云雾像白色的飘带缠绕在山峰之间，形态万千；斜阳下的草甸，随着秋风跳起了摇摆舞；五彩的帐篷像朵朵鲜花绽放在草浪之中；古祭坛的勾檐和白鹤观的轮廓在落日余晖中显得庄重而肃穆……

眼看疲惫即将随黄昏的幽寂侵蚀我们，老孟在不经意间放了一个大招。“向前，向前，向前……我们的队伍向太阳，脚踏着祖国的大地……”沉寂了好久后，激昂雄壮的军歌突然响起，我们的战斗力和信心再一次被激发起来。于是，大家一起，手挽手，迈着铿锵的步伐，向金顶发起冲刺。傍晚六点四十分，胜利到达金顶。入住鹤峰客栈前，队长向大家报告了战绩：全程二十一点五公里，历时十三小时。

俯瞰重重山峦和自己走过的蜿蜒山路，自豪感油然而生。

“欲穷千里目”，须“更上一层楼”。站在海拔一千九百一十八点三米的金顶，头顶气象万千，云雾缥缈，非烟非雾，如诗如幻，气势恢宏，波澜壮阔；脚底万亩草甸，缠绵缱绻，时卧时立，似醉似癫，秀美磅礴，浩瀚雄浑。正所谓“无限风光在顶峰”，不到金顶，怎么能领略到此般美景？十三小时的艰辛和汗水是值得的。

六

金顶看日出，是来武功山驴友的必选科目。

闹钟在凌晨五点四十分就开始呼叫了，因为它知道，武功山的第一缕阳光不会等我们。

金顶的气温只有六摄氏度，洗漱后，我穿上保暖外套出客栈，朝东的岩石上已经站满了与太阳约会的人。六点十分左右，朦胧的罗霄山脉东端，红彤彤的太阳露出了半张脸，像遇见陌生人的孩子，羞答答的。不一会儿，在晨风的亲切呼唤下，就带着微笑从云雾中钻了出来。六点十八分，它已经满面笑容地站在了我们面前，一片霞光，光芒万丈。此时，看日出的人群中传来一句话：“这不正是徐霞客诗中的‘观日景如金在冶’吗？”

或许是被人们的欢呼声所惊吓，转眼间，太阳就悄然转身，与我们挥手道别。我猜测，它可能被彤云请去讲课了。不禁感叹：一寸光阴一寸金啊！带着困惑回到客栈咨询了服务员才知道，在金顶能看到日出的概率不是很大。所以，我们在庆幸自己受到了太阳公公的宠爱，虽然只有短短的几分钟。也许是我们前天在德仁苑帮助了六十九个孤儿和留守儿童，感动了上苍。我心里是这么想的。

七

简单的早餐后，下山。

途中的景致不停地冲击着我的视觉和感官：奇峰罗列，瑰崎壮丽；怪石林立，形态诡异；深壑飞瀑，美妙绝伦；海拔在降低，景色在暴涨，抬头仰望，山峦壮观雄浑、层次分明。“矗崖崭柱，上刺层霄，下插九地”“百崖丛峙回环，高下不一，凹凸掩映，隤北而下，如门如阙，如幢如楼，直坠壑底。皆密树蒙茸，平铺其下，然雾犹时笼罩……”移步换景，一路精彩。

我慨叹自己无法跟上徐霞客的脚步，对他描述武功山的文字更是钦佩无比。大自然的鬼斧神工，武功山的神奇秀丽令我沉醉，几度痴迷。我知道，用双眼来领略、用双手来触摸是不够的，还需要用双脚去丈量，用大脑去感受，用思想去领悟，才能得到其中的奥妙和真谛。

都说山水能涤荡人的心胸，启迪人的智慧。第一次来武功山，我们克服了困难，留下了汗水；感受了神奇，留下了身影；坚定了信念，留下了笑声；锻炼了意志，留下了脚印。

愚以为，人生之大境界，在于自然和自在。自然来自回归自然，与自然和谐相处；自在来自放下俗念，找回一颗朴素的心。这两点，是这次放马武功山的最大收获。

挥别武功山之际，方会长的一句话说出了我的心声："武功山，我会再来！"

后 记

晚上十点半，我们安全到家。行程结束，意犹未尽，总感觉缺点什么，于是，在静心回味本次行程后，做了上述记录。另外补充说明以下三点。

1. 在如今这个图片虐打文字的时代，因未学过摄影，加之手机像素太低，所以不敢附上图片，这是本人最大的短板，也是本文的缺憾。

2. 一番搜肠刮肚，仍无法找到优美的辞藻来描述武功山之美，江郎才尽的感觉令人懊恼而羞愧。然放马武功山的点点滴滴，却触动了大脑的神经，于是克服大脑内存有限、存储电量不足、续航能力欠缺、思想维度不高等诸多困难，抛却疲乏，用肤浅文字把最真切、最真实的感受记下，以慰此番武功山之行，权当游记。

3. 此番一同放马武功山的八位志愿者勇士是：队长联彬，领队保镖，队员：方总、老孟、张总、亚亚、丽丽和我。

八岭古道寻诗

每一次走八岭古道，都有不同的感受。今天，随义乌作家协会文艺创作小分队再次踏上八岭古道，是为了找回那些遗落在古道中的诗。

“此情可待成追忆，只是当时已惘然”。自2008年与毅行单车俱乐部的骑友们一起踏上八岭古道开始，到去年仲秋跟师妹们经古道徒步至盛家坑，粗略一算，走八岭古道已不下十次了。从当年的意气风发健步如飞走到如今的望岭生畏气喘吁吁，我切身体会到了岁月这把杀猪刀的锋利和无情。

光明水库的水位虽然很低，但水还是那么清澈，像一颗蓝宝石镶嵌在群山之间。它把四周绵延起伏的群山纳入怀中，糅合透过松林的那缕缕阳光，绘成一幅江南特有的水彩画，并敷上了一层秋天成熟却不张扬的颜色，显得诗意盎然。

二十八人组成的队伍在库边的小桥上合影后，跟着队旗，沿崎岖的小路浩浩荡荡地进山，寂静的古道开始热闹起来。

山还是这片山，路还是这条路，在行进的步伐中，我开始搜寻当年留下的印迹。蓦然发现，路旁微黄的苦竹已不认识我；金星蕨无精打采地低着头，显得很陌生；缠绕在榛子树上的红藤似乎对我还有点印象，在鹧鸪不断的教唆下朝我挥了挥手；曾在我右臂上留下几道疤痕的那棵八角刺又长高了一截，还像当年那样怒视着我，让我望而生畏，退避三舍；只有野柿树旁那块有棱有角的凸岩，笑眯眯地看着我，让我卸下背包休息一下，似乎要跟我诉说离别之情……

我忽然感觉，草木物什都有了灵性，它们经过阳光雨露的点化，在世道轮回中悟出了什么？于是诗情开始萌动。

仲秋的天气舒爽而惬意，清风徐来，阳光温润。在汗水助力下登上皇避岭的女人们，紧锁的眉头渐渐舒展开了。野生赤豆、雷公藤、榛子、红蓼和掉落在路边长满坚刺的板栗都勾起了她们的好奇心，也许是女性特有的觉察力和感知力开始发挥了作用。

“有无花果！”刘晓玲老师欢叫声，吸引了四五个人一下子围了上去。

“这是油桐，不是无花果，用来榨桐油的，不能吃！”见多识广的朱天平老师看了一眼后，给围观者讲解了油桐和无花果的区别和不同的用处。

“哦！谢谢朱老师，没有你的科普，我就摘来吃了！”刘老师讷讷地说。

“三人行，必有我师焉！活到老学到老啊！”一旁的贾良友老师不由感慨道。

贾老师的话，让我想起了麦家老师《人生海海》里的那句经典：“世界很大，天外有天，山外有山，不能太任着性子，该低头时要低头，该认错时要认错。”是啊！人生路上，沟沟坎坎，哪能不出错呢？回想自己，年轻时心高气傲，不肯低头不认错，现在转身一看，才发现人生的半程竟然走了不少弯路，这是任性和傲慢的代价。

“枯藤老树昏鸦，小桥流水人家”，来到小溪边，古诗中的意象映入眼帘。今年雨水少，流水已断，人家已搬迁，剩下了几座清代古桥无奈地张望着裸露的溪石，少了溪水的陪伴，世界也显得孤寂起来，一股“自古逢秋悲寂寥”的伤感陡然涌上心头。在清代古桥“元善桥”上，我们聆听了傅健老师关于古桥历史的介绍，边听边用鉴赏的眼光注视着古桥。在岁月的变迁中，它显得更加坚韧，在时光的积淀中，它显得熠熠生辉。我赞叹它的意志，与青山相偎相依；钦佩它的坚强，跟古道不离不弃。它所经历的沧桑和古人深邃的智慧彻底征服了我。感悟之际，诗味渐浓。

“白云飘飘闲自在，万里江山任我来。”顽童金佩庆老师不知何时跳进了溪边乱石堆，他不去打扰涓涓细流和水里小鱼的闲逸，却被卵石的光滑度所吸引。他建造“万应石塔”的雅兴，应该不在于石塔的高低。面对浓郁秋色中的那片乱石，造塔寄托心中那一份期盼和祝福才是他真正的主题，也是我的诗魂所系。

时间很公平，对每个人都一样。岁月无声，就像一本书，字里行间，充满了冷暖交织的光阴和看不完的春夏秋冬，还夹杂着人生的苦辣辛酸和壮志未酬的无奈，这就是它的深意。环境会造就不同的生活，或平淡，或精彩。古道的清风告诉我，应该保持一份美丽的心情，去感受生活细微的美好。“花开堪折直须折，莫待无花空折枝”。面对四周绵山的真情和八岭古道的秋意，我的诗韵愈发清锵。

义乌有句古话："箱子里存的钱是越多越好，心里存的事是越少越好。"行走在古道的青石板上，一切烦恼都被轻柔的山风吹散。我呼吸着充满负氧离子的空气，朝天上的白云招招手，和林中的鸟雀聊聊天，与路边金黄色的千里光搭个肩……小草的乖巧，树木的灵动，让我再次感觉到，古道上每一处都充满生机，前行的每一步都迈向美好，或许，这就是八岭古道的诗心所在。

记忆的线缠绕过往，还是现实占据了心扉。此番寻诗之旅前，我一直认为美景是在远方，因为诗和远方是连在一起的，却抛忘了八岭古道这首隐藏在身边的诗。庆幸的是，今天我把它找了回来！

春雨伴行寤思长

“柳丝长，春雨细，花外漏声迢递”，三月的江南多雨。

G7492 次列车准时从义乌站驶出，奔向魔都上海，窗外的春景在迷蒙的烟雨中一晃而过。

列车在钱江大桥上减速，窗外的景色开始明朗起来。“江南雨霁彩云开，眼界空宽翠色排”，雨停了，乌云慢慢散开，钱塘江上空绽放出片片彩霞，俯瞰着滔滔江水向东奔去，两岸鳞次栉比的高楼列着队，欢迎来自各地的朋友。G20、第 19 届亚洲运动会后的杭州，经济增长速度和现代化进程领跑全国，科技、教育、电子商务等多个领域的魅力全面释放，“人间天堂”踏着雄壮的步伐引领中国人民走上共富路，同圆中国梦。作为浙江的一分子，我感到无比自豪。

“春风得意马蹄疾，一日看尽长安花。”杭嘉湖广袤的平原上，春风骀荡，天宇高远，大道平阔，河道纵横，窗外的绿树、黄花、农田、车辆、乡村、城市融合在一起，组成了一幅绝妙的春景图。这不正是“金山银山图”吗？正思索，邻座的手机忽然响起，传来一首熟悉的歌曲：“宽广美丽的土地，是我们亲爱的家乡……”应情应景，我也跟着哼了起来。

有人说，记忆是存在倾向的，温暖和舒适往往会被淡忘，挥之不去的是曾经的艰难和惊恐。

离魔都越来越近，思绪也越来越浓，怀旧情结如潮汹涌，那段往事又上心头。那是我处在人生十字路口，发现商机并攫取第一桶金的历程。

20 世纪 90 年代初，春天的故事刚刚唱响，全国各地商潮涌动。成家不久的我，迫于生活的压力，怀着发财梦，以“初生牛犊不怕虎”的勇气一头扎入商海。当年的我，一无本钱，二缺资源，三少信息，像一只无头苍蝇到处乱撞，在商海里裸泳了一段时间，呛了不少水。

1994 年 9 月中旬，我背着一些卖不掉的打火机从南京回家，途经上海，来到第一百货商店闲逛，在玩具区看到一种木制益智儿童玩具——拼板。也不知道被什么诱惑，我不顾囊中羞涩，花十七元五角买了一个恐龙拼板回家。还记得，当时义乌到上海的火车票才二十一元。到家后，与妻一起，按照说明书，花了一个多小时才把恐龙拼装好。畅爽的心情来自克服了困难，看到拼装好的恐龙模型，我兴奋了一阵，随后萌生了一个改变人生的决定。

第二天，带着拼装好的恐龙模型来到小商品城篁园市场，在同学处咨询，到亲友处探访，从日用百货、工艺品，到五金电器、儿童玩具，走访了不同行业，寻遍了各个区块。发现市场上没有同类产品后，果断决定，向益智儿童玩具领域进军，做第一个吃螃蟹的人。于是马上跑到邮电局，按样品上标注的号码拨通了益智儿童玩具拼板的厂方——中外合资上海汇生公司的电话。在得知义乌还没有经销商时，我激动得手舞足蹈，感觉有了无穷的希望和梦想。

“天时、地利、人和”是孟子给后人指明的三个成功因素。机不可失，时不再来，老天给了你拼搏的机会，抓住才是迎天时；“近水楼台先得月”，作为一个义乌人，国内知名度最高的市场就在家门口，这是地利；与妻协商后，得到了家人的理解和支持，做到了人和。于是筹集资金，准备到上海进货。

10 月初，当我怀揣着借来的一千六百元钱，来到上海市淮海中路 163 弄 5 号汇生公司办公室门口时，已是午后一点半。按了三次门铃，不见人来开门，正当我准备坐在门口休息时，门开了。双眼惺忪的穆敏看见一身蓝色军装的我，愣了半天，我报上姓名和来意后，她才迎我入内。

初次见面，彼此都不了解，经过一个多小时的洽谈，初步达成了合作意向。合作方式和产品价格都是汇生公司说了算，我没有一点还价余地。面对汇生公司提出的一系列苛刻条件，我选择了全盘接受。因为当时自己没有谈判的实力，更重要的是不想错失这次机会。现在回头想想，仍不知当年的勇气从哪里来。资金是借来的不说，连摊位也是临时租用别人的，而且还得接受厂方的系列条件，风险系数之大可想而知。但我却从未后悔过，因为当初做决断时，心里只有一种信念：爱拼才会赢，要勇敢地闯出一条路来。

虽然 20 世纪 90 年代初期的市场是卖方市场，但当时的交通比较滞后，从义乌到上海坐特快列车需要六个小时；信息也不发达，长途电话要跑到邮电局打，发一份传真要排很长的队。创业之路充满坎坷，如同在漆黑的夜里摸索前行。每次去上海进货，都是早上五点起床，一个人摸黑骑自行车赶到离家十多里地的火车站，乘坐六点三十分的 72 次特快，抵达上海时已经十二点半。火车上的午餐既贵又不合口味，为了赶时间，只能泡方便面充饥。在汇生公司还要走下单、结账、提货一系列流程，办好托运已经十七点了。为了节省开支，选择了当天往返，于是匆忙赶往火车站，乘十八点三十分的 71 次特快返回义乌，回到家时，已经凌晨一点多了。来回奔波十八个小时，第二天继续到市场，蹬着三轮车给客户送货，像一台满负荷运转的机器。最难忘的是买不到火车票又急于赶回家而逃票的时候，怀着一种侥幸的心理站在车厢角落，看到乘警过来就低下头，假装拿东西，胆战又心惊。那种滋味，现在回想起来，依然浑身不自在。

资金问题一直是最令我头疼的。当年第一次进货的一千六百元钱，是东拼西凑起来的，在姐姐家借了一千元，其他是老妈从几个朋友处借的。后来，要进货时，红着脸向姐姐借，货卖掉先还上，再进货再去借，借借还还，一年间竟有七八次之多。好在自己能吃苦，加上省吃俭用，一年下来，有了一点积蓄。

有位哲人说：人生就像一根火柴，经过磨砺，才能擦出灿烂的火花。经过夫妻俩共同努力，在广大客户的支持下，生意有了起色，两三年后，把家里的老房子进行了改造，又买了摩托车做代步工具，生活条件有了很大的改善。

“往事如烟似梦，转眼岁月匆匆。”带着漫长的思绪走出雄伟的虹桥高铁站，当年上海汇生公司的杨总、穆敏、小董、高师傅的笑容和身影仍然浮现在眼前。转个弯，他们却消失了，消失在半个甲子的岁月里。不禁感慨：岁月弥足珍贵，青春不能万岁。

“世事漫随流水，算来一梦浮生。”自 2014 年跟文字打交道以来，金钱在心中的魔力已渐渐褪去，心胸在儿女的欢笑中慢慢开阔，眼界在文字的滋养下徐徐拓宽。这些，既是岁月磨砺出来的光华，也是天命之年所应有的生活境界。回望蜿蜒曲折的道路和深浅不一的痕迹，我对漫长而艰辛的文学之路充满了期待。在寻找属于自己指纹的创作中，纵有不如意，抿嘴就释然。

了解我的媒体朋友在拙作《鬓华心笺》出版后发文说，《鬓华心笺》记录了我从商人到文学工作者的转变过程。可谓言简意赅，话短情长。人生路上，很多事情难以预料。我觉得，面对时光的流逝，淡然放下，冷静思索，才能在三月的春水中觅一份诗意；脚踏实地，从容前行，才能到四月的芳菲里沐人间明媚。

“轰隆隆”一阵春雷响起，雨又下了起来，我撑起伞，融入了繁华都市里前行的人群中，稳健的脚步里多了几分坚定。

紫藤争艳为清明

紫藤花堪比素八珍，既可制作紫萝饼、紫萝糕，亦可蒸食，清香味美，营养丰富。民间食用紫藤花之风俗绵延传承至今。

周三，表妹微信告知，黄山附近紫藤花已盛开。于是趁清明假期，天公作美之际，与老大、老三相约上山采摘紫藤花。

过黄山岭隧道后拐入杨横线，打开车窗，负氧离子瞬间侵入，溢满车厢。从黄山村旁逦逦上山，经十八弯至山腰，驻车四望，群山连绵起伏，巍峨雄壮，峰峦叠嶂。阳光下，松枝上浮动着一条条紫色飘带，清风徐来，幽香沁鼻，令人神清气爽。

继续上行，只听大嫂不停欢叫："紫藤花那么多，快找个地方停车！"

为不扫大嫂兴致，遂泊车于路旁，携伸缩剪、雨伞（接紫藤花用）和塑料袋下车，准备采摘紫藤花。

资料显示：紫藤，又名藤萝、牛藤，大型落叶豆科藤本植物。枝粗叶茂，春季开花，呈紫色或深紫色，有郁香，其攀缘茎势若盘龙，可伸展数十丈之高，为著名牵藤作棚花卉之一。

宋代沈括《梦溪笔谈》说："叶如槐，花穗悬，紫色，如葛花，可作菜食……"李白曾有诗云："紫藤挂云木，花蔓宜阳春。密叶隐歌鸟，香风留美人。"

细品古诗之味，我们来到紫藤树下。但见硕大花穗密挂枝头，紫中带蓝，摇曳生姿，如晨霞映水，似群蝶列飞；如龙蛇蜿蜒，似彩凤入林。姿色绚丽，气象迷人。耳边忽然响起殷秀梅那袅袅余音："紫藤花，紫藤花，洁白绛紫美如霞……"

紫藤花正享春天，吾当不负其韶华。遂沐微风，饮芳香，结伴而采之。老大披荆斩棘，老三拉枝牵藤，我缘木摘花；大嫂撑伞接花，三嫂精心挑选，妻逐个装袋。分工明确，配合默契，些许时间，紫藤花就已装满六个塑料袋。

意犹未尽之际，右膝关节忽感一阵灼痛，细察，乃一根刺藤缠住右腿，其刺已扎入肉中。忍痛拨开裤上刺藤，未料另一根刺藤反弹回来，顿时，右手虎口又划出两道血痕。真是“屋漏偏逢连夜雨”啊！

“莫非得罪了山神？”我暗自忖度。

斩断紫藤，原以为是替松枝松绑减负，岂料其早已生死与共，融为一体了。

“其和谐家园遭损，难怪刺藤要报复我。”我略有所悟。

“小心，有大黄蜂！”老三朝我喊道。

大黄蜂在头顶盘旋，欲警告我们，不要与其争食。

我怏怏缩回右手，凝神伫思。“物竞天择，适者生存”乃自然之规律。我等作为自然界之主宰，当懂得尊重自然，顺应自然，保护自然。

苏子之《前赤壁赋》中有言：“盖将自其变者而观之，则天地曾不能以一瞬，自其不变者而观之，则物与我皆无尽也，而又何羡乎？”受自然之馈赠，理当懂得感恩。一味索取，天地之所不容也。况我等之于自然，只一过客耳，何须贪心？知足常乐可也。

晚饭，妻做了一盘紫藤花炒鸡蛋，供我下酒。伸手搛菜时，虎口伤痕疼痛犹在。当紫藤花入口，一杯白酒下肚后，余痛顿消。

绿柳成荫思老幼，紫藤争艳为清明。这个清明节余味悠长。

2022年4月5日　19:00

植物园里的收获

辞别阳春三月，恭迎清明时节！

早餐后，送大女儿到新丝路学校长和校区，再送妻去五区市场。行到义乌港路段，一看时间还早，遂拐入植物园。

“雨前初见花间蕊，雨后兼无叶里花”，虽然植物园里的春花大部分已谢了，但空气却好得出奇，简直无法用词语来形容。狠狠地吸上几口总觉得不过瘾，真想把它装起来带走。漫步在三色线标志的游步道上，刚才是“云青青兮欲雨”，转而却是“霓为衣兮风为马，云之君兮纷纷而来下”。两旁被春雨滋润过的枝叶还含着幸福的泪珠；葱翠茂密的小草在微风中摆弄着婀娜的身姿炫耀；成群的野鹁鸪在枝头串来串去，欢快的“咕咕”声此起彼伏，在半空中回荡；曾经灿烂娇艳的梅桃花被蜂蝶亲吻后却嫁给了东风，如今已是硕果累累；油菜花也渐渐褪下了她们那魔幻般的金色外套，嘱咐绿叶精心抚育着她们的孩子；麻雀们在丛林里玩腻了，偶尔也会过来串串门，跟她们私聊几句……

登上幸福湖大坝往北眺望，远处是“浮云不共此山齐，山霭苍苍望转迷”。湖面上是“水澹澹兮生烟”，一只鸥鹭独立于沙洲四周环顾，一群野鸭正在进行潜泳比赛，水面上留下道道欢快的波痕，转眼就与微风荡起的轻浪交相融合，慢慢滑向远方。

爆表的负氧离子令人神清气爽，心情舒畅。兴趣盎然却无以言表之际，我禁不住大声唱起了《我爱你中国》："我爱你春天蓬勃的秧苗，我爱你秋日金黄的硕果……我爱你家乡的甜蔗，好像乳汁滋润着我的心窝！我爱你中国！我要把最美的歌儿献给你！"这不是一时兴起，而是我内心的真情流露！

我们从义乌港对面的停车场出发，沿着游步道，走过乌桕林、梅桃林，穿过思古塘旧址，进入油菜花海，登上幸福湖大坝后往东太养殖场方向返回停车场。当行走到东太养殖场附近时，妻突然兴奋地叫了起来："快看，那是什么？"我顺着妻手指的方向看去，原来，在道路两侧梧桐树的枯枝上，长满了木耳。"这些木耳不知道能不能吃？"以前听说梧桐树上的木耳是可以食用的，于是就地取材，在路旁找来一根竹竿，我踮起脚尖往树枝上捅，妻跑到车上拿了个塑料袋在下面捡。不到半个小时，捅下来不少木耳，择其优带回家，一称，竟然有 2.6 公斤，收获颇丰！

大自然的无私馈赠让我感动的同时也陷入了沉思。曾几何时，生活垃圾、工业废水、汽车尾气等污染一起向我们袭来，影响了我们的生活质量，更让大自然受到了无情的伤害。好在环境污染问题引起了党和国家的高度重视，并采取了强有力的措施。从中央到地方，环境治理成为各级政府部门工作的重中之重。经过几年的努力，如今，生活环境已得到了彻底改变。绿水青山回来了！鸟儿鱼儿回来了！珍稀动物回来了！这就是最好的例证，而且就展现在我眼前。今后，"绿水青山就是金山银山"将不再是一句口号，它是千万群众的自觉行动的指引，是节约资源和保护环境的基本国策。

细思之后忽然觉得，今天植物园之行又多了一种收获，那就是让我领悟到：人与自然的和谐相处是多么重要。其实，人和大自然的关系跟我们人与人之间的关系是一样的，你敬我一尺，我敬你一丈。我们尊重自然，善待自然，遵循自然规律，大自然定会回报给我们的！

（发表于 2021 年 4 月 12 日《义乌商报》第四版）

汤溪山水把梦留

往事如烟堪玩味，痴情一片在金秋。

2016年国庆假期，兄弟四家纵情于汤溪山水之间，在微信朋友圈里留下几张照片，配以一段粗浅的文字记录。今天翻开，依然回味悠长。

回味之余浅悟：照片的功能在于分享和回味，而文字的魅力则在于表达心声，它不但可以穿越时空，更能给人以温暖。

于是踏着当年的文字，重温那难忘的日子。

10月5日，长假还未结束。晨起，接到老三夫妻，我们准时到达G60后宅入口，等候老大夫妻前来会合，前往汤溪游玩。没想到老大竟然姗姗来迟，比约定时间迟了二十六分钟。七点半出发，上高速行驶四十五分钟后从金华西、汤溪出口下来，八点二十抵达汤溪中学教工家园老二的家里。稍作休整后，带上二嫂早已备好的水果和酒水，前往她娘家——汤溪镇塔石乡山坑村游玩。

我们在大自然深情的召唤中，出汤溪镇区，沿汤苏公路向青山进发。一入九峰库区，车子犹如驶入一幅诗情画意的山水画之中，湖光山色相互映衬，青山绿水惊艳绝伦。妻不觉打开了车窗，明媚的阳光裹挟着饱含负氧离子的清新空气瞬间钻进车厢，撩起额头的刘海，亲吻起皱的脸颊，让我们心醉神迷，舒畅无比。久处喧嚣城市，闻惯了汽油味的我，在深吸了几口新鲜空气后，顿觉神清气爽，耳聪目明，恍如通过时光隧道，吸到了三十多年前的空气味道。

蔚蓝如洗的天空下，群山绵延起伏，与轻柔的白云接吻缠绵；蜿蜒曲折的公路旁，翠嫩的小松树伸出纤手，在山风的指挥下跳起了摇摆舞；清幽静谧的回湾处，碧水把一块青岩搂在怀里，两情依依，难舍难分，一群鱼儿在旁边窃窃私语，似乎在问：是碧水缠住了青岩？还是青岩爱上了碧水？

一阵微风吹来，湖面泛起阵阵涟漪，远远望去，像一张张可爱的笑脸，在秋蝉的凌波曲中，逐渐拉长，延伸……

这些唯美的景色我曾在电视画面里见过，此刻，它们就在我的眼前，真实而清晰。它们牵引着我的双眸，震撼了我的心灵，让我魂不守舍，不忍踩下油门离去。

缓行至库尾，宽阔的水面已收缩成一条小溪。在老二的带领下，沿临溪公路溯流而上，在一宽阔的拐弯处泊车。我们下车穿过一片毛竹林，来到小溪边，但见溪水清澈，卵石错落，水草肥美，小鱼萧逸。见溪里有石斑鱼在游弋，老大转身往车上跑，不一会儿，就拿着个网兜连蹦带跳地回来了，在离溪边不远处，被石头绊了一下，一个趄趔差点摔倒，惹得我们也差点笑落小溪。

十点左右，到达塔石乡山坑村。山坑村地处大山深处，民风淳朴，还保留着一些比较原始的耕作方式。儿时记忆里的许多农器具在这里随处可见：下雨天穿戴的蓑衣笠帽、牛耕时代的铁犁，用来过滤的谷筛、米筛、糠筛，约三米宽四米长用篾编成的晒谷竹席，装稻谷的竹编箩筐，细长毛竹竿做柄、木梳状的耙子依然在翻晒稻谷；用来分离谷壳的手摇木风车转到了现在还不肯退休；还有一些我们义乌方言能表达，却不知道普通话怎么称呼的农用器具……这里，简直就是一个近代农器具博物馆。

触景生情，儿时的记忆油然而生。忽然，村中传来几声鞭炮，进而锣鼓声唢呐声迭起，二嫂说，这是村里有人家办喜事。原来今天是个好日子！

二嫂家的房子依山而建，旁边有条小溪，流往九峰水库。溪水清澈见底，在奔流中卷起无数朵小浪花。平缓的小水潭中，三五成群的小石斑在乱石丛中游来游去，看见陌生的我们，还停下来打量了一番，似乎向我们发出挑战：来抓我呀！来抓我呀！

我和老三禁不住诱惑，从老大车上拿出网兜，脱掉鞋子卷起裤腿下到小溪。那些石斑鱼可不一般，个个都是机灵鬼，好像是因为我们打搅了它们平静的生活，特意要我们一样，跟我们捉迷藏，战术战法都很娴熟，声东击西，你进我退。害得老三不小心滑倒，挂彩后直接退出战斗。我一个人继续跟它们鏖战，半个多小时后，总算抓到一个俘虏——一条三厘米长的小石斑。老大在岸边笑着嘲讽我：连煮鱼汤都不够，战果“辉煌”啊！我只能红着脸上岸。

上岸后，老二建议，一起去走山坑村对面的银岭古道。银岭古道曾是兰溪金华通往遂昌丽水方向的主要通道。踏上古道才发现，路面的青石板已经残缺不全，大部分被杂草占领，少部分已被泥沙冲毁。

再往里走，两旁荆棘密布，已很难发现先人的足迹了。看来古道已经废弃失修多年。

随着时代的变迁，特别是改革开放三十多年以来的经济大发展，交通工具日新月异，道路已修得四通八达，现在已实现了村村通公路。站在半山腰的古道拐弯处朝山下看，只见蜿蜒曲折的水泥路如同一条巨龙盘旋在山谷和村庄之间。古道在巨龙的挤压之下，已退缩为隐藏在密林丛中的一条小蛇，令人感慨唏嘘！

回到二嫂家，午餐已经准备就绪，丰盛的菜肴摆满了红色的八仙桌：放养的土猪肉肥而不腻，自家孵化的土鸡特有嚼劲，溪涧抓的石斑鱼味道鲜美，地上采摘的番薯叶脆嫩爽口，还有新鲜的花生、番薯和玉米……其中一盘菜，我们五六个人都认不出来。二嫂请我们猜，竟然屡猜未中；二嫂又让我们尝尝，松脆可口却不知其所以然。最后，在二嫂的提示下，妻猜中了谜底，原来是山坑村祖传的腌制白黄瓜。原汁原味原生态的午餐令我们胃口大开，深感口福不浅。乡村土菜胜过饕餮大餐，由衷感谢二嫂娘家人的盛情款待！

抹干嘴角的油腻，二嫂带我们翻过连绵群山，来到与遂昌交界的梨树源游玩。在梨树源，我们闻鸟私语吸仙气，听泉欢唱洗尘俗，峡谷探幽抓螃蟹，深涧清肤逗蝴蝶，浅滩戏水捡奇石，林中漫步留侠影……阵阵笑声回荡在绿水青山之间，契阔之情在轻松愉悦之中显得愈发清纯。

“醉翁之意不在酒，在乎山水之间也”，先贤欧阳永叔之言时常萦回耳边。面对此情此景，虽无酒，吾醉矣！

光阴荏苒，六年时光瞬间在指缝中溜走，想起当年的情景，不禁感叹：不知芳信跟谁去，未忘汤溪把梦留。

古月桥影契我心

“嗦啦嗦啦西啦西，问声晚饭吃过米？同年哥，讲新闻，上讲天，下讲地，听听奇闻也有味……”义乌电视台的《同年哥讲新闻》，是义乌男女老少最爱看的方言栏目。片头有一个熟悉的身影，吸引了我二十多年，它的丰姿已烙在我大脑，挥之不去。这个身影就是全国重点文物保护单位——古月桥。

一

古月桥，古称大桥，静卧在古称野墅的赤岸镇雅治街村西侧百米的龙溪上。清·嘉庆《义乌县志》“卷二·水”载：“龙溪：县南四十里，源出吴宁紫微山顶，环抱野墅，至双溪口合流。”“卷二·桥渡”载：“大桥：县南四十里。一洞，高二丈，广丈余，修亘五丈，跨龙溪之上，去野墅西里许。”

与龙溪相偎相依走过八百多年的大桥，留下了许多美丽动人的故事，关于桥名来历的传说是流传最广的一则。据传，南宋名臣徐侨回乡为母守孝，途经龙溪时不慎遗落官印，野墅村的放牛娃古月在龙溪畔拾得后将其奉还。为感谢淳朴、忠厚的乡亲，徐侨出资请知名工匠在龙溪上建造了这座桥，并以放牛娃古月的名字为桥命名。

民间故事的精彩内容虽无从考证，却一直流传至今。雅治街村保存的《义乌野墅朱氏宗谱》上，古月桥方位的古地图赫然在目，为后人提供了有据可考的史料。

桥侧面中部横石匾上阴刻的“皇宋嘉定癸酉季秋闰月建造”十二个字显示，此桥建造于 1213 年。其造型结构与《清明上河图》中的虹桥是一脉相承，采用单拱纵联分节并列砌置法建造，桥拱呈五边形。这种工艺，不仅显示了古代义乌人民的聪明才智，也为我国桥梁发展史研究提供了宝贵的实物资料。为正本清源，20世纪80年代初，确定桥名为古月桥。作为国内建造时间最早、保存最完整的古代石拱桥之一，2001年6月25日，古月桥被国务院列入第五批全国重点文物保护单位。

龙溪之水自东南向西北流，到古月桥下却拐了个弯，由西南折向西北流淌。古人为何要把桥造在龙溪的拐弯处？我心里留下了一个问号。

二

“别院深深夏簟清，石榴开遍透帘明。”初夏的阳光热情而奔放，草木焕发出青春的活力，使空气也温馨无比。周末闲暇，或许是心灵感应，古月桥的身影忽上心头，遂独自驱车前往雅治街。不为别的，只为领略古月桥那上弦月般的弧线美，了却经年累月的思念。

到雅治街，顺着指示牌来到离桥不远的一块空地。打开车门，“全国重点文物保护单位——古月桥”和“赤岸风景区——古桥月影”两块石碑瞬间跳入眼帘。走到桥边，但见稻浪层层连绵翻滚，蝴蝶携手翩翩起舞；树叶在风中缠绵悱恻，鸟雀在枝上追逐戏耍；一排野艾整齐列队，向古桥敬礼；几棵樟树昂首挺胸，在两侧守卫。桥下，龙溪在放声歌唱，优美的旋律迷醉了苔藓、水草和桥身的每一个石头构件，就连岸边的藤蔓，也显得超然脱俗。试问，沉浸在如此典雅意韵中的古月桥，怎么能不清新脱俗，隽永绵长呢？

走上古桥，犹如穿越时空，一股飘飘欲仙的感觉油然而生。“独立小桥风满袖”，我俯身抚摸了桥面的条石，用心去聆听它的沧桑往事，眼前浮现出来来往往的货郎担，耳边传来了野墅市上的阵阵叫卖声。

“我醉欲眠卿且去，明朝有意抱琴来”。古月桥牵着龙溪的手，造型是一个圆圆的满月。在这简易古朴的意象中，我感觉到，古月桥不仅给雅治街增添了灵性，还让每一个日子都意义非凡。

三

古月桥，连接着历史与现实，也把现实引向了遥远的未来。

我曾读到过中国人民大学文学院马苏娜教授的一篇文章，题目是《简析禅宗思想对废名小说〈桥〉的渗透》。文中阐述了禅宗思想是形成废名小说《桥》的重要因素，从人生的形式、达观的禅意和返璞归真等方面探讨了禅宗思想对

《桥》的影响，同时点明了小说中桥所蕴含的禅意。

现实生活中，桥的作用并不止于便利交通、加强联系和提高安全，还有深层次的含义。它是连接烦恼、执迷、现实世界的此岸与解脱、自由、涅槃的彼岸的纽带。走过桥，就是不一样的景色，这不仅是时空的改变，更是情感的升华。所以古人认为，修路造桥是积德行善的行为。

在中国古典名著中，以桥为背景上演的经典故事不胜枚举，如：牛郎织女鹊桥相会、白素贞许仙断桥结缘、梁山伯与祝英台草桥结拜、张翼德大闹长坂桥……

最令我感慨的是《石桥禅》：佛祖弟子阿难出家前，在道上遇一少女，爱慕难舍。佛祖问阿难："你有多喜欢那少女？"阿难答："我愿化身石桥，受五百年风吹雨打，但求她从桥上走过。"佛祖感动，遂让阿难化身成石桥，五百年后，阿难终于等到了自己十分喜欢的那个少女……

一诗友读完故事，慨然赋诗："风吹前世三千载，雨打今生五百年。若有君从桥上过，自甘石化在人间。"此中滋味，不知几人能解开？

四

凄美的故事会挑动人的神经，也会给人以深刻的启迪。

古月桥见证了四个朝代的兴亡盛衰，经历了八百十一年的风雨历程，走过了二十九万六千多个日夜。我不知道桥上上演过多少凄美的故事，但我坚信，这里一定演绎过无数次喜怒哀乐，无数场悲欢离合。

这些被历史洪流淹没的故事中，应该有张继《枫桥夜泊》里"月落乌啼霜满天，江枫渔火对愁眠"的幽寂清冷和孤孑清寥；还有杜牧《寄扬州韩绰判官》中"青山隐隐水迢迢，秋尽江南草未凋"的悠扬格调和翘首遥思；不乏马致远"枯藤老树昏鸦""古道西风瘦马"的景致衬托；也少不了陆游"伤心桥下春波绿，曾是惊鸿照影来"的心旌荡漾。

如今，古月桥在"夕阳闲淡秋光老，离思满蘅皋"的惆怅中迎来了"明月别枝惊鹊，清风半夜鸣蝉"的恬静自然，于"槲叶落山路，枳花明驿墙"的足迹里畅想着"旧时王谢堂前燕，飞入寻常百姓家"的希望。新时代的号角声中，以红木家具为产业的雅治街发生了翻天覆地的变化。唯一不变的是，野墅朱姓子孙对古月桥的崇敬和爱护。这些，可以从它和龙溪的合拍中进行稽考，在前来观赏的游客中得到验证。

一场雨后，龙溪又开始奔腾。哗哗水声，是为雅治街的红木产业鼓劲；朵朵浪花，是为朱姓子孙的干劲喝彩。古月桥一直静静地守护着，默默地为他们祝福。

五

世上总有些人，独具慧眼，目击道存，能从平常的事物中看出不平常的意思，在有意无意之间作见道语，发人所未发。

“空手把锄头，步行骑水牛，人从桥上过，桥流水不流。”这是婺州双林寺始祖、中国维摩禅祖师傅大士写的一首禅诗。据说，这首千古绝唱，凡人很少能悟透。

如何才能破解这首诗的“秘密”？愚以为，重要的是如何看待“桥”和“水”这两个物象。水动也好，桥动也罢，都应该把它们看作是平等的物体，做到“物我统一”。“物我统一”，一切释然。由此及彼，人生亦如此，只有心灵放空，才能容纳万物。放空即“放下”，“放下”才能“拿得起来”，“空手”才能不断“拾得”。小猴子下山，就是想得太多，又没有放下，才会空手而归。所以，懂得放下，才能真正拥有自己需要的东西。

至于桥下之水，乃人之本性也。

转念一想，前面的问题瞬间得到了答案。先人之所以在龙溪的拐弯处建造古月桥，那是在提醒过桥之人：过桥之际，不妨看看，水尚能曲能直，做人不可太过执着。或许，这也是傅大士这首禅诗的奥秘所在。

挥别古月桥之际，我想起了沈从文说的一段话：“在青山绿水之间，我想牵着你的手，走过这座桥，桥上是绿叶红花，桥下是流水人家，桥的那头是青丝，桥的这头是白发。”

未及细思，绎思即起。横跨在义乌江上的那些现代化大桥，是否能再续古月桥的辉煌，把国际商贸城独有的风姿与神韵发扬光大……

我陷入了沉思，大脑却被古月桥占据着，它的身影在我心里越来越苍劲、伟岸。

到华溪找个女朋友

被誉为“拨浪鼓之乡”的廿三里街道，位于义乌东部，孕育出了全世界最大的超市——义乌国际商贸城。这里除了丰饶的物产、繁荣的商业、灿烂的文化以外，还有一个令人向往的世外桃源——华溪森林公园。

调查显示：每当周末天气晴好，见惯了高楼林立、人车拥挤、霓虹迷离的人们，都会离开喧嚣的城市，到绿水青山中找寻一份宁静与安逸，来释放工作和生活中的压力。华溪森林公园凭借着得天独厚的环境和区位优势，成了义乌及周边地区市民休闲度假的最佳目的地，现已成为省级美丽乡村游的网红打卡点。

春日悠闲，唯花事繁忙。莫负春光好时节，踏春赏花正当时。清明前夕，揽明媚春光，与妻一起来华溪森林公园体验它的温润和灵动。

沿商城大道东行，从华溪村转入通往森林公园的乡村公路，在王大坑水库坝前购票后，经隧道进入森林公园，沿蜿蜒曲折的库边公路行驶五分钟到达停车场。

打开车门，一股清新甜润的雾气扑面而来，沁人心脾，我不由闭上双眼，做了几个深呼吸。睁开眼，只觉松针上晶莹剔透的雾珠显得尤为清晰，世界骤然一亮。淙淙的水流声中，几只青蛙蹲在礁石上朝我们歌唱，歌词大意是：天然氧吧欢迎你，请你爱护大自然！

华溪因溪水两岸花木掩映而得名。进入景区，两旁繁花怒放，善草莽莽，老藤缠绕；山上林木葱茏，幽篁萧萧，古树参天……“树阴照水爱晴柔”，脚下，疏影横斜，流水迭唱，巨石静卧，蒲草悠闲……来到观瀑亭，一条白练跳入眼帘，绝壁而下，虽无“飞流直下三千尺”的壮观，却也银花飞溅，绚丽多姿。站在飞瀑旁仰望四周，“云青青兮欲雨，水澹澹兮生烟”的景致曼妙无比。观瀑亭石柱上的对联“世外桃源独此处，乌龙喷水景观奇”道出了飞瀑的精华所在。

“春江旧梦潮痕暖，芳草闲愁客思纷。”在龙潭禅寺钟鼓声中合十礼拜，梵音靡靡，香烟缭绕间，偶得一联：“华溪福地，山清水秀聚灵气；佛前静心，晨钟暮鼓通古今。”好像是受文殊菩萨点拨之所得。

“层林叠巘暗东西，山转岗回路更迷。”沿着台阶登上八仙亭，环顾四周，但见“峰回路转又西东，怪石奇岩各不同”“野芳发而幽香，佳木秀而繁阴”。

自然风光与人文景观在此巧妙融合，令人称奇赞叹。来到流水环抱的几块巨石旁，掬起一捧清澈的溪水洗了把脸，顿觉疲劳尽去，神清气爽。俯仰之间，发现前方一片溪石上，长满了清新脱俗的菖蒲，在清泉拍打下跳着摇摆舞，欢快而优雅。曾听人说，菖蒲对生长环境的要求很高，特别是水质，因为它不愿与浊世同流合污。

十点半，游客多了起来。父亲背儿子，母亲拉女儿，夫妻挽着手，情侣搭着背……三两结伴，四五成群，欢笑声与水流声合成了一首美妙的交响乐，从路边蔓延至林间。陶然际，两个穿蓝色T恤的小伙从我们身边疾步而过，一群穿着同款衣服的人紧跟在后面，十余人嬉笑逐闹着一路前行。我猜测，他们应该是某公司搞团建活动，来这里解压的。

不经意间，走在后面的两个小伙子的对话飘入了我耳朵。

甲：“我是第一次来，这里比我想象中好很多。”

乙：“我建议，你在华溪找个女朋友，这样，以后来丈母娘家就可以长吸到新鲜空气，我们也可以沾沾光，来这里小住几日，享受大自然的馈赠。”

略带几分生硬的义乌话中包含的意趣令人羡慕。

在负氧离子的激励下，我们继续上行，观赏了象鼻岗、擎天石柱、千丈岩、一线天、鬼门关等形态各异的景点，最后到达山顶的毗卢宝殿。顶礼参拜后，转至殿后领略了大自然的鬼斧神工之作——天宝洞和仙水洞。

山回路转处，曲径通幽时。在山樱笑容满面处，我醉过；在鸟雀欢声细语里，我迷过；立密林幽径悬崖峰顶，我呆过；看云卷云舒去留无意，我痴过。览华川秀色静心吐纳后，我猛然醒悟：原来山水之乐在于心，才理解为什么“醉翁之意不在酒”。眼前的景色，在作家笔下能生出无数激扬的文字，在摄影家的镜头里能变成一张张优美的画卷，在驴友脚下会产生一次次同振共鸣。我明白，唯有如此风光才不会辜负游客一路的心驰神往。

下山时，感觉脚有点发抖，步伐却明显加快，或许是肚子在唱“空城计”的缘故。在停车场附近，我看见一棵小树上挂着一块牌子，上面写着：“幸福是奋斗出来的！”我想，这应该是鼓励游客，到达山顶才能领略到最美的风景，因为绝美的风景都在最高处。

我曾涉足国内不少名山大川，感受了祖国河山之壮美，也曾到访过异国他乡，领略了异域风情的奇特，记不起多少次登上德胜岩，感叹稠岩的雄伟和奇峻。竟然未想到来华溪森林公园体验芳草野花，野趣盎然，僻静幽深和竹影泉声所带来的如诗如画般的感觉，实乃一时失策，一大缺憾。

时代的步伐飞快，生活的节奏也在加速。每个被卷在人生旋涡里的人，都有悲哀和欢乐的经历。人生的无常和永恒的渴望，会在无形中给人带来压力。

来华溪森林公园吧！在群山环抱、秀水旖旎、清静怡人、移步换景的环境里享受温馨和静谧，试问，谁还会把工作和生活中的压力放在心上？

此番畅游，既弥补了我人生中的一大缺憾，也改变了我对“他乡之石，可以攻玉”这个成语的认知。以后，我可以自豪地对外地朋友们说：“吾乡之景，足以攻心。”

如果你还未成家，到华溪找个女朋友，一定是个不错的选择！

浅醉望道森林公园

时至秋分，暑意未消。久囿于尘杂琐事，偶感心焦力竭，茫然若失。于是寻思觅一幽静之所，缓释疲惫。市内值得散心解闷处众多，且皆已涉足多次，何处合适？反复思量，一时难以权衡。漫无目的之际，忽然想起望道森林公园。此处离家不远，僻静而幽旷，乃解压畅怀之佳地，遂定决。目标既定，行动跟上，打点行囊，重整装备，驱车前往。

为解腹中之饥，随带东鹏两罐、白酒二两、烧饼两个、核桃花生些许当午餐。

穿义兰公路隧道后转入望道信仰线，于何斯路村北侧拐进山道，过深塘坞后进入望道森林公园。

秋入山坳，满目是景。蓝天白云俯瞰青松翠竹，鹧鸪寒蝉合唱秋声秋韵；菊芋黄花鲜艳夺目，梧桐银杏婀娜惊神；落叶飘然前来引路，清风自若伴我同行。“侣鱼虾”虽不可能，“友麋鹿”即在眼前。顺石板路蜿蜒而上，左侧泉水欢唱迎宾曲，右边巉岩捂嘴朝我笑。蜂蝶献舞，流水伴唱，“遥襟甫畅，逸兴遄飞”。行至一片楠木林下，秋阳透过枝叶洒下万点金光，脚下光影婆娑，石上斑驳陆离，幽静弥漫，回味悠长。枝上鵪鶉对我说：少憩！少憩！

驻足山涧旁环顾，前方忽现一潭清水，犹如明镜，澄澈见底。细水顺流而下，灵动清纯。几块巨石横亘于涧中，流沙托举其身，菖蒲环绕左右，棕榈为其打伞，泉水帮它洗漱；其怡然自得之态令我惭凫企鹤，外慕徙业。饥肠辘辘间忽悟，此乃造物者为我特设之胜境也，岂能辜负？于是飘然前往，打开背包，取出食物，以石为桌，邀松做伴，陪蚁痛饮，与鸟合唱，盘膝而坐，感恩畅享。“林中观易罢，溪上对鸥闲”。须臾，酒瓶已空，烧饼犹剩一半。“酒不醉人人自醉”，半酣之际，一片碎肉掉进潭水，水面绽放出点点油花，在阳光下显得异彩纷呈，绚丽耀眼。油花飘散之际，几张落叶悄然而至，它们缠绵了一阵后，牵手随水流潇洒离去，也不知道它们相约去了哪里。

起身小解，忽听有人在耳边轻轻吟诵：“逝者如斯，而未尝往也；盈虚者如彼，而卒莫消长也。盖将自其变者而观之，则天地曾不能以一瞬；自其不变者而观之，则物与我皆无尽也，而又何羡乎？”此乃苏轼《前赤壁赋》之片段。我兴起附和：“惟江上之清风，与山间之明月……取之无禁，用之不竭。是造物者之无尽藏也，而吾与子之所共适。”吟罢四望，不见其人，唯有蓝天、白云、清风、流水、松林在四周默默注视着我。莫非幻觉？应该是心灵与自然的感应吧！

茫然间，一条金色小蜥蜴不知从哪里窜出，在巨石上朝我摇了摇尾巴，回眸一笑后，遁入了摇曳生姿的芒草丛。我猛然一惊，方觉神魂出窍已久。

世事变迁，青山未老。面山忖度，九百年前先贤早有人生感慨，并以经典文章遗享后人。在如今这个物欲横流的时代，不知还有几人能领悟？几人会践行？几人能放下？

人生本是“寄蜉蝣于天地，渺沧海之一粟”，只要进入望道森林公园，你就不会羡“长江之无穷”，哀叹“吾生之须臾”了！

古道上的那点那滴

今年初春，第一次随义乌市作家协会文艺创作小分队走义永古道时，我用脚步丈量了松瀑山、双尖峰和柏峰湖库区。那山那水，那松那瀑，那石那湖……刺激了大脑，激活了沉睡许久的文学细胞，随后流出了《毅行寻古迹　协趣觅乡愁》一文。

我是溪中一滴水，心向大海步未停。时隔半年后的周末，在瓜果飘香的初秋，我再次追随义乌市作家协会文艺创作小分队的文朋诗友踏上了古道，这次探访的是赤岸镇蒋坑村至永康市下位村的古道。出发前，领队王曙光老师剧透了一点：今天走的这条古道，虽未被列入义乌十大古道，但和雪峰岭古道一样，终点是东阳市画水镇林村，我们将到“三界石”体会“一脚踏三县”的情趣。

一路上，我们扒开荆棘寻找先人的足迹，又把自己的脚印留在了长满青苔的石阶上，演绎着一场与先人隔时空的对话。在幽谷边，我倾听着泉水欢快的歌唱；在密林间，与秋蛩合奏的欲望充斥着我；在竹海里，充沛的负氧离子涤荡了我粗俗的尘心；在回岭头，我感受到青山竹海相偎相依的那份深情。于是，我摘掉眼镜，清空杂念，让自己全身心地融入大自然中去。在汗水流入眼睛那一刻，我领悟了人生的真谛，人生短暂，要有意义。

来到一座简易石桥边，我掬起一抔水擦了擦脸，澄澈甘洌的泉水瞬间让我神清气爽，忘记疲惫。“有桥有水，可惜没有人家！”不知什么时候蹲在我身边的资深党史专家王茂兴发出了感叹。

我很佩服摄影师吴优赛老师的专业视角和拍摄技能，他敏锐的洞察力为我们的“古道行”留下了一个个精彩的瞬间和美好的回忆。而我，只能借助苍白的文字来记录和保存一些具有特殊意义的景物，这些景物会告诉我曾经走过的路和当时的心情。

回岭头的汗水换来了荷叶岭的惬意。荷叶岭是下山路，我们走的是新建的沙石路。年仅十岁的小队员梅景云卸下了脸上的愁云，连蹦带跳，一路小跑到了终点——永康市唐先镇下位村。

下位村位于义乌、永康、东阳交界的群山之间。村里有两个网红打卡点，石牛山和三界石。在向导朱天平老师的指引下，我们来到下位村党群服务中心前的晒场往前方的山上眺望，只见竹海尽头的山顶上有一块大石头状如牛，昂首冲天，栩栩如生。关于石牛，当地有一个古老的传说：从前，有一位放牛娃为财主家放牛，与一头黄牛相依为命。财主见黄牛老了，要杀掉卖钱，黄牛眼泪直流，放牛娃于心不忍向财主求情，希望放过老牛。财主听闻，破口大骂，还要打放牛娃。此时，天空突然乌云密布，狂风携带着暴雨噼里啪啦砸下。雨停后，人们发现黄牛变成了石牛，放牛娃变成了石佛，财主变成了一堆牛粪。石牛山的传说是对善恶的褒贬，它一直流传到现在，不知道能否惊醒现在的人？

下位村与东阳画水镇林村交界处，也是义乌、东阳、永康三地的分界点。此处矗立着一块黑褐色、面如削、有棱有角的圆锥形塔石，塔尖竖着一块黑色花岗岩相粘的石碑，三面分别刻着“义乌”“东阳”“永康”，当地人称为“三界石”。玄妙之处在于，这里距义乌、东阳、永康城区都是三十五公里，据传，这是古时三个县太爷在此共同确定的县界。在这里，我体会到了“一脚踏三县”的神奇感觉。时代的发展颠覆了史料上记载的行路难，旧时的艰难岁月已付诸滚滚东流一去不复返了。如今的义乌、东阳、永康已融为一体，兄弟三个在共同富裕的康庄大道上你追我赶，齐头并进。

近来听人说，乡村是一个具有隐喻性质的词语，它包含归宿、根源、乡愁和理想等多重含义，是极富意蕴的“另一个世界”。处于三县交界的下位村，如今正承载了“另一个世界”的宁静和繁华，这里小溪穿行，古道交错，风景迷人，五指岩的秀丽和石牛山的传说，吸引着众多周边游人前来清心润肺，寻找乡愁。

离开三界石，我们步行至一溪之隔的东阳市画水镇林村，登上在此等待已久的大巴返回义乌吃午饭。大巴跟着清澈的溪水悠然前行，不知绕了多少个弯，蒙眬中的我睁开了眼睛眺望窗外。突然，一片明黄色的土夯墙映入眼帘，二百多幢黄泥房依地势而建、错落有致，掩映在青山竹林之中，恍若世外桃源；古老的石拱桥横跨在小溪上，听溪水讲述着古老的传说；那些在溪边与流水争执了千万年的顽石，对风吹草动已习以为常，它们似乎只钟情于花开花落的嬗变，对尘世的嘈杂毫不在乎。

我猛然惊醒，推了推邻座的王茂兴书记说：“王书记，这不是‘小桥流水人家’吗？”

见多识广的王书记朝窗外瞄了一眼，脱口而出：“这里是天鹅村。”

坐在后排有着四十年教龄的宾王文化弘扬者吴奎福老师一听到“天鹅村”三个字，忽然提高了二度音问我：“你听说过‘天鹅头趟不知’这句义乌俗语吗？”

我点了点头，随后倾耳恭听了吴老师对这句义乌俗话的解读。

“古时候，佛堂有个王姓老妇，早年丧偶，一个人辛辛苦苦地把唯一的女儿拉扯长大，本想为女儿在邻村找个婆家，以期年老时得到女儿的照顾，未料女儿与来佛堂干活的天鹅村木匠胡生一见钟情。女儿不顾王老太的反对嫁到了天鹅村，王老太一怒之下断绝了与女儿的来往。十年后，女儿思母心切，和女婿带着孩子翻山越岭来佛堂看王老太，在外孙的一再恳请下，王老太的心软了下来，答应抽空去天鹅村住几天。返回后，隔壁邻居问她天鹅村在哪里，王老太结结巴巴地回答：‘天鹅……头趟不知！’（意思是第一次去天鹅村，不知道路怎么走。）王老太的回答让人觉得云里雾里搞不清楚，于是，邻居们把这件事当成了一个笑话互相传播。‘天鹅头趟不知’也被当作一句嘲笑他人糊涂的俗语在佛堂流传开来，进而传遍整个义乌。”

“要知道，这句话的本意是形容一个人懵懂无知，现在，这句俗话已用来形容一个人智商不高，做事不动脑子了！”吴老师进一步说。

“你们这些人啊，真是‘天鹅头趟不知’！”吴老师的话音刚落，王书记就开起了玩笑，车厢里传出一阵笑声，在青山绿水间悠悠回荡。

“去年，天鹅村已被列入第四批中国传统村落。如今，天鹅村正在打造以‘浙中莫干山’为标杆的江浙沪轻奢及会务度假区。古村落已经建起了游客接待中心、民俗文化体验中心，在乡村振兴的号角声中焕发出新的光彩。”王书记补充道。

“闲云潭影日悠悠，物换星移几度秋”。信息时代，各种潮流涌动，人们的步伐和生活节奏都在不断加快。纵观时下，有人喜欢疯狂而冲动的瞬间，有人喜欢逃离世界的繁华，有人在商场职场上内卷，有人利用富二代的资源宅家躺平。而我，却喜欢走进大自然，享受老天的恩赐，感受时光的美好和安逸。虽说已处于吃糖都不甜的年纪，也缺乏愚公移山的毅力，但我相信，古道之行，我将继续。

我本无意入古道，奈何古道入我心，古道上的那点那滴，已悄然融入我心里。

2023 年 9 月 5 日

《鬓华心笺》前言

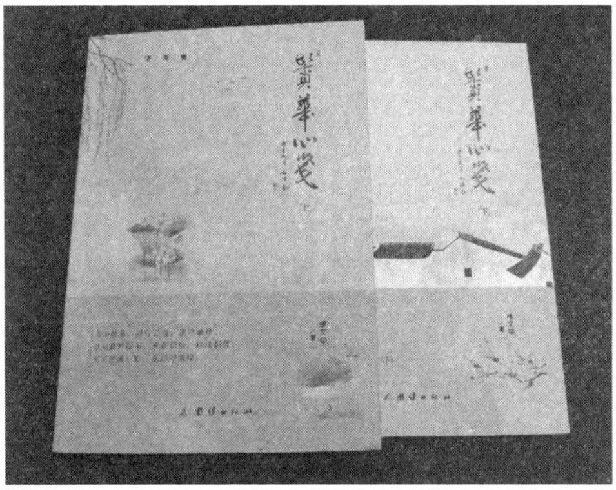

光阴荏苒，不觉已至知天命之年。感受荣辱，酸甜尽品；历经孤独，苦辣遍尝；在经历了近三十年的商场风雨历练后，渐渐趋于成熟；春秋凝心，细细回味；沉浮醒脑，慢慢领悟。顿足回望，豁然开朗，感到自己需要沉淀，更需要静心反思：走过的路是曲是直？留下的脚印是深是浅？这样才能积攒足够的阅历，让自己变得觉悟和坦然。

自2014年年初起，慢慢推掉一些无关紧要的应酬，卸下一些社会上浮名虚利的头衔，钻进“黄金屋”，约会“颜如玉”。从a、o、e开始，重温小学期间学过的声母韵母，复习已还给语文老师多年的基础知识。从背诵、组词、造句开始，到主谓宾、修辞方法，再到文言文、阅读、理解……经过一段时间的潜心修炼，发现自己已喜欢上文学，尤其是古典文学。于是开始把生活中一些趣事写成打油诗，出去游玩也会写一点感触，并以日记的形式缓存于微信朋友圈里，以记录自己近些年来的人生经历。

2016年年初，在学长兼好友季诚忠的引荐下，认识了义乌文坛泰斗徐敢老师，有幸加入义乌市古今文学研究院下属的天歌诗社。进而有机会接触到贾献文、杨达寿、葛海有、沈肖宝等前辈和老师。自加入古今文学研究院后，在前辈们和文朋诗友的指导和鼓励下，开始学习新古体诗的创作，同时也开始研读唐诗宋词。对于宋词，更是达到了一种如痴如醉的地步。从了解宋词的产生和发展史开始踏入宋词之门，始知宋词是倚声填词，要受声律的严格约束；于是从诗词平仄韵律起步，学习了龙榆生的《唐宋词格律》、王国维的《人间词话》及缪钺和叶嘉莹合撰的《灵溪词说》，从中汲取养分。经从事语文学科教学的大女儿的推荐，在手机上下载了学习诗词的“西窗烛”App和“诗词吾爱”App，为自己随时学习诗词提供了极大的方便。“宋词之美，沉香千年”。徜徉在浩瀚优美的宋词海洋里，我被宋祁“红杏枝头春意闹”的生动传神“闹”醒；为柳永的“重湖叠巘清嘉，有三秋桂子，十里荷花”的优美意境所陶醉；为东坡先生“大江东去浪淘尽”的豪迈，“一蓑烟雨任平生”的豁达而感慨；被稼轩“八百里分麾下炙，五十弦翻塞外声，沙场秋点兵”的爱国热情和豪情壮志所感染；替“千古第一才女”李清照“莫道不销魂，帘卷西风，人比黄花瘦”所表达出的孤苦凄愁而悲悯；为陆游和唐琬“一怀愁绪，几年离索”“山盟虽在，锦书难托”的爱情悲剧叹惋；被岳飞“三十功名尘与土，八千里路云和月”的英雄气概所折服……继而乘兴拜读了李煜、范仲淹、晏殊、欧阳修、王安石、秦观、贺铸、周邦彦、姜夔、吴文英、蒋捷等名家名词，从他们的词作中听到了他们的心声，心情也随之跌宕起伏，有时甚至被他们带着穿越时空回到了两宋时代。

恩师曾说：生活是创作的源泉！2016年年初起，但凡学习花絮，生活感悟，喜填词作诗以记之，延续至今，少有间断。从2014年年初至2020年7月底，先后有诗词和散文发表于《文学报》《钱江晚报》《义乌商报》《金华文艺》《枣林》《古今文学研究》等报纸杂志，也散见于都市头条、长江诗苑、国际诗歌文化传媒、文学世家、江郎文艺、义网一家、美丽义乌等新媒体，《天歌雅意》《天歌雅思》和《天歌雅吟》三本诗集中也收录了本人的部分新古体诗，还有部分格律诗、宋词缓存于微信朋友圈里，累积已有近千首（由于本人偏爱宋词，所以宋词所占比例较大）。以上拙作，记录了本人六年来从初学到渐悟的学习历程（包含自学期间的部分作业）和届天命之年生活中的肤浅经历和点滴感悟。因已鬓染霜花，遂取名“鬓华心笺”。

本人是初学者，文学底子薄，再加上时间仓促，未能细改，难免会有纰漏，恳请行家和读者指正。

《鬓华心笺》后记

光阴似箭，不知不觉间，已届天命，霜侵两鬓。近三十年的商海搏击，把年少的轻狂和青春的激情分解殆尽。在衣食无忧的环境里，开始厌倦商场的厚黑。

“我与春风皆过客，你携秋水揽星河。”不喜欢打牌打麻将钓鱼，不善于娱乐的我，一时无法融入戏耍散漫的人群中。或许是一种与生俱来的清高性格使然，或许是受古诗词那种唯美的意境感染，在两鬓霜华之时竟然爱上了古典诗词。从此性格大变，一改当年商场上那股“豪气”，开始潜心阅读，喜欢独处，继而纵情山水，望物沉思，然后附庸风雅，吟诗作赋，沉醉于“且陶陶，乐尽天真”的意境之中，以此作为自己修身养性的一种方式。

曾听几位德高望重的前辈教诲：人世间，除了文字能流传千古，其他一切都是空的。家财万贯挥霍一空，浮名虚利能流传多久？唯有文字（透过文字流传的精神）才是真正的传家宝。细细琢磨，觉得字字珠玑，句句在理。受前辈们的点拨，今年疫情防控期间，开始静下心来整理六年来写下的诗稿。经过整理，发现竟然有近千首，因系鬓染霜花之际所作，遂取名“鬓华心笺”。

《鬓华心笺》的内容，是以日记方式、用诗词体把学习历程和生活中的点滴感悟真实记录下来。这些记录，不只是自己六年来的笔耕所得，还饱含了恩师的殷切期盼、家人的默默奉献和广大文朋诗友的大力帮助。正是因为有了这么多人的支持和鼓励，才让我鼓起勇气出版这本诗集。

《鬓华心笺》的诞生，离不开恩师徐敢先生的提携和开导，与此同时，也得到了著名红色作家贾献文老师、义乌诗词名家骆华桂老师、葛海有老师、季乐老师等前辈的指点。

特别令我感动的是，浙大杨达寿教授和义乌政协原副主席刘峻先生，他们在百忙之中抽暇为诗集作序，王和清老师为我题写书名，在此谨向他们一一表示感谢！

人生就像一场旅行，在乎的不是目的地，而是沿途的风景以及看风景的心情。《鬓华心笺》的出版，给我的生活增添了浓墨重彩的一笔，也是我人生旅程中春暖花开刻骨铭心的记忆。

2020 年 7 月 26 日　16:00

《椎轮之辙》自序

庚子国庆前夕，余七载自学之文稿经诗友举荐，以《鬓华心笺》之名付团结出版社刊行。赠阅后，点赞鼓励者实多，鞭挞奚落者盖寡。窃以为，指论纷飞，皆因余弃商从文半路出家之故也。

《鬓华心笺》乃余“温故而知新”之点滴收获也，功归于众师友之推动。有人问：汝吟诗何为？卖弄文采乎？余浅笑而答：以诗词记录生活，嗜好也。犹如生活之中，有人爱玩牌，有人乐垂纶，有人崇出游……志趣相异罢了。余抱“物欲横流中三分清醒，因循守旧外鹤立鸡群”之念，吟诗填词持续十余载，非情商不高、食古不化，实被唐风宋韵所熏陶，视其为余生之乐趣也。至于高歌“爱我所爱，无怨无悔”，乃痴迷之表露，故欺世盗名之论不足为道也。

余笃信兴趣为良师。初恋平仄，内心即趋平静，遂独居书斋，伏易安词中领悟绵绵愁绪，潜东坡韵里体会壮志豪情，读美成词心怀敬意，品幼安句扼腕长叹……尘俗脱落，静气钻研。默读《声律启蒙》《笠翁对韵》，揣摩平水韵与词林正韵之差异，细考平仄去入演化之端倪，以此奠定声律根基；熟记经典佳作传世名篇，探究创作社会背景与所处环境，推敲作者思想与情感。从中解析经典名句历久弥新之原委，体会人生哲理，以此汲取营养，进益经纬。

余吟咏“人生一世，草生一春”“林花谢了春红，太匆匆”之时，偶感光阴之短暂；剖析“英雄无觅，孙仲谋处”“无限江山，别时容易见时难”之际，倍觉回首之无奈；曾疑“弄风骄马跑空立，趁兔苍鹰掠地飞”之敞阔，却慕“且将新火试新茶，诗酒趁年华”之惬意。天命之前，改弦易辙，以韵律自慰，不问人生几何，姑且对酒当歌。

亦有文友征询：汝诗涉及面广，素材怎来？灵感何生？余反问：君曾闻“生活如泥土，诗词乃陶瓷”否？生活乃创作之源，且能触动心弦。灵感者，心弦之韵也。友茫然不知其解。余释其详：生活之中，意象之多，随处可见，触手可及。诸如蓝天白云、山原旷野、寺庙祠堂、叔伯邻里、悲欢离合……皆素材也。至于能否触动心弦，则出于个人之感知、思想、信念与价值观。休因无绪而感叹，躬身践行为真理。勤学、苦练、善思、笃行，乃创作之不二法门。然不可模拟古意，行闭门造车、无病呻吟之举。友豁然，颔首打拱称受教。

与友之论，虽一孔之见，实乃余之体行。曾闻学习需不断激发，动力要持续赋能，犹如水滴石穿绳锯木断非一日之功，温习与练习相辅相成。故余常以“学如逆水行舟，不进则退”之怀律己，秉持勤能补拙之念，使学习成为一种常态。经年劳心，虽无伟绩，偶有所获，拙作散见于《钱江晚报》《处州晚报》《义乌商报》《金华文艺》《枣林》等报纸杂志，却常见于中国作家网、中国诗歌网、中华诗词学会官网、《北京诗词》《上海诗歌》《长江诗苑》《广州诗歌》《竹韵浙江》《笔墨天方》之类新媒体平台。

“及时当勉励，岁月不待人”。学之恒固然重要，虑之远焉能缺失。为鞭策自己砥砺前行，余将两年来所创五百五十余首诗词结集成册，因前有《鬓华心笺》之轮，遂取名《椎轮之辙》。

以旧体之声律，吟时代之强音，别具一番风味。《椎轮之辙》乃余庚子至壬寅年间心路历程之一二。文辞虽非尽善尽美，却求润泽婉丽，凝练精简；意境未达高深旷远，但含蓄深沉，清新隽永。因不忍违背古典文学之意脉旨趣，故定性为中华优秀传统文化之传承与探索。

余寄此对“勤耕好学、刚正勇为、诚信包容”之义乌精神予以加注。盼《椎轮之辙》之刊行，有利于提升义乌文化软实力，助推义乌文化发展。

癸卯小满于北苑春盛小区

宗泽祠堂之我说

各位朋友，大家好！欢迎大家前来宗泽纪念园参观！

大家都知道，宗泽是我国两宋之交杰出的政治家、军事家，历史上著名的民族英雄。宗泽纪念园就是纪念宗泽的！纪念园的主体宗泽祠堂，是我国第一座纪念宗泽的专祠。

我们宗泽纪念园所处的是盘溪社区宗塘村。宗塘是宗泽的儿子宗颖于宋建炎二年（1128）开始辟建的，一直以来都是宗泽后裔群居之所。宗塘以前称宗堂，是“祠堂”的“堂”，而非现在“池塘”的“塘”。

大家请看，纪念园正门是一座造型别致的牌坊，上面一幅幅精美的石雕是宗泽戎马一生的缩影。用“金文”撰写的“宗泽纪念园”五个字，印证了它悠久的历史和人民对宗泽精神的敬仰。

请大家跟我一起进入宗泽纪念园。

请看，这块由九块石碑连接而成的石屏风上，镌刻的《忠简公宗泽颂》，是《宗泽全传》的作者雷雨将军撰写的。内容是歌颂宗泽一生的卓越战功和爱国主义精神。它的背面是九龙壁，请大家跟我往里走！

大家都知道，龙是我们中华民族的图腾，九龙壁是皇权和天子之尊的象征，这里的九龙壁，体现了宗泽的历史功绩和人民对他的崇敬。

请大家往前走！（来到宗忠简公祠广场正门）

我们的正前方就是宗泽纪念园的核心——宗忠简公祠。它的前身叫“盘溪宗氏宗祠”，始建于南宋嘉定元年（1208）。明隆庆六年（1572），义乌官府在故有祠堂的基础上扩建为宗忠简公祠，作为公祭场所。所谓公祭场所，大家马上就会想到“人民英雄纪念碑”和“烈士陵园”。那这里为什么会成为公祭场所呢？

“因为宗泽是民族英雄！”

“祭奠英灵，弘扬爱国主义精神！”

各位朋友，我们眼前这座造型精美、古色古香的祠堂，就是我们今天参观的重点——宗忠简公祠（宗泽祠堂）。它被评为义乌市最美祠堂之一。原宗忠简公祠在“文革”期间已被毁坏殆尽，2012 年，由宗泽二十六世裔孙——侨建集团董事长宗耀祖先生捐资，在原宗忠简公祠的基础上重新修建而成。重新修建的祠堂占地面积有八百多平方米，连同园林绿化约八千平方米。现在已被列为义乌市和金华市的爱国主义教育基地。

大家请看，正对门右侧的这块碑，它是明隆庆六年（1572），邑人比部郎朱湘撰写、金华知府郑一信立石的《重建宗忠简公祠记》，在《义乌万历年间县志》里有详细记载。内容记述了将宗堂宗泽家祠扩建成公祠的过程和情况。碑文中写道：“公之忠诚伟绩，可以法天下，传后世……知公之烈，百世不磨。”这是复制品，原碑因年代久远，历经风雨和人为破坏后已残破，现修复后藏于祠堂后厅，等会儿我们可以看到。

上面这块“宗忠简公祠”牌匾告诉我们，这是祠堂正门。牌匾由中国书法家协会副主席李铎将军题写。看到这块牌匾上的名称，我想一定有人会问，宗泽祠堂为什么会叫“宗忠简公祠”？这里，我给大家解释一下：宗泽死后被追赠为观文殿学士、通议大夫，谥号“忠简”，这是一座专门为纪念他而设立的公祠，所以叫“宗忠简公祠”。

现在，让我们一起步入宗忠简公祠。请转回头往上看，“忠义千秋”，这块牌匾也是由中国书法家协会副主席李铎将军题写的。我们知道“忠义千秋”的典故源自于“关公”，但宗泽为国为民、忠心义胆的精神足以彪炳史册，李铎将军为公祠题写“忠义千秋”四字，也体现了将军对宗泽精神的无比崇敬。

我们往前看，这是一座前后三进的建筑，这里是第一进，叫前厅，为二层小阁楼。大家可以通过左右两侧墙壁展板上所展示的内容，慢慢了解宗泽的一生：从出生开始，博学广识，文武兼备；为官一任，造福一方；抗金勤王，转战河朔；固守开封，力挽危局；乞请回銮，准备北伐；直至建炎二年（1128）七月十二日，连呼三声“渡河”怀着悲愤的心情溘然与世长辞，时年七十岁。

了解宗泽一生坎坷的经历后，我们继续往前走。（穿过天井，上台阶）

这里就是祠堂的第二进，叫厅堂，俗称议事厅。这里所展示的是宗泽事迹的精华。大家请看，厅堂正中悬挂的是身着红色朝服端坐的宗泽神像，画像两侧这副对联“宗前贤积宏业耀暖千秋，泽后人建名祠祖荫万代”是宗泽二十七世嫡孙宗立成和宗成乐为叩拜先贤联合拟就，请万书堂书法家孙庶华书写的。两联的第一个字结合就是“宗泽”二字。神像前面栋柱上雕刻的对联都是宗泽后裔赞颂先贤而撰的。

不知道大家注意到没有？厅堂左右两侧悬挂的两块牌匾与其他牌匾有什么不一样？（等游客看出来）对！这两块牌匾的四周雕有龙的图案，这叫龙匾，是皇帝赐予的！价值和意义不同凡响。请看右边这块“忠荩永昭”，据清康熙丙戌刻本《宋宗忠简公全集》卷首记载，这块匾是康熙皇帝于康熙四十四年岁次乙酉四月三十日为褒扬宗泽忠节而赐的。左边这块“丹忱贯日”，据清光绪乙亥《盘溪宗氏宗谱》卷一记载：乾隆十六年十一月，特命太子太师兼礼部尚书两江总督部院尹继善，为宗泽立乾隆十六年敕赐匾式“丹忱贯日”。在御赐“丹忱贯日”龙匾后，又于乾隆二十二年二月十三日，遣工部右侍郎钱维城至祭宋臣宗泽之灵。曰：“惟尔遇主抒忱，鞠躬尽瘁，抗声射策……为民请命，不市牛黄。忧国忘家，甘心马革……”清朝两位皇帝给几百年前的宗臣御赐牌匾，实属罕见。足以说明宗泽的爱国主义精神感动了两朝皇帝。“屹柱中原”一匾是明崇祯年间工部侍郎金世俊所题。“水木本源”一匾则是宗泽第十五代孙宗焕所题。

请大家移步到连廊！通过前面的参观，大家都知道宗泽是在抗金斗争中涌现出来的杰出的政治家、军事家。其实，宗泽还是一位著名的文学家。这里所展示的是宗泽在文学方面的成就。宗泽忧国忧民的家国情怀，在其遗著《宗忠简公集》中得到体现，特别是其中的二十四章《乞回銮疏》。据清光绪乙亥《盘溪宗氏宗谱》卷一记载，乾隆皇帝在读宗泽《忠简集》后写道：“偶阅宗泽《忠简集》，爱其乞回銮诸疏，不忍释手。”

宗泽也是一位伟大的诗人，他一生中留下了不少壮丽的诗篇，这里选录了几首。如《又赋一律》：“罢兵洵上策，试问可诚然。竟弃三军力，空抛半壁天。上林天旅雁，绝哉有啼鹃。羞见龙泉剑，飞光牛斗前。”再如《述怀二首》：“忧国心如奔马，勤王笔有奇兵。一旦立诛祸乱，千载坐视太平。”“黄屋肇新巍巍，四方豪杰云来。片言之悮天也，一见而决时哉。”

“繖幄垂垂马踏沙，水长山远路多花。眼中形势胸中策，缓步徐行静不哗。”如今来读宗泽这首题为《早发》的七言绝句诗，虽已过去约九百年，但一支行军途中纪律严明的军队和一个运筹帷幄的将领形象，依然浮现眼帘，宗泽面对金兵镇定自若的大将风度跃然诗中。

请大家跟我往里走，去里厅参观！

大家请看，里厅正中牌匾上熠熠生辉的“尽忠报国”四个字，那是岳飞为恩师所题的。这四个字和岳飞背上所刺的“精忠报国”只是一字之差，但所包含的意义却更深远。

请大家移步入内！大家请看，黄色帷幔后面供奉的就是身着战袍、双目炯炯的宗泽铜像。英雄犹未死，精神永存天地！铜像右侧墙上的画像是宗泽的儿子宗颖。左侧墙上的画像是被敕封为“荣国夫人”的宗泽妻子陈氏。

接下来，我给大家介绍宗忠简公祠的两件非常珍贵的历史文物。

第一件，是位于宗颖画像右侧的这块修复的石碑，它就是祠堂前所立那块碑的原碑。碑石虽已残破，但碑文大多仍依稀可辨。

第二件，是位于“荣国夫人”陈氏画像左侧的这对石头玺汉，大家从石头玺汉中可以看出，上面刻有“宋嘉定元年二月十九日立”的字样，表明该祠堂始建于南宋，历史久远。这对历经风雨沧桑幸存下来的石头玺汉就是历史见证者。

请大家沿连廊往前走！刚才我曾提到“尽忠报国”这块牌匾的来历，也提到了岳飞。岳飞“还我河山”的呼声振聋发聩，唤醒了多少华夏儿女的爱国热情；岳飞“精忠报国”的故事更是家喻户晓，激励着世代华夏儿女义无反顾报效祖国。然而岳飞能在抗金的历史舞台上快速成长，与宗泽的扶掖和培育是分不开的，所以，宗泽是岳飞的恩师。宗泽死后，就是岳飞和宗泽的儿子宗颖一起扶柩至镇江，把他与夫人陈氏合葬于镇江京岘山上的。

各位朋友，爱国主义精神是我们整座宗泽纪念园的灵魂所在。在面临世界百年未有之大变局的当下，弘扬爱国主义精神，显得尤为重要。各民族大团结，构建人类命运共同体更是大势所趋。

参观到此结束，大家可以在祠堂的周边观赏一下纪念园里的园林风光，在长廊里休息一下！谢谢大家！

商城公交上的情景剧

一

生活在全球著名的小商品集散地——义乌，最直观的感受就是：车辆疾驰而过，行人脚步匆匆。这座城市，每一个环节都充满着快节奏，脉搏里跳动着不息的活力。这里豪车的拥有量居全国之首，“车如流水马如龙”，好像是先人穿越千年来到这里后发出的感叹。

“天下攘攘，皆为利往”，遍地的商机吸引着五湖四海的人来义乌追梦。在这座城市里，最繁忙的是公交车。作为公共交通工具，它为来来往往的客商提供便捷出行的同时，也向世界展示了小商品之都的形象和魅力。它是川流不息的车流中一道独特的风景线。

公交车上的乘客形形色色，错综复杂，有外来的客商，有本地的老板娘，有朴实无华的建筑工，有光鲜亮丽的小姑娘，还有黑皮肤、蓝眼睛的国际友人……汉语、英语、日语、韩语、阿拉伯语等在车厢里交会，粤语、闽南语、客家语、维吾尔语、吴侬软语等杂糅在一起，秦腔、川调、湘音……在座位上此起彼伏，一辆公交车简直就是一个联合国。

催人落泪的情节，令人捧腹的笑料，让人不齿的桥段……车上每天都会上演不同形式的情景剧。

响应“绿色环保、节能减排”的号召，我也经常在情景剧中当群众演员，偶尔还会当回配角。

二

“鸡毛换糖”是义乌商贸文化的重要组成部分，是一种毫厘争取、积少成多、勇于开拓的创新精神和百折不挠、善于变通、刻苦务实的实干精神，是义乌成为世界小商品之都的坚实基础，是义乌精神的主要载体。作为义乌历史文化中的宝贵财富，这种精神也体现在公交车上的情景剧中。

晨雨后氤氲的雾气中，路旁的月季笑盈盈地把我送上了 109 路公交车。车上人不多，三个前洪赶集归来的阿姨兴致勃勃地聊着今天的蔬菜行情，后面并排坐着两个男人。两人年龄相仿，六十岁左右，一个戴蓝色安全帽，另一个戴白色安全帽，卷着袖口的浅灰工作服上留着点点泥斑，黑黝黝的脸上写满了岁月的沧桑，一道道皱纹里透着坚毅和执着。

我在安全帽后面坐下，从他们的交谈中得知，蓝帽子是茂后村人，白帽子是前洪村人，一起去国际商贸城五区东边的建筑工地做零工。

车到望道社区，上来七八个在国际商贸城看店的小姑娘，空余的座位瞬间就满了。车厢里渐渐热闹起来，安全帽间的对话显得十分清晰。

“今天初四，大后天就是小满了。”蓝帽子说。

“初七小满，廿三就是芒种。”白帽子扳着指头，不紧不慢地附和着。

“小满一过就芒种，端午也近了，半年时间过去了！”白帽子用节气推算着时间，嘴里继续念叨着，“端午、夏至、小暑、大暑……”

“以前一到芒种，割麦、耕田、育秧、种田，就没空了。现在呢，耕田、育秧这些事只能在心里回味了！”蓝帽子想起了往事。

“你看，以前种麦的地上已经长出了房子！”白帽子指着窗外的一排排高楼调侃道。

“三十年前，我做梦也不会想到，现在的日子会这么幸福！”蓝帽子从回忆里走出来，话语中充满了甜蜜。

“你们村是已经改造好了，每年有稳定的房租收入，衣食住行都不用愁，还出来做什么劳力啊？”白帽子奚落起蓝帽子。

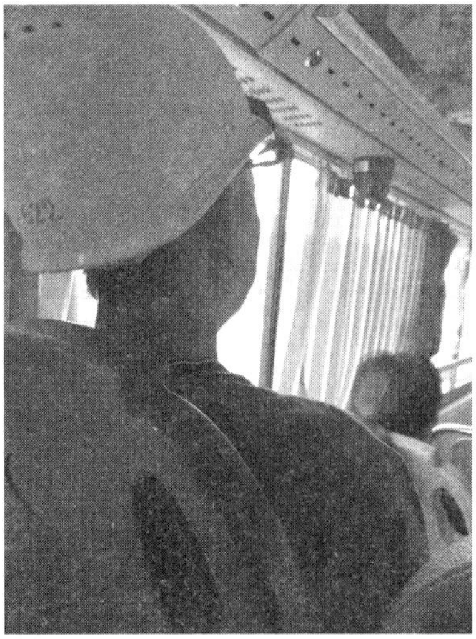

“别笑话我了！我们都是农民，现在没田地种，在家里又没事干，要闲出病来的！”蓝帽子吐出了心声。

“整天坐着看电视，也不是回事啊！生命在于运动，干活也是运动啊！”他补充道。

“我儿子儿媳也不让我出来干活的……”白帽子欲言又止。

车过水务集团，广播响起：“下一站，义乌港，请下车乘客做好准备！”接着是英文报站：“Next stop is yiwu port.”

“我们义乌都是高楼大厦，怎么说义乌破的？”听到公交车上的广播，白帽子一脸疑惑。

“真是乱说！义乌哪里破的？”蓝帽子也愤愤不平。

“哈哈哈……同年伯（义乌方言，意为老伯），广播里说‘义乌破的’不是你想的那个意思，义乌港的英语念‘义乌破的’，并不是说义乌的东西破的！”听了两个安全帽的对话，斜对面的一个义乌姑娘笑着向他们解释道。

“哦！原来是这样啊！”蓝帽子摘下安全帽，尴尬地挠了挠头，讷讷地笑了起来，花白的头发跟着跳起了舞。

一阵微风吹进车窗，裹挟着安全帽上的浓重汗味扑鼻而来，这是我熟悉的味道，父亲的味道，朴实无华的农民味，酸咸却醇浓，纯粹而厚重。

三

处暑后的早晨，秋老虎还没发威，树上的蜩蝉却降了几个调。

我赶上 109 路公交车，坐在车窗旁看抖音。全和聚园站，上来两位老者，一位七旬有余，身材高大，穿浅花 T 恤，戴灰色鸭舌帽，手提一小布包；另一位已近望八之年，蓄山羊须，戴米色草编礼帽，穿宽松对襟麻料衬衣。从言语上得知，两人是邻村熟识的。

见有老人上车，两位年轻人站起来给他们让座。落座后，鸭舌帽用纯正的义乌方言表达了赞许：“现在的年轻人真有礼貌！”

“可惜啊，义乌土话不会讲了，这样下去，跟他们怎么沟通啊？”山羊须听罢，一声叹息。

接着两人从前洪集市上遇到老友说起，说到养老金、生活状况、子女工作以及电视上看到的时事新闻，说说笑笑，乐而忘怀。而旁边的年轻人，个个都低着头看手机，无视两位老人的存在。

听鸭舌帽说起有个叫“暹芭”的台风要来时，山羊须忽然提高了嗓门：“怕什么！义乌有句古话‘东阳去只角，浦江留座塔，义乌稳嗒嗒’，侬没听说过吗？”

“听过！听过！”鸭舌帽附和道，“我们义乌是台风影响小，地震震不着，黄金宝地啊！”

“金鹁鸪，银鹁鸪，飞来飞去飞义乌。世界各地的客商都来义乌进货呢！”山羊须脸上露出一种自豪的表情。

“我们乡村有一句俚语：‘蚊虫娘娘，送你去东阳。’连蚊子都被送到东阳去了！”坐在旁边的一位阿姨接茬道。

“哈哈哈……”鸭舌帽和山羊须都笑得前仰后合。或许是太兴奋了，山羊须的假牙在不经意间掉在了地上，随即，阵阵笑声溢出了车厢，旁边的私家车摇下了车窗，行道树上的小鸟也纷纷转过头来。

“我下车就去牙科诊所，换一副牙齿！”山羊须满不在乎地自我圆场。

是啊，只要身体好，他们还有享不完的福呢！

老有所依，老有所养，老有所乐，老年人的幸福生活是全社会的共同愿景。义乌在推动解决老年人养老、健康、精神文化生活、社会参与等方面已经走在了全国前列。

四

勤耕好学的民风孕育出刚正勇为的品格，诚信包容的胸怀为文明和谐的城市增光添彩。

公交车上，不仅有家长里短、酸甜苦辣，还有国际风云、明星八卦，更有暖心而美好的瞬间。

一个偶然的机会，经常插科打诨的我竟然在剧中客串了一回配角。

那天下午四点半，我收摊后从国际商贸城五区坐 109 路公交车回家。车到北苑路春晗一区时，上来一对母女，小女孩没戴口罩，司机提醒了几次，她母亲身上却没有口罩，这让司机很为难，为了不违反防疫规定，只能好言相劝，请母女俩下车，母女俩一脸无奈却又没有办法。正准备下车时，坐在后排的一位十八九岁的姑娘走了过去，从自己的背包里取出一只口罩，递给小女孩的母亲，说：“阿姨，我这里还有一个多的，先让妹妹戴上吧，免得来回跑！”小女孩的母亲接过口罩，拱手连声道谢。

身边的全国精神文明建设标兵、当代活雷锋金正洪同志常跟我说：“善心为人立天地，良行无事利众生。”眼前这令人感动的一幕，倏尔入我心，焉能不动容？我不禁竖起大拇指，为姑娘的善举点赞。

善爱会拉近彼此的距离。姑娘落座后，我带着一股恭敬而钦佩的心情与她攀谈起来。交谈中得知：姑娘姓丁，来自河南，是新乡医学院三全学院的大二学生，暑期来义乌与父母团聚，想在假期找份工作，积攒点学费为出门在外的父母减负。听了小丁的话，一股热流瞬间涌上心里，直觉告诉我，应该尽力帮助她，让她的爱心有所回报。

在得知小丁要到“双童吸管”应聘以后，我随即以正洪爱心公益协会秘书长的身份给“双童吸管”的楼总发了一条微信，讲述了车上的见闻，希望他能为热心善爱的小丁安排一份工作。

出差在外地的楼总很给力，收到信息即刻回复：一件小事足以见证一个人的爱心。对有爱心的员工，我们“双童吸管”敞开大门欢迎。向我咨询了小丁的年龄和特征后，楼总马上就嘱咐负责招聘工作的马经理，让他为小丁安排一个合适的岗位。

一周后，楼总给我发了一条微信：回到公司后，我找到小丁聊了聊，她的几句话让我印象深刻：“真没想到，爱的回报来得这么快！我会好好珍惜这份工作，回校以后一定努力学习，以实际行动来回报社会！”

这个简单的剧情中，小丁的爱心和楼总的责任感在一只口罩的衬托下相得益彰。这是义乌的爱和温度，也是义乌经济和城市发展的最好注解。

五

据义乌市交通局统计，至2023年年底，义乌共有城乡公交线路二百二十三条，其中城市线路一百四十七条、农村公交线路七十六条。有城乡公交车一千三百六十九辆、一千四百八十点六标台，公交线网长度三千九百五十六点一千米，日均输送十二万一千八百人次，全年输送客流四千四百四十七万人次。

我不知道，这二百二十三条公交线路里，上演过多少场情景剧，但我知道，在一千三百六十九辆公交车上，每天都上演着“无中生有”“莫名其妙”和“点石成金”的情景剧。剧情所彰显的，正是“勤耕好学、刚正勇为、诚信包容”的义乌精神。

重登萧皇岩

癸卯霜序，桑落微寒，有幸随众文友参与义乌第三十一届文化艺术节。其间，览上溪千重山美景，品冬日第一碗牛汤。义西人文之重深刻于骨，气象之新感铭于心。而重登萧皇岩之旅尤甚，入梦萦怀，回味无穷。

吾与萧皇岩结缘久而深矣！屡次陪二老登顶朝拜，三番随亲友漫游览胜，马鞍亭避雨如昨，白蜈蚣[1]药效犹记。

此番与众文友重登，恰逢立冬喜雨之后。穿橘林，抗倭亭前聆听抗日故事；饮松香，狮子岩下观赏初冬胜景。青岩上，苍松招手；陡崖间，野菊憨笑。落叶跳舞，松涛伴奏。古道石阶引吾上岩顶，险峰峻岭让我畅辽阔；松竹云雾唤吾做神仙，佛像禅钟劝我明世道。

及顶，层林尽染收于眼底，暖雾飘浮逸在腰间。彤云随雨后清风行万里，香火伴南梁萧统历千年；一草一木成图画，举手投足入镜屏。耄耋住持，言语间充满历史；历代遗碑，字行里尽是风霜。

呜呼！光阴荏苒，斗转星移。覆釜列翠已重现，咏月吟风正当时。幸哉！百业昌盛，民富国强。沐竹风而歌壮美秀川，奏弦乐而赞和谐商城。

吾常自省：春天已过秋犹在，莫负青山莫负霞。此番重登萧皇岩，让吾深刻领悟“智者乐水，仁者乐山”之内涵与外延。

纸短情长，意犹未尽，复赘五言四韵，聊申未及之怀云尔：

昂首望崖巉，重登识阮咸。苍松扶翠竹，落叶挽银杉。

峡谷传春讯，浮云带贺函。舒心飘逸影，沉醉在萧岩。

癸卯菊月廿九与乌伤一鹅等廿五文友重登萧皇岩，是为记。

于癸卯亥月初一卯时

[1] 白蜈蚣，一种草药。

毅行寻古迹　协趣觅乡愁

——义乌作协“重走驿道　踏访古迹　寻觅乡愁”活动侧记

“惊蛰时节闻雷声，震醒蛰伏越冬虫。”春气萌动、万物复苏的惊蛰时节，一切都是生机勃勃的样子。绿柳迎风，玉兰璀璨，水流潺潺，鸟雀欢唱，春天已带着花儿的梦想和蜜蜂的期盼，在东风的催促下，袅袅娜娜地走来了。

大自然有了新的活力，商城的各行各业也开始在复苏中寻求着一份欣喜，义乌市作家协会（以下简称“义乌作协”）的广大文朋诗友也不例外。3 月 9 日，义乌作协文艺创作小分队联合雪峰文学院和佛堂作协，在义乌作协原副主席王曙光老师的精心组织和金秋旅行社何红波先生的大力支持下，一行二十多人在赤岸镇薛乔村松瀑山景区开展了“重走驿道　踏访古迹　寻觅乡愁”活动。

一、山水

中巴车在国贸大道上欢快地奔驰，整片油菜花泛起金黄色的波浪在眼前一闪而过，似乎不想让我抓住它们的身影，粉红色的桃花三三两两地睁开了眼睛，一副惺惺忪忪的模样。

半个小时后，抵达薛乔村。下车，顿觉耳目一新。两年前，我曾来过这里，当时的游步道是条断头路，河道周边杂草丛生，垃圾遍地，不堪入目。如今眼前却是另一番景象：河水清澈见底，道路宽敞整洁，车辆停放有序，变化之大，令人咋舌。随后我咨询了担任本次活动向导的赤岸镇退休干部朱天平老师，他告诉我，新一轮行政村规模调整后，薛村和乔溪两个自然村合并成了如今的薛乔村。村两委班子在新农村建设的号角声和发展旅游经济的原动力驱动下，根据党和政府的要求，结合本村实际情况，通过规划建设把游步道连接起来，形成了一条生态观光长廊。这一举措，不仅拉近了两村之间的距离，也坚定了他们发展旅游业的决心和信心。

是啊！“绿水青山就是金山银山”这一光辉论断已深入人心。

在短暂的启动仪式后，朱天平老师向大家做了活动线路和注意事项的简单讲解。义永古道是前人往来义乌和永康的必走之路，我们今天走景色最美的一段，沿途有许多历史遗迹，已成了市民游山玩水和接受文化洗礼的最佳选择。随后朱天平老师带我们从乔溪村国际登山健身步道进入松瀑山景区。

石头铺就的古道依然保持着几百年前的风貌，我们蹚过小溪，来到一块巨石旁驻足。朱天平老师告诉我们，这块巨石所处的地方叫“金布机”，巨石上刻着一段文字，已有几百年的历史，目前文字依然清晰可见。

面对“金布机”的摩崖石刻，我忽然想起，诗友毛小康对此有深入研究。他和毛斌超合撰的《探秘浙中峡谷松瀑山摩崖石刻》一文中，有一段关于“金布机”摩崖石刻的记述：“‘金布机’摩崖石刻，镌刻于山脚一块单体岩石上，文字石刻部分体量约为二百厘米见方，迄今为止，义乌境内未发现有规格超过它的。”后经他和王春平、朱天平等多人坚持不懈的探索和考究，终于揭开了“金布机”摩崖石刻的文字之谜，判定为一首描写松瀑山胜境的七律诗。原来，摩崖石刻上的文字记录了“松瀑山”这个称呼的由来。

“纸上得来终觉浅，绝知此事要躬行”。身临其境后，我对陆游这句诗中蕴含的哲理多了一分感悟。

老天似乎知道我们今天要来，昨晚特地下了一场雨。眼前，一座座山峰在层层浅雾中忽隐忽现，像羞涩的少女在霞光中沉思。有人说，春天的美，美在一个“情”字里。它既有“寻春须是先春早，看花莫待花枝老”的酣畅之喜，也有“人在天涯，春在天涯”的浪漫洒脱；既有“且芳尊，随分趁芳时，休虚掷”般的爱惜，又有“把酒祝东风，且共从容”的不尽期许。

于是，我们闻着春天的气息走进古道。一路上，有端庄娴雅的山茶花相伴；有高贵娇媚的木姜子同行；和深幽寂静的竹林相拥；与充满灵气的泉水接吻；缕缕清香令人陶醉，声声鸟鸣让人动心；粽叶上精致的露珠不屑地注视着乱石缝里晦涩的松针；路边的小草在春雨的呼唤中已探出头来偷窥早春的世界；习惯了雪雨风霜，被磨得光溜溜的石板，却在不动声色地感受着群山醒来的欢喜。一切都是那么灵动，又是那么随意。我想，没有一个季节，会像春天这么充满生机；没有一个季节，会像春天这么富有诗意。

淙淙的流水声就是一曲春天的赞歌。我们安享着美妙的乐曲，吮吸着比市区多几倍的负氧离子拾级而上。在汗水的灌溉下来到了松瀑山半山腰的彬峡桥，扶栏上望，在山道拐弯处的流纹岩上，赫然镌刻着“松瀑泉石”四个大字，字约四十厘米见方，笔迹遒劲有力，灵活舒展。朱天平老师说，这是古道上最大的亮点——“松瀑泉石”摩崖石刻。它的上方，是浙江籍著名书法家、省书法家协会原副主席金鉴才先生题写的“浙中峡谷”四个字，它与“松瀑泉石”珠璧相融，交相辉映。

心随景动，情因景生。沿着台阶继续上行，九曲十八弯后，我们来到景区的核心点位——松瀑山瀑布脚下。

大自然的神奇在于它对美的奇特创造力。万物因水而灵动，而瀑布则是水精灵的美化体，向世界展示着水的灵性，因此，每一道瀑布都有其独特的魅力和韵味。眼前的松瀑山瀑布，虽然没有谪仙笔下“飞流直下三千尺，疑是银河落九天”的大气磅礴，唯美壮观，却有一种风飏轻烟、热情奔放的神韵。它从山顶的断崖中喷涌而出，似一幅白绫，摇曳空中；又似万斛明珠，从天而泻。其势动人，秀丽奇特；其声爽耳，清脆动听。难怪先贤用“松瀑泉石”来为它命名，因为这四个字概括了它的精华所在。你看，万亩青松环绕，一叠飞瀑忽出，脚下泉水叮咚，身边奇石林立。面对这令视觉受到极大冲击的至美胜境，同行的文友纷纷打开手机，把它的灵动和秀美定格。被浪漫主

义侵蚀已久、重回到现实主义的我，竟然感到词穷，只有默默地注视着它，用心灵跟它对话，我知道，它能懂。因为对世界的热爱和对美的追求每个人都有。

在瀑布的目送下，我们来到它身边落差五十多米的悬空栈道，观赏了苍松迎客、鹰嘴岩、古松化石等形态逼真、意趣无穷的景点。百步峻是古道中最为险峻的一段，通过百步峻的耐力和毅力测试后，领队王曙光老师总结出此次活动中最为经典的一句话：走好脚下每一步，就是不曾对生命辜负。

短暂休息后，队伍在百步峻右侧石拱桥边的岔路口分成两队。一队沿瀑布左侧下山，我们九男四女十三位勇士则立下了征服双尖峰的誓言，向浙江陆地轴心点进发。行进中，我心里猜想，既为轴心，必然灵动，其境定美。于是，一股不达轴心点不甘心的豪气涌上心头。

先人足迹犹可循，欢快流水更协音。我们十三位勇士在枯枝的磕绊中跌倒，在鸟雀的鼓励下爬起，一步一个脚印，战胜了种种困难，终于成功登顶，傲视群山。

我坐在双尖峰顶的浙江陆地轴心标志柱旁，徐徐清风不请自来，吹干了额头的汗水，拂去了一身的疲惫。于是站起来极目远眺，铆足劲顺风而呼，一种旷淡释怀、酣畅淋漓的感觉油然而生。这种感觉，是攀爬路上的披荆斩棘，是许多次滑倒站起；是用汗水浇灌、用脚步丈量出来的。身边的白云轻轻飘过来，抚摸着我们的脸颊，我想，这是对登顶勇士们最好的抚慰和奖赏。

俗话说"上山容易下山难"，登顶需要毅力和体力，下山却需要方法和智慧。人生如登山，有上必有下。路上难免会遇到一座座山，一道道坎，我觉得，只要对新事物、新领域有探索的欲望，在耐心、信心和恒心同频共振中，人一定会不断成长。经验的积累是一种营养，它能助你走向诗和远方，岁月的沉淀一定会回馈你，因为路是走出来的，幸福是奋斗出来的。

二、人物

"志合者，不以山海为远"，志趣相投者在一起，言谈中也会流露出不同的韵味。

登上百步峻时，我看到一片槭树皆为同根三枝分叉状，就笑着问站在身旁的佛堂作协副主席兼挚友王和清：“老哥，这些树好像是从《三国演义》里走出来的，每棵都长得像刘关张三兄弟，这么有特色，我觉得这里应该叫结义林。”

老哥是个博古通今、学识渊博的人。他拉着我的手，指着其中一棵回答道：“老弟，你看看，这明明是一对恩爱夫妻，那个是谁？”

“是小三！”不知是谁在旁边抢答道。

“对！就是小三，所以，应该叫小三林。”

这风趣而幽默的话语，影射了当前社会中存在的一些不良现象，引起旁边各位文友的共鸣。一阵哄笑，笑声在“小三林”中回荡。这真是：“同声自相应，同心自相知。”

《论语》说：“以文会友，以友辅仁。”山河之壮美令人赏心悦目，志同道合的人在一起，却能激起心里的浪花。

来自教育系统的金佩庆老师，是义乌市教育研修院的高级教师，也是浙江省中小学学生减负专家指导委员会成员，教育之江评论员。这个沉稳中不失优雅的知名教育专家，一回到大自然，瞬间就变成一个率真可爱的顽童。洒脱的举止中带有些许张扬，含蓄的言语里露出三分滑稽，我不知道，是春天唤醒了他的萌真，还是他以萌真催动了春天。

当他发现几株菖蒲在涓涓细流中跳跃时，“嗖”的一声扔下背包，鞋子也不脱就跳了下去，双手齐下，左右开弓，把菖蒲从清水中请了出来，小心翼翼地装进饮料的空罐里，裹上几层塑料袋后才放进背包。上岸时，因鞋湿而滑倒，他爬起来，若无其事地拍掉身上的泥土，朝我们做了个鬼脸。那个动作，现在想起来，依然令人忍俊不禁。回家后，他将菖蒲做成了一盆精美的盆景，还特意发照片来给我分享。从双尖峰下来时，他就地取材，用小拇指粗细的翠竹制成了一个竹哨，在我们不经意的时候吹了起来。“呜……”的一声，吓了我一跳。镇定之后，一种莫名的惊喜在我心里浮起，这声音太熟悉了，熟悉得让我无所适从。哦！来自儿时的声音，这是小时候清明节出门踏青时的必备物品。如今，这种四十多年未听见的声音，在双尖峰下重新响起，带着我满满的回忆回荡在群山里。

下山途中，我看到佛堂作协秘书长王哈娜在活动群里发了一句感言：“感谢金老师就

地取材制成的竹哨，让我领略了吹着竹哨走古道的乐趣……”猛然想起，哈娜见杨芝玲老师滑倒时说的那句话：我们要是有翅膀就好了。

男女搭配干活不累。义乌作协和佛堂作协的两位秘书长是一对俊男美女，也是黄金搭档。两人都是 80 后，有着共同爱好和追求，思想观念相近，工作配合默契。这种默契，不仅体现在登山路上的相互支持和鼓励，更在于一颦一笑、一举一动中彼此的心领神会。

此次活动的领军人物是义乌作协原副主席王曙光老师。在他的强大号召力之下，义乌文坛的大部分精英都赶来参加活动，可谓是高手集结，胜友如云。你看：资深的党务工作者王茂兴老师，义乌新闻界的大咖龚昌明老师，雪峰文学院院长鲍川老师，佛堂作协主席王春平老师，诗人兼摄影师吴优赛老师，浙江省傅氏联谊会顾问傅洪信老师，还有义乌第一代电视播音员王健红老师，古朴典雅的杨芝玲老师，活泼可爱的义乌才女骆春英老师，60 后才思敏捷的贾良友老师，80 后的青年才俊梅海东老师……

文友齐聚，不亦乐乎？今天，追随先贤足迹，拥吻明媚春光，观赏山河盛景，明天，定有精彩文章相传送，登杂志，上报刊。

三、乡愁

对先祖的崇敬，源于内心无尽的乡愁。

从双尖峰浙江陆地轴心点下山，朱天平老师带我们参观了途中一处具有深厚文化底蕴的景点——禅福寺遗址，并讲述了有关禅福寺的美丽传说。作为勇攀双尖峰十三勇士之一的傅洪信老师，一听禅福寺与自己的先祖傅大士有关，顿时来了兴致，遂与对文物古迹有浓厚兴趣的金佩庆老师一同前往大士井古遗址进行了一番考究。

我忽然想起傅大士《浮沤歌》里的几句诗偈来：念念人间多盛衰，逝水东注永无期，寄言世上荣豪者，岁月相看能几时！

“水光山色与人亲，说不尽、无穷好”，把令人沉醉的山河之美装进我的口袋，这是我儿时的梦想。而如今，我把眼前的整个世界装进我的手机，却不用担心合不拢袋口的拉链。

“大江东去，浪淘尽，千古风流人物”的历史之美让人永久回味，“唯不忘相思”的情感之美却在慢慢消退。“白发悲花落，青云羡鸟飞”的慨叹让我感觉一丝疲惫，那“诗酒趁年华”的文化之美却还在心里鼎沸。

在时光的流逝中，只有一种情怀会伴随终生，那就是乡愁。曾让我魂牵梦绕的地方如今已变成了繁华都市。乡愁之于我，不仅是傍晚屋顶上的那一缕炊烟和

池塘边通往枣林的那一段泥路，还有眼前这一片蓝天和脚下这一方沃土，还有秋光里的一山一水和春雨后的一草一木。

走过古道，我只留下足迹，让它去跟先人对话。心里泛起的一缕乡愁，却久久不能停息。听了千百年流水声的石头拱桥旁，先贤的呼唤声已远去；被岁月褪去光华的禅福寺遗址，傅大士的传说依然在流传；淹没在乱草丛中半梦半醒的古井还在懒散地看着天上的云卷云舒；老爸带着扁担和午饭去山里砍柴的情景却只能在梦里回放。古道上的每一块石头都隐藏着沧桑往事，那些保存至今的遗迹才是真正的宝藏，它们不仅见证了过往，还要陪后来人一直走下去。

走完古道，思绪缱绻。我想，作为一名文学工作者，在新征程上，应满怀豪情走到人民群众中去，以手中的笔，歌唱新时代，歌唱新生活。以实际行动去践行“铁肩担道义，妙手著文章”的责任和担当。

意犹未尽之时，只怪纸短情长。欲搁笔，总不舍，摘《人民日报》一段金句作个结尾，与此行诸友共享：也许你现在做的事情，暂时看不到成果，但不要忘记，树成长之前也要扎根，也要在漫长的时光中沉淀养分。静下来想一想，哪有那么多的天赋异禀，那些让你羡慕的优秀的人也都曾默默地翻山越岭。

“毅行寻古迹，协趣觅乡愁。恼乱随风去，清明化影留。”赋诗一首以记此行，兼对同行诸友的关心和鼓励表示感谢！

仲夏时节的风景线

一

沥沥淅淅的梅雨，冲淡了商城的喧嚣，滋养着绿油油的大地。道路两旁，无患子和樟树静静地伫立在雨中，享受着这一刻的宁静和安逸。每一张绿叶都显得油光发亮，苍翠欲滴。

雨后的清晨，与妻走进望道森林公园，浓浓的绿意裹挟着负氧离子扑面而来，游步道两旁的小野花扬着一张张天真烂漫的脸，不停地向我们抛媚眼。

“没想到油麻草的花竟然这么绚丽多姿。”我对妻说。

妻似有所悟，说：“如果说绿色是仲夏的肤色，油麻草花就是它的眼睛。”

如同竹林里吹来的那股清风，妻的话打动了我。于是驻足打量起这些忽略了半个世纪的油麻草花来。它们高低不齐，层层叠叠，无拘无束地绽放着，植株上端分支，茎干和叶片上的茸毛以及叶边缘不规则的齿尽心尽职地守护多个头状花序，排列成疏圆锥形的花朵上，白色舌状花瓣紧紧簇拥着小太阳般的亮黄色花心。散发出的淡雅花香，引来一群游蜂围着它们欢欣地跳着舞。正如袁枚的诗中所述：“白日不到处，青春恰自来。”山风吹来，花浪层层翻起，仿佛在劝解蜜蜂不要辜负这场盛大的花事。

感谢度娘给了一个“识万物”的功能。请教后得知，油麻草学名叫“一年蓬”，菊科，飞蓬属的一年或二年生草本植物，原产于北美洲。现广泛分布于北半球温带和亚热带地区。它的繁殖能力和适应性都很强，种子随风传播，只要有土壤和水分的地方都能生根发芽。不论田野、山坡、林地，还是路边、墙角、沟畔，到处都能看到它迎风摇曳的身影。

仲夏的望道森林公园，隐藏着自然的神奇和时光的奥秘，淡雅、小巧的一年蓬却是一道亮丽风景线。

二

小满过后，繁花都已凋谢，满目葱翠的山林边，洁白清丽的一年蓬就像神一般的存在，它成了仲夏最华美的装束，优雅而时尚，纯洁而美好。

它是为夏而生的。每年五月，它开始华丽绽放，把最美好的青春全都献给了夏天，直到八月，秋风送行，它才与夏天携手归隐。它玲珑精巧、热烈奔放的生长姿态和稚嫩纤细、清丽可人的颜值，不但具有极强的视觉冲击力，而且蕴含清新脱俗的文艺感，因而成为花艺中不可多得的材料。这是季节给予的恩惠，也是大地的无私奉献。

我走进花丛，冒着被蜜蜂攻击的危险，采了几枝。

妻笑着对我说："你没听说过吗？路边的野花不要采！"

世间万物，利弊并存，犹如阳光下，有阴阳两面一样。

当我慨叹于农牧民把一年蓬当作害草的时候，却惊慕于它的食用和药用价值。中医认为，它全身是宝，具有消食止泻、清热解毒、防治疟疾的功效，可用于治疗疟疾、消化不良、齿龈炎、胃肠炎、毒蛇咬伤等症。而在诗人眼里，它代表的是"悟此长太息，我生如飞蓬"的命运多舛；传达的是"欲传千里意，恰似一年蓬"的游子思乡；是"一年已飞去，好似一年蓬"的时光飞逝之写照；更是"此地一为别，孤蓬万里征"的砥砺前行之志向。

清新怡人的一年蓬，没有月季的妖娆，却有荷花的含蓄；没有栀子花的芳香，却有广玉兰的淡雅；没有藤蔓的多情，却有松柏的坚强。它那灿烂的笑容告诉我，人生短暂，要积极向上。

三

生命的真谛和人生的意义是什么？这是一个令无数人困惑的问题。

卓别林说："时间是一个伟大的作者，它会给每个人写出完美的结局来。"

一年蓬的生命周期如同它的名字那样，只有一年。它历经冬天的严寒走入繁花似锦的春天，不与百花争艳，甘为荼蘼接力，把自己最靓丽的青春奉献给夏天，却在秋后选择默默离开。在短短的一年时间里，它都会用顽强的毅力走完生命的整个过程，哪怕留有一丝遗憾。

时间的严苛成就了它的品性。它怀着追求自由的理想，抱着坚定的信念，以和而不同的态度与自然相处，不管境况如何复杂，它都能勇敢面对，珍惜大自然赐予的每一个机会，发挥生命中的无限可能，驭风远行，扎根繁衍，随遇而安，直至绽放出生命的光彩。

花尚如此，人应如何？我们能从它身上学到些什么呢？

王国维说："以我观物，故物皆着我之色彩。"生活中，事物给予人的印象，不在于事物本身，而在于人的心态。一片落叶，你也许会看到"零落成泥碾作尘"，但是换个角度，它便是"化作春泥更护花"。生活中，一成不变的东西是没有的。成功迟迟不来，或许是因为努力不够，或许是思维方式没有更新。改变的惯性意识，换种思路，你的眼前就会海阔天空。

愿你我都能像一年蓬那样，与世界和谐相处，保持知足常乐的心态，在不同的境况中随遇而安。

四

"把酒叹平生 / 把往事熬成药 / 一秋风雨敬桑田 / 从此无年少 / 我问月亮借华韶 / 再听秋风诉情长 / 一段芳华煮清欢 / 琐碎了平凡 / 被岁月磨平了棱角 / 人群中不再多言谈笑 / 这不上不下的年纪 / 学会向生活讨好 / 柴米半生争那三餐饭饱 / 把心事锁进了眉梢 / 慢慢学会弯下了腰 / 心中远方歌谣 / 脚下是深潭泥沼 / 头顶烟尘 / 谁负了岁月静好……"这首《人间半途》最近风靡于网络，歌词内容引起无数听众的共鸣。

有人说，这首歌表达了一种对生活、爱情和人生的深刻感悟。歌曲以"经历"作为脉络，讲述了一个人在追求梦想和幸福的路上，可能会遇到困难和挫折，但通过"半"的态度，即不追求完美，而是接受生活中的不完美，从而找到内心的平静和满足。传达了一种诗意的生活态度、释然的心理状态、豁达的人生态度和禅意的处世哲学。

旋律动人，歌词入心。人生半途，是最有韵味的阶段，就像仲夏时节绽放光彩的一年蓬，静也婆娑，动也婆娑，令人无限遐思。走过的路是曲是直，驻足回望才知道；几分艰辛，多少苦难，你我都已经历。未来的路，犹如春季的一年蓬，充满机遇和挑战；在学习中成长，珍惜每一个瞬间，用坚定的信念书写人生的精彩。

静静听了几遍，我突然觉得，这首歌的词作者蒋乐文子一定是一年蓬的拥趸，至少他被这条仲夏时节的风景线所迷醉过。

2024 年 6 月 1 日　21:30

暗香疏影

野 麦

围墙边，一丛野麦生机盎然。

她们穿着绿裙，伸着两三根长须，低着头谦逊地向太阳公公问好。微风吹来，在鸟雀的伴奏下，她们甩开长袖欢快地跳起了迪斯科，吸引了周围众多野草的目光，马兰头和艾草也就成了她们的粉丝。

野麦，俗名野生雀麦，是一年生禾本科野麦属草本植物。常长在麦田里，茎比麦子高大，其根系发达，会与麦子争抢营养和水分，且不能食用，因此成了农民眼里的杂草，清除的对象。

作为农民的儿子，我跟野麦是比较熟悉的。它们不仅生长于田间地头，还会出现在沟壑边、小路旁、山丘上、大树下……不论贫瘠还是肥沃，只要有泥土，能得到阳光的温暖和雨水的滋润，它就会生根发芽。它能跟其他作物和谐相处，陪小麦成长，替菜苗站岗，和紫云英做伴，为豌豆花守望……

“朝看花开满树红，暮看花落树还空”。随着城镇化的推进，小区周边已很难见到野麦的身影了。记得小时候，枣林边野麦特别多，我们经常去割来喂羊、喂牛，也把它晒干当柴火。偶尔还会利用它来恶作剧，把野麦籽摘下来，撒到小女孩的头发上。

最有趣的是用野麦籽当诱饵钓鱼。来到石火塘岸边，观察水面的情况后，找个最佳位置坐下，在身边随处抓一把还未成熟的野麦籽，撒入池塘当诱饵，目标是吸引草鱼。野麦籽浮在水面上，会引来一群群小刀鱼，小刀鱼只是来赶场的，当它们发现野麦籽不好吃时，就会全身而退。于是就再撒一把，然后把大豆叶揉成团挂在鱼钩上抛线入水。鱼儿禁不起诱惑，总会上钩的。我用这种方法钓到过一条四斤多重的大草鱼呢！

野麦，不只是一种杂草，更是一种草药。中医认为，野麦性温、味甘，归肝、脾经，具有很好的补心止汗功效，所以常把它当作止汗药来用。它还具有降血糖、润肠通便和预防心血管疾病等功效。殊不知，农民眼里的野草竟然是一种药材，且价格不菲，每公斤售价达到三十六元。看来，大地上生长的东西都是有用的，只不过我们还不知道而已。

“野火烧不尽，春风吹又生”。千百年来，野麦一直在我们脚下这片土地上生生不息地繁衍着，给大地调妆，为自然添彩。我被它百毒不侵的免疫力惊讶，被它自强不息的生命力折服，更赞叹它锲而不舍的原动力，钦佩它随遇而安的适应力。

野麦之所以野，是因为它不在农作物之列。随着农业科技的发展，我相信，总有一天，它的价值会被挖掘出来，总有一天，它会重归庄稼的大家庭。那时候，它一定会更“野”。

（发表于中国作家网及 2022 年 3 月 14 日《义乌商报》第四版）

塘 趣

下午三点半，小区内煤气管道施工队来电叫我下楼挪车。匆忙间竟然忘了带钥匙，结果把自己锁在了门外。于是，闲逛至小区西边的小池塘，在塘边的一块石头上坐了下来。

小池塘并不大，只有十几平方米，呈不规则的椭圆状。四周高低起伏的黄土地上种满了蔬菜和其他作物：蚕豆、豌豆、土豆、油菜、大蒜、韭菜、莴苣……岸边长满了茂密的杂草，西北角有一棵苦楝树，枝叶稀疏却开了不少花。树下是爸妈用竹竿和木条搭起来的丝瓜架，丝瓜架旁是用水泥预制板砌成的小埠头，供大家洗手和提水浇菜。五叔的十几只蜂箱北斗七星似的点缀在小池塘的东北角。池塘里，水草和浮萍联手在水面编织了一张大网，蝌蚪无忧无虑地到处游荡，树影时不时地戏耍着小蝌蚪，青蛙和小鱼在水草丛中捉迷藏；蝴蝶在楝树花间翩翩起舞，耳畔不时有蜜蜂嗡嗡飞过，两只麻雀在丝瓜架的细绳上荡着秋千，窃窃私语，刚刚苏醒不久的小蛇怯生生地躲在草丛中偷窥窃听，树叶在微风中演奏出一曲和谐的旋律……

站在小池塘边，沐着和煦的阳光，清风裹挟着泥土的芬芳，夹杂着蚕豆花的清香扑面而来，沁人心脾，令人迷醉。于是脱掉鞋袜，挽起裤脚，把脚泡在清凉的水里，打着水花，听着小虫的嘶鸣和蛙声，闻着水草那股清幽的淡香，享受着大自然恩赐的这一份舒适和惬意。微风拂过，几片楝树花飘落下来，掉在水面上，荡起层层涟漪，引来了一群小蝌蚪的围观。儿时的记忆、儿时的乐趣就在眼前，亲切而熟悉！

有人说，生活的恬淡在于无欲无求，烦恼来自对生活太完美的追求，而“一点浩然气，千里快哉风”的旷达和“美酒饮至微醉后，好花看到半开时”的雅趣只是幸福的一种诠释。此刻，沉醉在温馨、清雅、闲适、神怡、恬淡、雅趣几种意境交融之中的我，深感幸福是如此简单，烦恼又何必！

我是个农民，离不开这片生我养我的土地！这里的一草一木、一抔土一滴水，我都深深地眷恋着！喜欢她的芬芳和气息！不管她将来如何变化，我永远不会忘记这种味道，初心不改，为她守候！

（发表于2020年6月22日《钱江晚报》）

招 蜂

“一向年光有限身”，早就想探究五叔招引蜜蜂的秘方。

今天终于成行。一早，坐上五叔的东风小康，沐着曦光向义西草大坪方向前行。晨曲中打开车窗，清风亲吻着脸颊，令人舒适而惬意，香樟树在道路两旁列队，接受我们的检阅，每一片叶子都精神抖擞，向我们敬礼。

一

驶入宽阔平坦的四海大道，车流虽不大，五叔却一直保持着平稳的车速。柔柔的曦光透过挡风玻璃照在五叔身上，深蓝色 T 恤衬托出的头顶显得油而光亮，棱角分明的脸庞上爬满了粗细交叉的皱纹，两道浓眉下的眼神坚毅沉着。看见路边金华方向的指示牌时，五叔回忆起二十年前和我一起去金华交通驾校学车的情形，而后聊起了近些年的生活状况和家长里短，把我沉醉在窗外蓝天白云里的思绪拉了回来。

五叔今年六十一岁，在家排行第五，青年时是个力壮如牛的铁匠。20 世纪 80 年代末期，在改革开放的浪潮中，他改行做了啤酒批发商，并买了一辆“天目山”牌的机动三轮车。于是婶婶坐守店铺，他顶风冒雨给代销店送货。那时候，批发商不多，也不会送货上门，因此五叔送货上门的销售模式深受开代销店的老板的欢迎，我们前洪乡辖区的代销店都成了他的客户。五叔为人随和，送货及时，价格公道，服务又好，因此声名鹊起，随后，他的业务范围延伸到了周边柳青、东河和后宅等多个乡镇。他这一送，就是二十多年。

“南朝四百八十寺，多少楼台烟雨中”，生活的艰辛，岁月的磨砺，使五叔的头发渐渐脱落，以至于寸草不生，成了邻近乡村有名的“光头强”。我曾听到很多人说，你这个油光可鉴的“光头强”五叔可是个聪明绝顶的人。

“长江后浪推前浪”，自五弟参加工作后，五叔才慢慢放下他肩上那副沉重的担子。但他却闲不住，扛起锄头，把以前的荒地重新开垦，整理得井井有条，种上了各种瓜果蔬菜和五谷杂粮。

七八年前，我偶然发现，五叔竟然成了蜜蜂的好朋友。于是，他的生活里多了一份乐趣，开始了田园生活以外的甜蜜事业。他虽然只有小学文化，但脑子很灵活，蜂箱和一些工具都是他自己亲手制作的。近年来，我们兄弟几家都沾光，经常能尝到五叔采收的那份原汁原味的蜂蜜。真是甜在口中，暖在心里。

二

过上溪后，进入岩口湖库区，车沿着蜿蜒曲折的湖边公路继续前行。车窗外，岩口湖像一面不规则的镜子，镶嵌在高低起伏的群山之间，一弯碧波在阳光的照射下闪耀着粼粼波光，像是一群美人鱼眨着神秘的眼睛在打探我这位不速之客。湖畔的美丽乡村，焕发出勃勃生机，鳞次栉比的新房掩映在湖光山色中，斑驳的倒影在社会主义新农村建设的号角声中回荡。

不经意间，十几辆车从我们旁边鸣笛超过，五叔却保持着每小时三十公里的速度，不紧不慢地前行，他告诉我：“你先把景色赏个够，回家用文字把它保存下来。”

五叔，你太抬举我了，我担心自己脑子里的墨水不够用啊！

车出黄山村，从九曲十八弯的山间公路盘旋而上，行驶了二十多分钟后，到达我们此行的目的地——仙坪村。

三

资料显示：仙坪村是义西最偏僻的山区，坐落在海拔八百多米的山腰上，交通不便、信息闭塞、耕地稀少。自 2000 年实施异地奔小康以来，仙坪村已经实现了下山脱贫，走上了小康生活。如今，原仙坪村旧址已实现退宅还耕，退宅还林。

我们在一处房门上挂着锁的旧房前泊车。一只母黄狗带着小狗从屋后摇着尾巴迎了上来，原来，五叔隔三岔五来这里，已经跟它们熟识了。母狗朝我打量了一番后走开了，小狗却黏着我，似乎知道我是来这里玩的，缠着我的裤脚要我带它去玩。

甩开小狗，跟五叔来到山林前，驻足四望，但见蓝天白云下，群山连绵起伏，青松翠竹在微风里摇曳生姿；老屋身旁，两棵桃树果实累累，绿叶轻抚着桃子，桃子却在风的唆使下与阳光捉迷藏，一会儿露出调皮的笑脸，一会儿又羞涩地躲进枝叶间；郁郁苍苍的劲松脚下，幽草翩翩起舞，自我陶醉，蚂蚁旁若无人，逍遥自在；停僮葱翠的林间，山雀清脆的呼唤声声声入耳，群蝉合奏的进行曲蛊惑人心……

吴均在《与朱元思书》一文中说："鸢飞戾天者，望峰息心；经纶世务者，窥谷忘反"，此刻，大自然的壮美让我悠然，大自然的情怀让我释然，大自然的语言让我坦然。

触景生情，诗兴大发，我即赋一首七言绝句如下：

白云游弋结成团，小树轻言顾自欢。
泉水不知山顶趣，入流还欲激回澜。

意犹未尽之际，一个熟悉的身影闯进了我的眼帘，定睛细看，竟然是一尘封在记忆中很久的金华两头乌，它带着五六只小猪仔在草丛中穿梭，无忧无虑地觅食。我毫不犹豫就打开相机，把它们风姿绰约的身影分享到了朋友圈。

四

大自然的景色令我沉醉。

嗡嗡嗡……忽然，耳边传来蜜蜂的声音。有几只从身边飞过，瞬间转移了五叔的视线，触动了他那敏锐的神经。

五叔转回头对我说："你看那飞行姿态，肯定是刚采蜜归来，跟上它们！"

于是，我们循着蜜蜂前进的方向一路追随，走了三四十米山路，转过一个小山坡后，它们竟然消失了。

我一声叹息。而五叔却露出笑容，坚定地对我说："蜜蜂的窝就在附近。"

五叔跟蜜蜂打交道七八年了，很熟悉蜜蜂的生活习性，对蜜蜂的气味更是特别敏感。

在附近观察了几分钟后，我们进入松林继续搜寻。刚进入松林不久，他就指着前面一间老房子兴奋地对我说："肯定在那里！"

原来，松林里有一间仙坪人下山脱贫后留下的老房子，墙头的红砖有一部分已经脱落了。

我用疑惑的眼神看着五叔，问他：“蜜蜂怎么会把家安在一所破房子里啊？”

五叔告诉我，吃住是动物生存的保障，我们人类需要，蜜蜂也一样。蜜蜂是群居昆虫，有较强的社会性，它们每天出去采蜜，采了蜜就会飞回一个固定的地方。但是，当一个蜂群繁衍规模太大造成拥挤时，它们就会分群。

我们来到老房子里。房子已经荒废好久了，房顶的瓦片已经残缺不全，几根椽子摇摇欲坠，房间里的野草已有半米多高了。五叔环顾了一周后对我说：“在那里！”

果然，在靠南的墙角上，离地面两米多高的墙缝里钻出来几只蜜蜂。

五叔叫我拿着蜂板，暂时离远一点，以免受到蜜蜂的攻击。他戴上面罩，取出细格子网袋，轻轻地走到墙角，用右手慢慢拆开墙上的红砖，一块，两块，当拆到第三块的时候，里面的蜂群开始涌动，纷纷往外跑，说时迟，那时快，五叔左手把网袋朝墙孔一罩，右手扶住网袋，蜜蜂们大都飞入网袋。随后，他叫我把蜂板递过去，放进了网袋，嘴里不停地安慰网袋里的蜜蜂：“不要吵，不要闹，我带你们去新家。”

说也奇怪，听了五叔的话，网袋里的蜜蜂都静了下来，乖乖地聚集在蜂板上。

难道五叔懂蜂语？我一脸疑惑，随后对五叔增加了几分崇敬。

转念一想，我们都已进入小康社会了，或许蜜蜂们正期盼着改善生活条件吧！

后来，五叔告诉我，他在蜂板上抹上了一层白糖。

五

当五叔前往其他地方招引蜜蜂时，我抽身来到路边的仙坪水库，下水体验了一把高山水库中的水温和静谧。“身世沉浮随浪去”，躺在碧波中仰望蓝天白云，耳边是虫嘶鸟鸣蝉伴奏，悠闲惬意之感油然而生。“我醉君复乐，陶然共忘机”。

仙坪的气息是那么纯净自然，令我流连忘返。

上岸，五叔也刚好返回，他手里却多了几样东西：清凉解暑的“六月雪”，凉血解毒的车前草，被誉为仙草的灵芝，袋里还有富含营养的野生猕猴桃，味道鲜美的竹荪……看来是大山深处，藏宝无数啊！

“绿水青山就是金山银山”这一科学论断再次得到印证。

下山路上，山风送来淡淡的清香，富含负氧离子的清新空气让我禁不住闭上眼睛，做了几个深呼吸。翠黛的群山叮嘱我，赶上好时代，莫负好时光！

六

这次，五叔共招引了一千多只蜜蜂。我知道，回家后，即使房价再高，五叔也一定会为它们营造一个温暖的家。我相信，在五叔的悉心照料下，它们一定会在新家安居乐业。

于是，我跟五叔相约，待到产蜜季，第一时间让我尝尝这批蜜蜂所产的蜜。五叔欣然答应，他说我也是迎接它们下山的人。

心之所向，身之所往，终至所归，这是我跟五叔去招蜂的最大收获。

春分雨

春分时节的雨，来得那么及时。她在春雷的召唤声中，在闪电的导引下，下得温文尔雅。

她没有夏雨那般酣畅淋漓，也没有秋雨那股缠绵悱恻，更不会像冬雨那样冷酷无情。却融合了夏雨的热烈、秋雨的娇柔和冬雨的忧郁，形成了江南女子特有的温婉雅致，让春风携花草的幽香一起抚慰着城市和乡村。她敲打着车窗，滋润着沃土，冲走了污渍，洗净了尘埃。她让桃花羞涩，柳枝沉思，嫩芽欢欣，青蛙歌唱；她呼小草提起精神，催绿叶焕发容颜，为池塘扩展胸怀，使鸟雀看到春天。

平时听惯了鸡鸣犬吠，今晨忽闻久违的滴答声，顿时一阵兴奋。这滴答声，虽没有激昂澎湃的旋律，却有着曼妙无比的节奏。“世味年来薄似纱，谁令骑马客京华”，她冲走杂念，涤荡心灵，使人在清新的空气中返璞归真，在清醒的状态下凝思反省，在清静的环境里通灵颖悟。这种感觉让人眷恋无比！

“小楼一夜听春雨，深巷明朝卖杏花”，此刻，虽无衣食之忧，却期盼：烟瘴早离我乡，瘟神尽快消亡，生活恢复正常，祖国日益富强。让春天的阳光，温暖四面八方，每个人的脸上，笑容如花一样绽放！

（发表于 2020 年 3 月 30 日《义乌商报》第四版）

晨光图

东方溢彩，晨气清新。早上六点半，植物园的智慧步道上，晨跑的人渐渐多了起来。

当我跑到祖科塘村路口时，在村边小路上，看见了一幅人世间最美的画面：一对耄耋老夫妻，两人都拄着拐杖，慢慢朝游步道走来。他们有说有笑，时而抬起拐杖指着田里的作物，时而驻足环顾四周，走走停停，停停走走，但两只饱经沧桑后已经干瘪的手却紧紧地握在一起，一刻也没有松开。“携手清晨，走向黄昏”，多么浪漫而温馨的画面！惹得树叶为他们鼓掌，小鸟为他们歌唱，金蝉为他们喝彩，红莲为他们飘香。我禁不住跟了过去，在离他们两三米的地方，拿出手机，调好角度，拍下了这幅最美的晨光图。

“执子之手，与子偕老”，这句话原本是战士之间的约定，现代多用为形容爱情的永恒。而在现实生活中，能做到的又有几人呢？随着经济的快速发展，社会的深度融合，带来了物质的充裕、生活的安逸，身边的世界也越来越精彩。在享受精彩的时候，却总有那么一些爱情被世界的“精彩”所迷惑，甚至打倒。不知有多少爱情“被雨打风吹去”，现实中的离婚率可见一斑。

有人说，夫妻间最好的相处之道应该是：互尊、互爱、互信、互助。柴米油盐的平凡反复中，品味着爱情的平淡；锅碗瓢盆的交响曲里，却彰显出爱情的坚贞。夫妻间，磕磕碰碰在所难免，要知道，酸甜苦辣中蕴藏着人生的真谛。给爱情和婚姻减负，从苛求回归宽容，从浮华回归平常，才能给爱情和婚姻腾出一片广阔的空间！这幅晨光图，就像一面镜子，能照出所有夫妻对待爱情的真实影子。

当我跑到西罗店村边的幸福湖坝上时，忍不住回头望了望，蓦然发现，他们的影子被曦光拉得很长很长，俊俏而伟岸！

“琴瑟在御，岁月静好”，衷心祝福他们，希望时光能为他们延长。更希望每一对夫妻都能像这对老夫妻一样，和和美美，平安健康，在国富民安的盛世里共享美好的晨光和优雅月光。

（发表于 2021 年 7 月 19 日《义乌商报》第四版）

肉饼宴

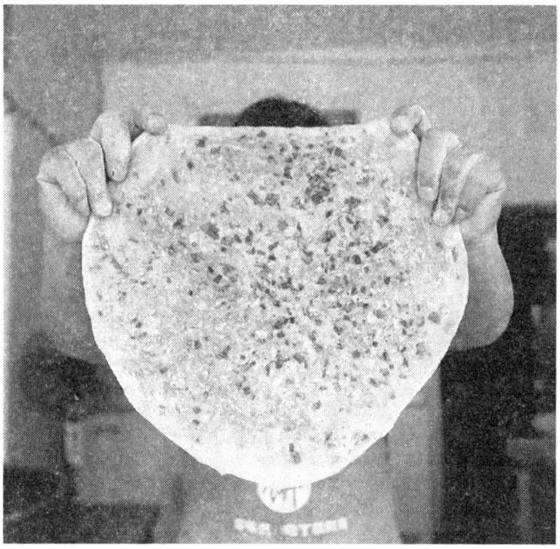

壬寅菊月廿六，余应爱心公社诸友之邀，赴后宅塘下村参加肉饼宴。

夫肉饼者，乃本邑东河肉饼之简称也。列义乌十大传统特色名小吃之首。据考，此饼源于东河，始于嘉庆。其用材精致，需鲜猪肉之上好三层肉，佐以肥嫩香葱；工艺考究，和面、发酵、制馅、包馅，拉饼、火候诸般皆需掌控得当。形如圆月、薄如宣纸、色泽光亮、油而不腻、咸淡适中、嚼韧回香为评判肉饼制作成败之标准也。

中华人民共和国成立初期，总理途经东河，乡民以此饼待之。总理尝后，赞不绝口，由此闻名遐迩。余幼时，其为重大节日招待贵宾之品，而今，已成特色美食享誉中外。其制作技艺，被列入市级非物质文化遗产代表名录。

是日，天公作美，天朗气清。余一骑单车，惠风伴行。优哉游哉，放飞心情。时而赏景色，间或录视频。

物殷俗阜，点胸洗眼。沁鼻丹桂，并起比肩；娇柔月季，悱恻缠绵。秋栾妩媚浮于虬枝，青山挺拔欲吻蓝天。宽敞大道直通江东鸡鸣阁，洒逸白云亲抚后宅德胜岩。东青凝绿，导引车水马龙描乌伤之气韵；刺柏迎客，映衬大厦高楼绘商城之鸿篇；天遂人愿，情谊相牵。

巳时末，余抵达。未入庭院，先闻笑声。饼香顺炊烟外溢，笑语随紫藤出墙。及入，但见俊男靓女端坐相谈，姨娘孺童追逐逗玩；七八红妆围于炉前摊烤肉饼，四五美髯游于周边传递碗盘；主事联彬，身强力壮，事无巨细，统筹协办；后勤国星，得力干将，各种物料，瞬间完善；高手菊仙，英姿飒爽，治家模

范，做饼有样；其余众人，忠贤能干，前前后后，奔走帮忙。知行合一，和谐默契，笙磬同音，一片宫商。勾白云驻足，逗鸟雀歌唱。

好友相逢，嘘寒问暖。逸兴遄飞，笑语笙簧；讲文论武，走斝飞觞。饼下美酒，半晌即酣；精神愉悦，心情舒畅。

睹物寻思，忽发奇想，以料兴托，言饼所长，盖有如下四点：

其一传情。以面裹之，面者，脸也。面有劲道，方彰其形，犹如人之容貌，喜怒哀乐皆现。所谓“君子豹变，小人革面”，其面之柔合传情。

其二达义。以肉为馅，肉者，食也。以食为天，不可或缺，嗜酒者多伤身，食肉者少羸弱。所谓“容膝之安，一肉之味”，其肉之道足达义。

其三通心。以葱为辅，葱者，通也。青葱白面，香而增色，令人赏心悦目，况其出于人手。所谓“心之所向，素履以往”，其葱之香堪通心。

其四萦梦。以味见长，味者，觉也。酥软相间，咸淡适宜，其形刻入脑髓，其香令人回想。所谓“日有所思，夜有所梦”，其味之长自萦梦。

恍惚间，余自问，梦想何在？饼之香畅快答之。情怀几何？饼之味爽朗答之。然传情者有几？达义者在乎？

临别之际，偶觉牙缝有异物，乃寻一牙线剔之，为葱花依附也。反刍，回味悠长，此肉饼通心之功效也。

饼圆堪达义，肉馅更通情。

于壬寅菊月廿七午时

凤凰藏幽

淅沥夏雨，逐走炎热，空气也变得清新。晨起踱至环城西路绿化带，向北遥望，群山在云雾中若隐若现，猛然想起凤凰谷。

曾几何时，但有闲暇，即至凤凰谷，寒来暑往，次数几倍于回外婆家。岩上盘坐，观云卷舒；涧旁少憩，畅吸鲜气；依松抒怀，临水赋情；谷之秀，令我如痴，涧之韵，使我沉醉。

疫情以后，许久未去凤凰谷了。今天陡然兴起，带着丝丝歉意，拾步直奔凤凰谷。

从萧皇寺左侧的小路来到库坝，但见水库清澈如镜，宛如一颗卵形翡翠镶嵌在凤凰山口，群山相继跌入水面，倒影相映成画。这副老面孔虽然许久不见，却依然保持着她那旖旎妩媚的神情。今日重逢，见往日荡漾的碧波竟然安逸从容，倒使我显得些许拘谨，不敢与之对白。

沿着熟悉的小路前行，鲜艳夺目的飞蓬在两边摇曳着身姿，栀子花浓郁的香气吸引了蜜蜂，也熏醉了我。来到库尾，动听的旋律和欢快的节奏不停向我耳鼓袭来。左侧，一股急流从乱石堆里喷涌而出，携着卵石，唱着欢歌向右侧的库区奔腾而去。细沙在水花中翻滚，我知道，它不愿意离开大山的怀抱，怎奈流水无情，非要把它嫁到远方，惹得山蛙和小草都为它愤愤不平。头顶的马尾松生机盎然，松针上却挂着幸福的泪水。

进入谷口，溯流而上。脚下的岩石千姿百态，秀丽迷人，或状如睡猪，或形似跪羊，或貌似坐蛙，或态如窜鼠……大小不一，黄灰相间，青赭分明。有的光滑润泽，如少女的肌肤；有的皱眉蹙额，似老妪的脸庞。这是岁月的痕迹，是山水相爱的见证。

来到一拐弯处，一根粗大的枯松横卧在岩石和杂草之间，挡住了去路。翻越枯松之际，发现一股清泉从焦黄的乱松下缓缓汇入。好奇心油然而生，遂改道猎奇。扒开杂乱的松枝和茂密的蕨草往前，绕过一片茂密的荆棘，突然，眼前豁然开朗，真是“山重水复疑无路，柳暗花明又一村”。一条狭长的山谷蜿蜒向上，细水低吟浅唱，傀然而下，像一条舞动的白色飘带，回绕在青山之间。历经沧桑的瘦岩用自己宽阔的胸怀，孕育出一个个小瀑布和小水潭。潭水清澈见底，几只蝌蚪在碎石块之间捉迷藏，落叶在潭中随流水的摇滚乐翩翩起舞……“云涌抱峰峦，松枝迎风展”的景象在水潭中清晰可见。两侧岩壁是天然的扩音器，传播着大自然的各种美妙音符，和谐而顺畅。置身其中，恍如进入“神秘园”。

我掬起一抔山泉，尝了尝，清新爽口，甘洌微甜。擦干额头的汗水，依偎在岩石上小憩，细想：既然前人称此为凤凰山，凤凰凤凰，有凤必有凰。如果以前常走的那条幽谷是凤谷的话，眼前这条应该是凰谷了。“不识庐山真面目，只缘身在此山中”，没想到凰谷竟然隐藏得这么深！也怪自己，心如小马过河，被凤谷迷惑了那么久。如今，凰谷终于现身，实乃快事一桩。

“青岩静默千年过，泉水欢歌百代新”，凤谷之隐幽俊逸，情通时序；凰谷以清秀脱俗，契合自然；情景交融，相得益彰。正是凤凰来仪，和气致祥。

《道德经》有云：“人法地，地法天，天法道，道法自然。”阐述了天、地、人乃至整个宇宙的生命规律，都在寻求平衡。所谓“阴阳五行，相生相克”，有凤有凰，和谐之道，“凤凰于飞，琴瑟和鸣”，概如此也！

“问余何意栖碧山，笑而不答心自闲。”万物都有自己的归宿，当岁月流逝，经历风雨后，再美好的往事，都成过往。不乱于心，不困于情，不畏将来，微笑着面对过往，定是一种幸福！

（发表于 2022 年 6 月 22 日《钱江晚报》第四版）

凤凰山赋

玉壶山脉延伸至义乌城西，有一山名曰五峰山。两翼群山绵延，层峦叠嶂。其左一侧，远望如凤凰展翅，故乡人谓之凤凰山。二十世纪六七十年代兴修水利，筑坝成水库，即今凤凰山水库，坐落于北苑万村以北数百米。余观其幽静怡人，常闲游至此，已数年哉！日久情深，钟爱此地。陶醉之余，曾附庸风雅，拙笔填词而赞之，词穷而意未尽时，几叹未能作一赋。今晨至此，见满目葱翠，云烟氤氲，猛然惊醒。遂冒布鼓雷门之嫌作此赋，聊以自娱。

坐北朝南，形如凤凰。朝哺阡陌，暮瞰城乡。草为其裤，松为其裳。群峦起伏丰其背，风云游弋绕其项。鸟雀清唱树巅，虫兽潜伏草丛。泉水叮咚，哼欢歌荡谷内；湖光潋滟，噙秀色揽怀中。寺院僻隐于青山，香火旺盛，嘈杂不可兼容；凤凰幽藏于匡谷，饮露幽境，涉足犹入阆宫。

春来山花烂漫，坝下桃花，粉妆灼眼，蜂蝶狂舞，闻香迷路醉其间。夏至松柏葱郁，幽静清凉，碧水蓝天，影映成趣，避暑休闲入画卷。秋起层林尽染，绚丽多姿，色彩斑斓，晨钟暮鼓，修心养性润心田。冬至银装素裹，山舞银蛇，迷倒梅仙，口含翡翠，静候春雷唤新颜。四季景致各异，交替轮换，置身其中，忘返流连。

余生怜易安之忧郁而无奈，尊崇东坡之豁达而倾心；钦服陶潜之无忧欲习之，仰慕谢客之洒脱欲效之；然困商城贸易之所缺脱壳之计，处江湖喧嚣之地却浑身乏力；叹时光易逝，承岁月无情。故逐日至此纳清气，亲山水；赏风光，抒情怀，虽风雨，而无阻。妻曾问，此为癖乎？余兴答，乃所爱也！

（发表于2020年6月22日《义乌商报》第四版）

鸡鸣阁赋

时序小满，岁在辛丑。树木葱翠，山桃初红。携妻沐蒙蒙之晨雨，伴嘤嘤之鸟声，抚青青之嫩草，闻幽幽之花香，重登鸡鸣山而温昔日之逸趣，俯瞰商贸城而舒今朝之豪情。

金鸡啼唱，始得其名；历史久远，一路风行。后山前水，鼓角旗旌；钟灵毓秀，人杰地灵。饮人间之烟火，窥天下之泰宁。时代呼唤，筑高台华阁同圆梦；百姓响应，祈父老乡亲享太平。

域虽蕞尔，却富神韵。斗拱古制，鸱吻燕翅呈凤形；轩窗新意，牛腿琴枋却有凭。雕梁携画栋传优雅神态，设计融建造见工艺湛精。磅礴气势直上云霄，夺目光彩胜似宫廷。拙笔难描入夜之光影，丹青愕惊白昼之雄英。地标建筑蕴内涵，文化传世放光明。

立足山顶，守望江东。名校为左臂，大学作右肱；承稠州之文脉，袭乌孝之武风。逐邪教于域外，揽精英于怀中。五湖商绅汇脚下，彰广博之义；四海情侣入社区，显有容之胸。语音虽异，意思相同。吸引众游子，一心当归鸿。

平步登高阁，尽兴揽秀川。胜景凝于目下，心情自然放宽。

瞰城市之变化，慰前辈以台安。乘改革之潮浪，奏吾辈之强音。赞祖国之强盛，念党丹襟；借诗词之韵律，唤众歌吟。牢记使命，不忘初心。

华阁有幸，得称鸡鸣。群鸡起舞，和谐共赢。乌伤有此阁，父老更温馨！

噫！江东乃富庶地，吾裹足商贸城。冒仙阁之威名，斗胆作此，望不负卿！

（发表于 2021 年 5 月 31 日《义乌商报》第四版）

横塘公园赋

屹城西，挟乌伤；偎陆港，牵市场。绿树招手，白云守望；玉蝉欢唱，曲水流觞。幽径连亭阁，栈桥通回廊。翠竹虚掩雕梁画栋，鲜花环绕黛瓦白墙。游子茫然而问：此吾故乡？宗亲眉飞竞答：正是横塘。

驻足沃土，入目龙襄。以田为心，涵记忆之萦回；以水为魂，现未来之表象；及至阳春气暖，百花齐放，众鸟寻芳；孟夏炎酷，林木荫翳，荷韵悠扬；仲秋畅爽，风轻云淡，丹桂飘香；寒冬冻塞，银蛇蜡像，万物素妆。四季作物，各自呈祥。俨然于世外，岂止于眼眶？

栽起梧桐，引得凤凰。以情留士，以义兴商。英名鹊起于域内，美声外传至八方。四海宾朋，蚁附于此求财气；五湖客使，慕名而来沐熙光。在彼筑梦，从此启航。

路边瑞草，笑迎雨露；溪畔葵花，心向太阳。花田夺目且连片，赞曲铭心更悠长。雅士钟爱，文人弄章；孩童逸趣于湖畔，老叟寻思于石旁。天地造化，留根基慰祖先；春华秋实，起宏图呼理想。初心以遗爱，使命于甘棠。[1]

光阴骎骎，已过沧桑；历史悠悠，能书几行？德政如霖，百姓溥沐，幸福如蜜，老少安康。借时代之东风，凝民众之力量；言慷慨，气轩昂；剪断寂寞，抛弃迷茫；勇作为，敢担当；冲破枷锁，摆脱绳缰；坚信仰，助国强；披荆斩棘，

[1] 甘棠、遗爱：习近平总书记担任浙江省委书记时视察过横塘村，对横塘的发展做过重要批示。所以用“甘棠”和“遗爱”。

乘风破浪。昔木车堪摇甘甜之水，今乐土更催奋斗儿郎。

桑梓蜕变，渐趋辉煌；闲提拙笔，顺祝恒昌。

（发表于 2021 年 7 月 12 日《义乌商报》第四版）

粘依草籽

午后去枣林，见一穿着精致的中年妇女在路边采摘粘依草籽。心想，这东西到处都是，有什么用啊？中年妇女告诉我，粘依草籽煮水喝，能治疗鼻炎。

“粘依草籽”是我们本地方言叫法，它的学名叫苍耳。之所以这么称呼它，是因为它浑身长满带钩的刺，人一碰到它，它就会粘着你。这个名字虽不好听，但形象而生动，是它特性最直观的表达。

请教度娘后得知，粘依草籽属菊科，一年生草本植物，常生长于平原、丘陵、低山、荒野、路边、田边，7 至 8 月开花，9 至 10 月结果。它的种子浑身长满带钩的刺，像一只受到攻击时的刺猬，因此鸟和其他动物都不喜欢吃。

俗话说，“乡间无闲草，用好皆是宝”。粘依草籽虽是一种杂草，却有很大的药用价值。它的根、花和带刺的果实都可以入药，对降血糖、呼吸系统、心血管、抗炎有药理作用。中医常把它当作一味通窍的药，但它有毒，所以要经过专业的处理，切不可乱用。

它可以榨油，是制作油墨、肥皂、油毡的原料，还可制成硬化油及润滑油。

它还是一种恶作剧的道具。我小时候，一些调皮的男生经常会把它扔到女生头发上。一提起它，夫人就说，这东西是她小时候的噩梦。

我知道，刺猬长刺是为了自我防卫，粘依草籽长刺是为了粘人，但我不知道它为什么要粘人。后来得知，刺是它的生存工具，为了粘在人和动物身上传播种子。

万物皆有生存技能，为了繁衍，长满刺、难看点又何妨？连高贵的玫瑰都有刺呢！

粘依草籽也有花。它的花虽然没有月季那么娇艳，丹桂那么凝香，却生机勃勃，从不卑微，这就是它的坚强和自信。

凡有泥土有水分有阳光的地方，它都能生长，从不挑剔，随遇而安，跟其他野草和谐共生。它以自己的方式，在保持矜持的同时，敞开胸怀，放飞梦想。

“你这个‘粘依草籽’，走开！”以前，经常会听到大人们用它的名字来训斥小孩。虽然略带贬义，却把跟前跟后胡搅蛮缠的这类人描绘得入木三分。我想，除此之外，应该没有其他更恰当的词语了。

走进枣林才发现，几颗粘依草籽在不知不觉中粘到了我的裤脚上。我弯下腰去，用右手想把它们摘掉，奈何它们粘得很牢，十几根刺就像十几只手，紧紧地抓住我的裤子。我只好把手上的手机放在旁边，一只手拉住裤子，另一只手抓住它们，使劲才把它们从裤子上驱离。

拾起手机那一刻，我忽然觉得，手机不就是一颗粘依草籽吗？它已经粘在我手上很多年，现在很难甩掉了。

随着时代的发展，社会的进步，手机的功能也越来越强大。连普通的智能机也具备拍摄、天气预报、导航、支付、文件管理、看新闻、看电影、游戏等功能。所谓“一机在手，走遍天下无忧”已经成为现实。而原来的通话和短信功能也被微信、抖音等新型模式挤占，以后可能还会出现一些出乎想象的功能。手机具备这么多功能，你能不被它粘住吗？

手机给人们生活带来方便的同时，也给广大家长带来困扰。中小学生自持能力较弱，一旦迷上手机，很容易上瘾，而且会严重影响视力，这也是众多学校强调学生不许带手机上学的原因。有人说手机是精神鸦片，我感觉这个说法失之偏颇，因为手机就是一颗粘依草籽。

生活中，大家都知道平平淡淡从从容容才是真。要想生活简单，适时甩掉手机这颗粘依草籽是当务之急。

粘依草籽虽然长得丑，但它的能力很强。最值得它骄傲的一点，莫过于粘上文人雅士，以至于能在中国文化史上优雅地存在，在中国古诗词中大放异彩。你看，刘克庄粘上它以后，写下了“青苔地滑跌卢老，苍耳林深迷谪仙”；文天祥被它粘上以后，不由感叹“黄沙漫道路，苍耳满衣裳”；苏辙为它吟过“归来烂熳煞苍耳，来岁未知还尔熟”；大文豪苏东坡也被它的粘性所感染，用“苍耳林中太白过，鹿门山下德公回”和“苍耳亦已无，更问麦有几”来抒发内心深处的情感；陆游对它更是一往情深，触景生怀道：“君不见诗人跌宕例如此，苍耳林中留太白。”“醉迷采苍耳，旅饭炊黄粱。”李白也曾写下“不惜翠云裘，遂为苍耳欺”。

有这么多先贤为它吟咏，照理来说，它应该扬眉吐气了，但它依然那么朴实无华，默默地坚守着自己的初心。

尘世间有百媚千红，可观可闻可赏之物甚多，有独特粘性的，却只有它。我讲不出它坚韧顽强、傲骨铮铮的故事，却被它粘住了裤脚，粘住了心，还唤醒了我内心深处那难以割舍的情怀。

于 2022 年 10 月 26 日

心中的雪

漫天飞舞的银杏叶，是秋令的尾声，冬雪的前奏。满地金黄之际，我仿佛看到了雪的身影。“昔我往矣，杨柳依依，今我来思，雨雪霏霏”。我不恋杨柳，却把白雪藏在心中。

“冬宜密雪，有碎玉声。”江南温润，好几年没听到碎玉声了。每每想起，耳边就会响起中学时代那首非常流行的《我爱你，塞北的雪》：“你用白玉般的身躯，装扮银光闪闪的世界……”她那轻盈的舞姿就会在眼前晃动，让我如痴如醉，忘记冬天的寒冷。

一

雪是我童年的一道风景线。她给我的童年生活增添了许多的乐趣，让我回味至今。

寒假里，大雪后，“龙云玉叶上，鹤雪瑞花新”。玩伴们一起，在雪地上奔跑追逐，跌倒了爬起来，也不觉得痛，雪地上留下了一串串脚印和一阵阵笑声。最有趣的是堆雪人了。玩伴们从家里拿来铁铲、簸箕等工具，在大人的带领下你一锹，我一铲，一会儿就堆好一人多高的雪人雏形，勾勒出头、手、脚等大致轮廓，叫有经验的叔伯用木棒和碎瓦片刻画出眉毛、眼睛、鼻子、嘴巴后，把磨得圆圆的木炭嵌入相应部位当眼睛，用草木灰描画出鼻孔、眉毛和胡子，栩栩如生的雪人就立在晒场上为村庄站岗放哨了。他那笔挺的站姿，威严的表情，连小猫小狗也不敢靠近。

堆好雪人，开始打雪仗。打雪仗是雪天的必修课，也是雪后的特色运动。抓一把雪，捏成团，相互投掷，敌进我退，敌退我进，迂回奔跑，找准时机攻击对方。虽然没有硝烟弥漫，但攻守双方的战斗非常激烈。当“敌我”力量悬殊的时候，我会绕到雪人背后，把雪人当作挡箭牌，避开“敌人”的进攻，待“敌人”火力不足的时候，发起反攻。在围观小朋友的呐喊助威声中，我打赢了阵地保卫战。停战时，已大汗淋漓。在战斗中，我不但击退了“敌人”的数次进攻，还驱走了身上的寒意。

第二天早上，我忽然发现，左邻右里的窗台上都站着一个小雪人，眼睛都注视着晒场上的雪人，手里拿着不同的武器“欲与天公试比高”。站了一夜岗的雪人，却换了身装束：他头上戴了一顶破草帽，脖子上系了块旧花布，嘴上叼着个烟头，手上拿了一根玉米棒做的“狼牙棒”。最令人忍俊不禁的是，他的两腿中间竟然插着一段甘蔗头，不知是哪个捣蛋鬼的恶作剧。那个神形兼备的造型，至今还刻在我脑海里，有时还会出现在我梦里。

二

“人生到处知何似，应似飞鸿踏雪泥”。只有走过万水千山，才会明白更多道理。

2016 年春节前，我随团前往德国汉诺威参加国际地毯展，抵达法兰克福时已是傍晚时分，天上飘起了鹅毛大雪。“白雪飞花乱人目”，瑞雪带来的兴奋激发了我对欧洲的强烈好奇，对接下来的行程充满了期待。

十多个小时的空中“漫步”加上时差，我已感觉十分疲惫。好在老天善解人意，拉下夜幕遮住漫天飞舞的大雪，让首次踏上欧洲大地的我好好休息。

天亮，踏着积雪出门，才发现雪已没过鞋帮，厚达十多厘米。同行好友在等车的间隙纷纷拍照，我也禁不住诱惑，用手机留下了几张唯美的欧洲雪景照。接下来的几天，皑皑白雪陪伴我从法兰克福到汉诺威、科隆，经过比利时布鲁塞尔后抵达法国巴黎。在雪中，我领略了科隆“魔鬼”大教堂的巍峨壮观和高大冷峻；品尝了莱茵河畔 HAXCHEN HOUSE 酒吧里的纯正黑啤酒和烤猪肘子；目睹了卢浮宫内蒙娜丽莎的微笑；倾听了巴黎圣母院里浑厚悠扬的钟声；在三百年金碧辉煌的艺术殿堂——巴黎歌剧院观赏了经典歌剧；在西欧最大的宫殿——凡尔赛宫感受了历史的沧桑。埃菲尔铁塔、凯旋门、香榭丽舍大街、圣心大教堂在白雪的映照下都幻化成了一幅幅美轮美奂的雪景图，存进了我的大脑硬盘，勾起我无限遐想。

家乡为何多年不见雪影？此刻是否已“不见杨柳春，徒见桂枝白”？坐在前往科隆的 ICE566 次城际列车上，窗外美到极致的雪景让我心生疑惑。看见我凝视着窗外，妻用右肘捅了我两下，问我："窗外的雪景这么漂亮，我们能回到儿时一起去玩雪吗？"我回过神来，发现自己被雪景迷醉了。

目前，全球可持续发展面临严峻挑战，"碳中和"成为共识，有一百五十一个国家提出了"碳中和"或"净零排放"气候目标。我国也向世界做出实现"碳达峰""碳中和"目标的庄严承诺，助力生态文明建设和可持续性发展。

在巴黎国际机场候机时，跑道边的雪还没融化，草地上依然覆盖着一层厚厚的白纱。踏上舷梯，我转身看了一眼皎洁的巴黎，心里竟然产生了一股莫名的依恋。飞机冲上蓝天那一刻，我猛然醒悟：人的心灵是可以净洗和感化的，人世间不能没有纯洁和友善。

三

雪是冬天的名片，精灵的化身。

我钟爱她。不光是她营造的唯美意境，还在于她带来的诸多情趣。"应是天仙狂醉，乱把白云揉碎"，视线所及，高楼大厦、小树丛林、山川旷野……整个世界都被她融为一体。"千峰笋石千株玉，万树松萝万朵银"，她给斑驳陆离、光影婆娑的春秋披上了雪白的外衣，让世人领悟她"要留清白在人间"的高洁和"冰雪襟怀，琉璃世界"的纯粹。

我迷恋她。既在于她所赋予的盎然诗意，更在于她是中华优秀传统文化的传承者，是中国古典文学历经千年长盛不衰的见证者。"梅雪争春未肯降，骚人搁笔费周章""有梅无雪不精神，有雪无诗俗了人"，古往今来，不知有多少文人雅士被她迷醉，多少脍炙人口的诗篇因她流传至今。那"六出飞花入户时，坐看青竹变琼枝"的生动传神；那"晚来天欲雪，能饮一杯无"的浪漫情怀；那"忽如一夜春风来，千树万树梨花开"的热情奔放；那"天山雪后海风寒，横笛偏吹行路难"的豪情壮志……她刻画了"千片万片无数片，飞入梅花都不见"的冷韵，让人觉得妙趣横生；她描绘了"胡天八月即飞雪"的盛况，令人耳

目一新；她催生出“撒盐空中差可拟”“未若柳絮因风起”的经典故事，传为文学美谈；她促使我在古典文学的创作实践中更加注重意境美。

我仰慕她。是因为她既能衬托“雪粉华，舞梨花，再不见烟村四五家”的辽阔境界；又能渲染“最爱东山晴后雪，软红光里涌银山”的美好时光；还能让人感受“孤舟蓑笠翁，独钓寒江雪”的悠闲自得。这些意境，风做不到，雨难成就，霜缺一点。经她装扮的“江山如此多娇”，从而“引无数英雄竞折腰”。

我崇敬她。她有“别有根芽，不是人间富贵花”的清雅淡泊，有“谢娘别后谁能惜，飘泊天涯”的逍遥自在，有“入牖千重碎，迎风一半斜”的随遇而安。最了不起的是她感染了伟人，留下一阕柳亚子先生推之为千古绝唱的《沁园春·雪》：“望长城内外，惟余莽莽；大河上下，顿失滔滔，山舞银蛇，原驰蜡象……须晴日，看红装素裹，分外妖娆……”意境壮美，气势恢宏的描述把几代国人引入一个冰天雪地、广袤无垠的银色世界，使她的形象更为雄健、大气。

四

雪把大自然变成童话般的世界，给人以美感、愉悦、放松和宁静，让人对未来多了一些憧憬。

有人说：懂得小喜可观，才会与时间作战时反败为胜，那些属于你的幸福、饱满、气息会不请自来，姗姗翩然。当有人问我“谁愿与你立雪后”时，我会提醒自己，要像雪那样，放下执念，学会融化；有人问我“谁会问你粥可温”时，我就告诫自己，莫忘初心，为自己的人生留一份善爱和纯真。

日历告诉我临近大雪节气，我知道，雪已经在路上了。期待有一天，“天与云与山与水，上下一白”“余拏一小舟，拥毳衣炉火，独往湖心亭看雪”。

这个冬季，我和心中的雪有了约定。

2023年12月2日　21:20

走出迷宫

“最美人间四月天”，谷雨前夕的植物园，清明的余味犹存。

从西城北路进入植物园大门，与妻沿着建设水库边的游步道顺时针走了一圈，但见香樟葱翠，柳枝婀娜，嫩竹落萚，月季斗艳，鸟鸣蛙唱，碧水传情。春天的气息在空气中弥漫，春天的故事从心底慢慢浮起。

来到库坝，阳光温润，暖风抚摸着花儿，把人也熏得目酣神醉。义乌港办公大楼岿然屹立在西南角，玻璃窗反射的点点亮光，像一双双眼睛，兴致勃勃地观赏着植物园的丰姿神韵。坝前，一座S形的钢质观光桥横跨月季花海，桥下，紫红的、粉红的、玫红的、橙黄的、乳白的……各色月季争奇斗艳，宛如一幅色彩斑斓的油画。从建设水库右侧放水闸出来的一股清泉，顺着地势缓缓汇入月季园旁的小溪，奔向下游的池塘，构成一道独特的风景，为月季园增添了一抹灵动，植物园也因此多了几分韵味和诗意。触景生情，我不禁感慨：“天朗气清，惠风和畅，仰观宇宙之大，俯察品类之盛”，乃人生一乐趣也。

“乱花渐欲迷人眼”，妻被五彩的月季迷惑，非要拉我去花海当一回小蜜蜂。于是，从桥下的花拱门进入月季花海，游弋在花丛中。花的芳香令人陶醉，热情让人痴迷，我们边走边拍照，毫不顾及手机的内存和电量。逛了一会儿，忽听妻惊叫起来：“这里已经来过了！”我缓过神来一看，确实回到了原地。环顾四周，静心观察才发现，我们进入了花海迷宫。在好奇心驱使和逞强心理的搅动下，我们进行了一场迷宫探索比赛，循环反复转了好几圈，半个多小时后，妻先我走出了花海迷宫。出来时，身上已沾满了清幽淡雅的花香。

花香醒脑，引人遐思。人生的路上，曲折坎坷，遇到痛苦的时候会迷茫，遭遇挫折的时候会困惑，犹如进入迷宫。这时候，最需要的是静下心来，分析痛苦和挫折的缘由，然后，仔细思考，找到走出迷宫的方法。试问，没有山重水复的迷惑，哪有柳暗花明的惊喜？世界精彩纷呈，世事无法预料，经历一次挫折，就会多一分思索，也会增加一分人生感悟。人生不可能一帆风顺，有低谷也有高潮。每个人的生命轨迹不同，只要保持良好的心态，满怀信心，不畏艰难，就一定能走出人生中的每一个迷宫。

走出花海迷宫徜徉在三色游步道上，左侧香樟林立，树荫盖地数亩。右边的竹林里，穿着褐色外套的嫩竹已有一米多高，上身露出了青色的内衣，一股“欲与天公试比高”的气势让我肃然起敬。笋默默等待了整整一个冬季，终于在春雷的提醒和春雨呼唤下，摆脱了重重束缚，走出迷宫，冲出泥土。“笋因落箨方成竹”，困扰它的还有自己坚硬的箨（外壳），箨若不落，犹如困于迷宫，怎么能脱胎换骨，长成参天之竹？人也一样，如果没有经历风雨的考验和岁月的磨砺，怎么能走向成功呢？身躯挺拔、清雅质朴的嫩竹提醒我，在生活中，秉持正直、虚心、乐观和坚强，才不会被迷宫所困。

返回的路上，遇见一群小朋友，在老师的带领下来植物园春游，童真、童心、童趣在蓝天白云下与碧水绿树和谐相融。他们的笑声里，充满了自信和坚强。

地耳的诱惑

“昨夜一霎雨，天意苏群物”，雨水时节，降水增多，万物也开始萌动。

早上去市场，路过福田湿地公园东南角的小山坡，发现斜坡的草地上浮着密密麻麻的赭石色斑点。我走近蹲下来一看，原来是无数的地耳。它们有的竖起了长长的耳朵聆听树上的鸟雀声，有的伸出了圆圆的鼻子呼吸着早春的气息，有的张开惺忪的眼睛等待春雷呼唤，有的探出了脑袋欲偷窥周围的世界，有的蜷缩着身子在大地母亲的怀里做美梦……而几株含着泪花的紫云英从枯草丛中探出了头，在地耳的注视下显得一副娇羞状，我想，它们应该是被春风提前唤醒的。

很久没有遇见地耳了，重逢已显得有点陌生。好奇于它的身世，我打开手机请教度娘。

度娘告诉我：地耳，是蓝细菌或藻类与真菌共生的复合体。它紧贴泥土而生，每一片都像大地的耳朵。它属于地衣的一个品类，不同地方有不同的名称，如“地衣”“皮皮”“皮细骨”“地木耳”“地皮菜”等。被称为“植物拓能者”“地球上最顽强的生命”。它对生长环境要求很高，喜欢新鲜空气，不耐大气污染。因此，在大城市及工业园区是很少能见到它们的身影的，所以也被称为“环境变化的晴雨表”。

地耳所含的地衣酸具有较强的抗菌能力。有的地耳可以食用，如地木耳、石耳等，因味道鲜美而被称为山珍。

看着满地的地耳，想起了外婆做的地耳炒咸菜。小时候在外婆家，下饭的菜离不开萝卜丝、干菜、酱三样。有时，外婆会做点豆腐，大舅舅会跑到小溪里抓几条小鱼来改善一下大家的口味。我印象中最好吃的，却是外婆做的地耳炒咸菜。雨后，外婆会带上竹篮子去西山转一圈，一来可以看看蔬菜的长势，二者采些地耳回来。采回来的地耳浑身沾满泥浆，需要半个多小时才能清洗干净。饭前，外婆在地耳中加点生姜、大蒜、辣椒等佐料，然后抓一把咸菜加上，炒出一盘清脆爽滑、柔软可口的地耳炒咸菜。虽然缺少一点荤味，却是最受欢迎的，那种简单而纯粹的味道一直扎根于我脑海，现在想起，还会唇齿生津，刺激味蕾。

如今，小康生活下的人们在吃腻了大鱼大肉之后，都喜欢尝尝这种纯天然无污染的美味山珍。一些饭店已把地耳当作吸引顾客的招牌菜之一。以地耳为主材的菜层出不穷，如肉末地耳、地耳炒鸡蛋、地耳炒鸡块、地耳炒韭菜、地耳炒青菜等，深受广大食客青睐。鸡毛飞上天已很久，地衣总算爬上餐桌了。

禁不起地耳的诱惑，我跑到车上拿了个塑料袋，从路边的苦竹上折了几根细竹枝当工具，开始在斜坡上采地衣。

弯腰俯身，时立时蹲，没多久，竟然感到腰酸背痛，腿脚酸麻。近半年来，我坚持每天步行一万步左右，却忽视了其他运动。义乌有句土话说“做样生活换样骨头”，大意是不同的工作对人身体机能的影响也不同。都说劳动最光荣，其实劳动才是全身运动，是最好的锻炼方式。

采了一个小时左右，袋子已满。看着自己的劳动成果，感恩大自然的无私馈赠，不禁诗兴盎然，即拈一首五律以寄之：

一遇春风醒，翻身为雨来。
不知谁播种，疑是叶移栽。
有耳能依土，无根怎上台。
从意成野菜，心却付尘埃。

地耳，大自然中最不起眼的一分子，它没有华丽的外表，没有鲜艳的花朵，也不可能成为栋梁之材，所以常常被我们忽视。但它用自己的微薄之力，悄然改变着地球的生态环境。

它扎根泥土，默默无闻，可谓静以修身；面对风云变幻，与世无争，可谓淡泊名利；能避光就俭，为雨养德，可谓能屈能伸。这些品性是值得我们思考和品鉴的。

（发表于 2022 年 3 月 7 日《义乌商报》第四版）

楼顶的枸杞

夜幕降临，出门散步，轻柔的风夹着余温抚摸脸颊，感觉舒爽而惬意。远处闪烁的灯光，让我想起了楼顶的枸杞。

两年前旧村改造，我在规划地建了五间坐北朝南的四层半楼房。说四层半，实际是五层，只不过第五层的高度比一至四层低了一点。义乌特色，四层半的旧改小区，大部分房东都住五楼，一至四楼用来出租，我们也不例外。

一楼占地面积一百八十平方米，二楼起，加上南北跳梁部分，实用面积有二百二十五平方米。除楼梯间和两个阳台，楼顶约有一百七十平方米空间可以利用。做了简单的设计，划出一块杂物堆放区后，布置了鱼池、菜地、花坛、不锈钢架。长方形鱼池养鱼种藕，储水浇花浇菜。菜地分为六畦，每畦种不同的蔬菜，春季种荠菜、菠菜、马兰头、韭菜，茄子；夏季种丝瓜、黄瓜、苋菜、西红柿、卷心菜；秋季种秋葵、辣椒、豆角、扁豆；冬季种白菜、洋葱、胡萝卜、萝卜、芹菜、莴苣。几字形的花坛两端种了两棵枇杷树，其他地方种不同种类的花草，有艾草、栀子花、杭白菊、白蝴蝶等，兰花、多肉、绣球花、菖蒲、仙人掌等盆栽观赏花草依次排在花坛旁边。不锈钢架是专为葡萄、丝瓜、猕猴桃等藤类作物而搭设的，上面铺了层竹条。枸杞树种在花坛的拐弯处。

中秋刚过，被天狗啃了一块后的月亮依然洒逸地在云层中穿梭，时隐时现。来到楼顶，打开柱灯，明亮的灯光瞬间裹挟了柔洁的月光，静静地洒向四周，蔬菜、花草和楼上的物什全披上了一层薄纱。

“忘却成都来十载，因君未免思量。”我站在花坛边环顾了一周后，目光在花坛拐弯处的护栏上停了下来。灯光下，郁郁葱葱的枝条依偎在护栏上，层层叠叠，片片绿叶之间，爬满了密密麻麻的红色“小蜜蜂”，像点点繁星密缀于碧毯之中。微风吹来，那些红色“小蜜蜂”，张着嘴，眨着眼，肆无忌惮地荡着秋千，不时向我卖萌。

哦！原来是枸杞果红了！枸杞果成熟了！

我在不知不觉中被枸杞果拉到了它的身边，行动好像脱离了大脑的掌控，随手摘了两颗放入口中。瞬间，微甜带涩的味道在唇齿之间环游，在口腔里弥漫，进而温润肠道，沁入脾胃，在五脏六腑间回旋。

余味绵长，与思绪交融。枸杞树是房子装修好那年，从五叔家剪来扦插的。扦插后，担心它水土不服，就三天两头给它浇水施肥，过了两周，它竟然叶子脱落，枝干枯萎。莫非是“有心栽花花不发”？我心里揣摩着。又过两天，它继续颓废，我一脸茫然。眼看它难以成活，索性就给它“断供”，弃之不理。

“断供”了半个月后的一天傍晚，斜阳夕照，微带凉意，妻上楼拔青菜，从枸杞树旁经过，无意间发现枸杞枝上竟然有点点绿芽萌动，于是喊我上去看。我半信半疑，上去一看，还真的，它竟然从睡梦中苏醒过来了。在我即将失去信心的时候，它给了我一个意外惊喜，这正是“无心插柳柳成荫”啊！

它顽强的生命力让我敬意陡生，暗自庆幸当时没有把它拔掉。窃喜之余请教度娘，粗浅了解了一下枸杞的生长习性。原来，枸杞喜凉耐寒，根系发达，抗旱能力特强。湿度太大反不利于生长，容易引起烂根或死亡。豁然开朗的同时进行了反省，怪自己没了解它的习性，就盲目给它浇水，违背了它的生长规律。

《荀子·天论》曰：“天行有常，不为尧存，不为桀亡。”荀子认为，自然规律不会因为人的主观意志而转移，我们应该顺应自然规律，而不是违反自然规律。

静心思过，猛然醒悟：万物都有习性，凡事皆有规律，何况人乎？

人生在世，总会有不同的境遇，只不过因人而异，事态不同罢了。面对困难和问题如何处理？愚以为，态度是关键。有困难不可怕，要敢于直面问题。先了解问题中人和物的习性和规律，然后循序渐进，对自己有信心，不轻言放弃，在细心的基础上多几分耐心。如果能做到这样，再大困难和问题都能迎刃而解。

经典的萨克斯曲《我心永恒》从对面高楼上飘过来，悠扬的曲调和动人的旋律在夜空中回荡。星星羞涩地躲在了云层背后，绿枝上的红色小精灵却眯着眼在我眼前不停晃动。我知道，她们欲引我入梦。

今晚，我将驾枫叶，随清风，访月宫……

（发表于中国作家网）

包租公·红明

引 言

以鸡毛换糖精神为指引的义乌人在改革开放的大潮中勇立潮头，搏浪前行，从莫名其妙、无中生有到点石成金，先辈的货郎担挑出了今天的世界超市、商品海洋。2023年2月底，义乌市统计局公布，截至2022年岁末，义乌的常住人口为一百八十八万八千人。义乌已超越国内许多地级市，在全国县级市中率先跨入大城市行列。统计数据显示，2023年一季度，义乌的GDP总量为四百三十七点三八亿元，其中服务业的增加值高达二百九十八点零八亿元。

义乌市场琳琅满目的商品吸引了世界各地的采购商，来自五湖四海的客商也促进了义乌市场的迭代升级。高度发达的商业、贸易和物流，吸引了大量外来建设者前来义乌淘金、寻梦，给义乌这座城市增添了青春的活力和强劲的推动力。义乌，成了众多外来建设者拼搏、奋进、追梦的代名词。

一

哈哈哈哈哈……一阵爽朗的笑声从红明家的防盗窗里传出来。那笑声，是两个人心灵契合的同频共振，悦耳又动心，就像一首欢快的乐曲，和谐而美妙。笑声告诉我，红明又与租户签订了租房合同。

红明家在茂盛小区有一幢独立的六间五层楼房。他今年五十六岁，属猴，20世纪80年代末的高中生。妻子惠芳，是比他低两届的校友。膝下一子，刚大学毕业，现创业中。红明父母于几年前相继离去。夫妻俩原本在国际商贸城经营日用百货，受电子商务和疫情的双重冲击，近几年生意不景气，于是红明就一心待在家里，认真打理出租房屋，成了一位名副其实的包租公。

经济活跃、产业繁荣、交通便利、社会安定，是吸引外来建设者的主要因素，衣食住行则是每个人生活中必不可少的四大要素。一般情况，规模大的企业会提供住宿，小企业则不然，因此，许多外来建设者都要在附近租房子住。

茂盛小区位于北苑街道商城创业园附近，周边电商集聚，企业众多。俗话说“近水楼台先得月”，区位优势明显的茂盛小区，成了众多电商和在附近企业就业的外来建设者安居乐业的首选地。招租广告一张贴，咨询电话就接二连三，每天至少要接待五六批租客看房。房子经常供不应求，租金也在逐年增长。按去年的房租推算，红明家的年租金收入不少于三十万元。前两天，他儿子新买了一辆奔驰轿车，就是最有力的说明。

自当包租公以来，红明的主要工作就是在家“守株待兔”，等租客上门看房子、洽谈、签约。要说他最忙的时候，应该是每月 5 号和 6 号，这两天，他要抄取二十多个出租房的水电表，算好费用、开具发票后，逐个向租客收取上月的水电费。平时，他会到小区活动中心陪隔壁邻居打打牌，唠唠嗑，家长里短、国际风云、天南地北、海阔天空。闲时，他就在自家楼顶打理那些精心培育的花花草草和瓜果蔬菜，给它们除草、施肥。

今天晴好，午饭后，闲来无事的红明趿着拖鞋慢慢走下楼来。他踱出家门，从口袋里掏出香烟点燃，连吸两口后，朝头顶吐了几个烟圈，与天上的白云对视了几秒钟，哼着越剧优哉游哉地朝小区活动中心走去，一副怡然自得的样子。

离活动中心不远，他掏出手机，低下了头，瞬间，手机里传来阵阵欢快的笑声，红明也跟着笑了起来。原来，红明迷上了抖音。

二

现象和本质总是互为关联的。信息社会，热点层出不穷，在引发人们关注的同时，也考量着每个人的审美和追求。言谈举止是一个人性格品质、文化内涵、知识水准、道德修养、精神世界和生活习惯的综合反映，就像一面镜子，能照出一个人的诸多特点。

“红明，快点，三缺一呢！”在活动中心等待已久的堂兄方明看见红明，朝他喊道。

“急啥？狗等骨头吗？”红明咧着嘴，幽默中带有几分滑稽。

红明落座，四人围桌，对面是方明，两侧是伟东和尔军。

牌局开始，洗牌发牌，手握纸牌，心中算计，你 K 我 A，瞬间一圈，正是“牌中日月长，不觉乾坤短”。而时光，却在牌局中显得苍白无力。

“房子都租出去了吗？”方明手握纸牌转头问红明。

“昨天下午三楼的一个租客搬走了，空出个单间，晚上把房间打扫干净，招租广告都没去贴，今天已经租掉了。”红明淡定自若地答道。

“现在能租什么价格？”早就没空房可出租的尔军，想从红明处打听最新的租金行情。

“八千元每年。”红明平静地回答。

“这么便宜吗？良嫂家去年都租九千元每年了，最低也是八千六百元每年。”从众心理很强的尔军以为自己听错了。

“现在的租客是搬走那个人介绍来的，我就把他当成老租客，给了他一点优惠。几百元钱对我们来说是小事，对他们来说是一笔不小的开支，人家出门打工不容易啊！”红明解释中所含的善意，让三个牌友齐点头。

“愿烟火人间，安得太平美满，我真的还想再活五百年……”忽然，红明的手机彩铃响起。

“喂，老板，请问你家还有单间出租吗？”电话里，一女租客咨询。

“不好意思，已经租掉了！”红明挂了电话，朝方明笑了笑。

“红明，再活五百年？不会活腻吗？”伟东听了红明手机的彩铃声，揶揄道。

“这么幸福的日子，谁会感到活腻啊？”红明一脸蒙，引得围观人群捧腹大笑。

“红明，你家单间收多少押金？”伟东又问。

“五百元。”红明回答。

“这么一点押金怎么够？要是租客水电费没交清提前走了，你可能还要贴钱？”伟东疑惑道。

“人与人之间需要坦诚，才能建立互信。”红明开始传导。

“租客来看房子时，可以看看他的衣着打扮、精神面貌，交流中可以了解一些他的基本情况，如年龄、学历、职业等，然后综合判断。一般情况下，我是喜欢租给夫妻档的，这样的租客比较安定，价格便宜点我也愿意。碰到眼神不定，说话支支吾吾，欲隐瞒基本信息的单身男女，价格高点我也不愿租给他们。”红明分享了他筛选租客的经验。

“租客觉得满意后谈价格，签订合同前，我都会向租客提出以下几点要求和建议：1. 不能做违法乱纪的事；2. 住在同一幢房子里，就是一家人，大家要相互理解、互相帮助；3. 遇到困难，可以跟我说，我会尽力协助你解决；4. 押金只是一种担保形式，办理退房手续时，可以抵水电费，多退少补。”红明给大家说租房要点和注意事项时，俨然是一位专业人士。

“出牌！出牌！”在伟东催促下，红明才晃过神来回到牌局中。

“愿烟火人间，安得太平美满，我真的还想再活五百年……”红明的手机再次响起。

“喂！房东，我的钥匙掉在房间里面了，你能不能过来帮我开一下门？”

“哦，我来！”挂了电话，红明甩掉牌就往家走。

一刻钟后，红明回来了，可三个牌友却没了兴致。

“不打了，还是听红明讲讲房子出租的事情吧，有些经验我们也可以借鉴一下。”尔军建议。

“大家都有房子出租，所经历的事也差不多，互相交流吧！”红明谦逊地说。

“我们遇上了好时代，‘面朝黄土背朝天，一身力气百身汗’的时代一去不复返了！”一种忆苦思甜的味道从伟东口中出来。

“三十年前，我做梦都不会想到，今天会过上这么幸福的日子！”坐在角落沙发上闭目养神却被嘈杂声惊醒的二伯插话道。

“二伯，那您知足吗？”旁边的菊婶不禁问二伯。

“我很知足了！不用耕不用种，不愁吃不愁穿，要什么有什么，想到哪里玩就去哪里玩，这种日子，我估计神仙也会羡慕的！”二伯捋了捋他那特有的山羊胡须，意味深长地说。

“这么幸福的日子哪里来的，知道吗？如果没有租客来租房子，说不定我们还要出去打工呢！所以要善待每一位租客，懂得感恩。”红明的几句话，犹如一声响雷惊醒了大家，也令人陷入了沉思。

“红明说得对！我刚去摆摊的时候，曾听商界前辈说：做生意的人一定要懂得，‘客户是条龙，不来就要穷’。有些人以为有点钱就了不起，一副趾高气扬的样子，看不起租客，要知道，租客也是龙，不来也要穷的。”伟东对此深有感触，附和道。

“千万别以为房租好收，房东好当啊！个中的滋味想必大家都体会过吧？”不经意间，红明又抛出了一个问题，而且话外音很浓。

“当房东的烦恼我是深刻而难忘。租客遇到开关跳闸停电要来找，下水管堵塞要来找、水龙头漏水要来找……反正鸡毛蒜皮杂七杂八的事都找房东，有时半夜三更也会打电话来，搞得人头昏脑涨心神不宁。去年8月，我就把整幢房子租给二手房东，让他们去管理，房租虽然少了一点，但人感觉清静。”与以前的烦恼相比，伟东感觉现在很惬意。

“房东要承担的责任大着呢！”在一旁倾听了许久的方明无意中冒出了一句。

“是的！租户监管、日常维护、防盗防诈、消防安全，这些都是房东的义务和责任。”红明补充道。

“我在咱们义乌某知名论坛上，看到过房东代表和租户代表的激烈辩论。涉及水电费过高、押金不退、停车位被占、孩子上学难等诸多话题。有些房东认为，我们义乌是国际大都市，外地人可以不来，来了就不要挑三拣四，水电费贵怎么了，不退押金怎么了，没让你把房子恢复房子出租前的样子就不错了……”

向军说。

“我认为，这种想法是不对的！不退押金是不应该的！”红明打断了向军的话，继续说，“有些房东私心作祟，为了一点鸡毛蒜皮的事找理由克扣租客押金，甚至跟租客翻脸。房东和租客之间本是一对矛盾的共同体，应该互相理解，为了几百元钱而跟曾经付你租金的人站到对立面，良心过得去吗？我觉得，这种把眼前的利益看得太重、不计后果的处事方式不仅是缺乏理智，而且是一种道德上的缺失。”红明旗帜鲜明地表达了自己的看法。

“房租到期，租客要走，我会出具一张结算单，把水电费、押金、损失物品（价值）一一列出，待租客签字确认后把多余的押金全数退回，从不找任何理由克扣一分押金。铁打的营盘流水的兵，十多年来，租客一批又一批，我从来没跟一个租客红过脸。”红明说。

红明立场坚定、观点明确、是非分明、融情于理的见解，引得众人肃然起敬，交口称赞。

三

诚实、守信、善爱、感恩、上进、灵动是人的优秀品质，也是一个人的最大财富，它能使人感到快乐和幸福。我身旁的全国精神文明建设标兵、当代活雷锋金正洪曾说：“你为别人做得越多，自己就会得到越多。”

红明家有二十八间出租房，他把每一位租客都当成了自家人，心里时刻挂念着他们。楼下开面馆的李先生生意怎么样？202室代老板的吊机今晚有没有地方停？302室开出租车的秦先生身体状况如何？404室郭小姐的宠物猫是否会跑出门？……为了给租客们一个良好的租住环境和舒爽的心情，红明每两天都会扫一次楼梯，从五楼一直扫到一楼，我不止一次听到网格员在小区群里表扬：“红明家的楼道是整个小区最干净的。”

红明不仅环境卫生搞得好，邻里关系也非常和睦，和租客的关系更是融洽。下面几件事可窥一斑。

协调一楼店面转让

转让人：汤先生，浙江兰溪人。受让人：李先生，浙江缙云人。

2019年5月，为了让在老家的女儿安心参加高考，在红明家一楼经营了四年的汤先生，决定将生意不错的面馆转让给李先生。双方谈好转让事宜后，一致同意，邀请红明当见证人。但在签约过程中，发生了一段小插曲，两人就履约方式产生了不同意见。看着两人都诚意十足，红明本着公平公正的原则结合法律法规对事情进行耐心细致的分析，促进双方达成共识，最后顺利签约。双方约定，各掏五千元履约保证金让红明保管，到 8 月 1 日完成交接后退回双方。事后，红明认为，这不仅是两人对他的信任，更是对他处事方式的认可。

转眼，李先生接手面馆已经四年了，因味道不错、价格公道而生意火爆。义乌离李先生老家缙云不远，逢年过节，李先生都会回老家看望父母，每次返回义乌，都会带些缙云特产给红明。如今，红明和李先生已经超越房东和租客的关系，成了好朋友。

为租客排忧解难

二楼 202 室，租客：代老板，山东德州人，从事吊装行业，租住已七年。

来自山东德州的代老板，兄弟三个都在义乌从事高空吊装工作。自 2015 年以来，一直租住在红明家的 202 室，至今已整整七年了。他的小儿子就是 2018 年在红明家出生的，如今已经六岁，上幼儿园了。

2020 年 8 月，代老板找到红明，说大儿子小代在离茂盛小区十多公里远的义亭镇杭畴小学上学，每天接送非常不方便，准备退房搬到义亭那边去。而主要业务又在市区周边，言语里有很多无奈和不舍。红明得知情况后，和代老板一起做了细致的分析，还亲自跑到教育部门咨询相关的转学政策，到附近学校了解转学条件和转学程序，经过不懈努力，成功帮代老板的儿子转到附近学校上学，解决了代老板的后顾之忧。

时下，小代即将小学毕业，活泼可爱，成绩优异。

宽容理解也是一种善爱

三楼 305 室，租客：小杨，贵州惠水人，从事快递物流业，租住已六年。

小杨一家三口租住在红明家也有六年。因学历不高，夫妻俩靠勤奋赚钱养家，小杨一直在义乌从事快递的派送业务，妻子小姜则在家做手工活带孩子。2020 年 7 月，小杨回到老家待了四个多月，12 月初才返回到义乌。他租住的房间于 8 月底到期，红明也在 8 月初提醒过小杨，但直到 2021 年春节前夕，小杨一直没来续签租房合同，房租也未付。其间，红明联系过小杨几次，但小杨总是支支吾吾，时而说有事在忙，时而说在外地，好像在故意回避。

“小杨肯定遇到什么困难了。”红明心想，于是在春节后跟他约了时间见面。在沟通中，红明得知小杨因家庭变故而面临的困境，暂时无力支付房租。于是就安慰道："小杨，谁都会遇到困难，有困难可以跟我说，你这样逃避是不对的！困难是暂时的，逃避解决不了问题，希望你不要被眼前的困难所吓倒。汽车设置倒挡，是为了持续前进，人生路上，也要学会使用倒挡，避开障碍物，勇敢向前，总会到达目的地。房租的事，你先不要放在心上，认真去做好自己的事，我相信你能行！"在红明的理解和鼓励下，小杨卸下包袱，放开手脚，愈加勤奋了。2021 年 5 月 21 日，他用支付宝转账给红明，付清了拖欠的租金，还用微信预付了下一年度的一半房租。

上月末，小杨又添一子，为此，他特地送了两瓶家乡的美酒给红明，以示感谢。红明也寄语小杨：只要怀揣希望，逐梦前行，你就是自己的人生主角。

四

有人说：不同的年龄，有不同的取舍，不同的岁月，有不同的生活。

60 后的红明秉持着"做好每个年龄段的自己，就是人生最大的收获"的理念，在享受时代红利的同时，未忘自己的社会责任。他在服务好自家租客的前提下，积极参与社区文明创建，主动上门宣传消防安全知识，全力配合警务人员的反诈宣传。疫情防控期间，他更是奔波在防控一线，执勤防守、宣传引导、物资派送都有他忙碌的身影。

前两天，我在抖音里刷到一条视频，因作者有点眼熟而仔细观看了一遍，原来是曾租住在红明家的一位外来建设者，视频里说，他现在的房东刁蛮不讲理，水管漏水不及时来维修，易损件要他赔，每个月要向他收取五元的楼道灯电费……相比之下，很怀念以前住在茂盛小区的日子。那个叫红明的房东，是他在义乌十多年遇到的最好房东。他联系了红明，表示想搬回来住，可惜红明家没空房了！

曾听到有位作家说，看待时间有两种方式：一种是站在过去，时间不知不觉地穿过现在，流向未来；一种站在未来，时间它迎面而来，汹涌而猛烈，我们眼睁睁看着它穿过现在，消失于过去。我认为，不论是站在过去还是未来，面对新时代的机遇和馈赠，我们都应该把握历史趋势和发展形势。因为，这既是时代的呼唤，也是和谐社会的需要。

作为一个包租公，红明是纯粹而真挚的，他依然保持着农民的那份纯朴和憨厚。虽然脸庞上那些有型的棱角已被脂肪淹没，黝黑的皮肤和深邃的皱纹被时光反复刻画，但他那刚毅和执着的眼神却一直没有变。他从不羡慕别人的成就，只是兢兢业业地演好自己的角色。

红明常跟我说："生活的舞台上，处处都有精彩。虽然难以向天再借五百年，还是要珍惜苍天赐给的金色年华。"慢慢品味红明的话，忽然之间，我明白了他把《向天再借五百年》这首歌设置为手机彩铃的原因。

包租公红明，他已把服务租户当成自己的工作，坚守着，快乐着！

2023 年 6 月 28 日

福田公园之正解

吾躬耕于国际商贸城五区，与福田公园仅一路之隔。所谓“近水楼台先得月”，吾常于午饭后来此游逸，一来畅饮鲜气，二者纾困解乏；寒来暑往，乐此不疲，已近十载矣！而今，心神与其达成默契，梦境与其融为一体。然结缘已久，却未曾为其赋咏。适逢暮春，天赐甘霖，浇醒吾脑，得此浅识，略述一二，唯自娱尔。

地处乌伤，时纳鸿福。坐拥国际商贸城，怀抱金融商务区；头枕东青溪，倾听潺潺水唱；脚踏商博路，凝视滚滚车流。高楼乃其肱，市场为其股；山丘似右弼，禅寺如左辅。

此乃乌伤大地之中央公园，世界商都之生态绿肺也。

春雨后，紫藤令人着迷；夏阳下，碧荷洒脱潇逸；秋风中，野凫为爱聚集；冬雪里，松鼠尽情游戏。凉亭边，野花咧嘴欢笑；雕塑旁，游客驻足拍照；丛林间，众多鸟雀逐闹；隐幽处，传来经声佛号。还有珍珠滩、九曲桥，百花谷、林荫道……其间情趣，千言万语也说不了！此乃福也。

绿柳随风莺乐舞，古樟撑伞燕惊呼；狗头山上闻鹧鸪，芦苇丛里聚青凫；篁竹林间避炎暑，荷花池畔数珍珠；俊男靓女健身，潮爷酷妈漫步；孩童戏耍于幽径，老外沉迷于渔鼓；这群人腔调似南越，那帮人声音像北楚……奇花异草为数不少，古树名木何其繁多；水榭栈桥立在芦苇湖畔，游廊亭台隐于樱雪丛中；古寺钟声于苍松间回响，大厦逸影在绿波里徘徊……此乃甜（田）也。

公园屡次醉我，我当为其讴歌。不为亭台楼阁，只为与其契合。文化搭台，景物增色；南宋喻良能、元代黄晋卿，花岗岩石凳上，我拜见先哲；明代龚上骧、清代朱一新，妙联珠诗词里，我品读孝德；吴百朋引我极智穷思，慨然写下平仄；傅伯长促我感念至深，终须铭记时刻。此为公也。

光阴荏苒，走进新时代；日月递嬗，步伐更豪迈。幽胜同开，继先贤之神态；繁华悉在，诉吾辈之情怀。绿水青山，系乌伤之诚信；高楼大厦，秉福田之风采。莫问花儿为什么红，应知奋斗者最可爱。此为园也。

沐和煦之春风，少生烦恼；看万变之世界，多有感慨。

福在身边，甜（田）于心中，公私两济，园囿吉隆。愚以为，此乃“福田公园”之正解也。

（发表于 2022 年 4 月 18 日《义乌商报》第四版）

鸟语花香引逸思

惊蛰将至，气温回暖。“春风又绿江南岸”，江滨公园的红梅已怒放，雪峰路上的玉兰又飘香，春天的帷幕正徐徐拉开。

与妻漫步在植物园的游步道上，清新的空气瞬息之间拨动了心弦，应情应景，李笠翁《比目鱼·肥遁》中的台词随口流出：“你看一路行来，山青水绿，鸟语花香，真个好风景也。”

声声鸟鸣入耳，幽幽花香沁鼻。鸟语花香凸显在眼前，引发了我的一段遐思。

鸟语，就是鸟类的语言，是鸟类互通信息表达情感的一种方式。鸟语存在差异性和多样性，就像我们生活在不同区域各有方言一样，不同的鸟有不同的语言。“南腔北调”中，有的清脆悦耳，有的婉转动听，有的粗犷鼎沸，有的深沉悠长……其所包含的情感也不尽相同，可能是开心的欢呼，也许是无奈的叹气，或者是忧伤的哀号，抑或是愤怒的尖叫和悲痛的怒吼……这些都是鸟类和大自然的互动信息。

家门口的梁下有一窝燕子。夫妻俩双宿双飞，恩爱无比，在离巢觅食前，总是叽叽喳喳，卿卿我我，难舍难分。好像在分析什么问题，又好像在彼此安慰，似乎在约定回家时间，又似乎在讨论遭遇危险如何求救。虽然我听不懂它们的话语，但我明白它们所表达的意思。晋代道教先贤抱朴子葛洪说：“山水草木，井灶洿池，犹皆有精气。人身体亦有魂魄，况天地万物之至大者，于理当有精神。”所以，世上万物，无论是动物还是植物，在宇宙中都具有独特的灵性。人类和鸟所处的层级不同，接触的事物不同，但追求的目标却是相同的，都是为了美好的生活。

《后汉书·蔡邕传》有：“昔伯翳综声于鸟语，葛卢辩音于鸣牛。”说明前人在跟大自然交融的过程中，能够根据声音，从不同音色、音量、音频、音调里辨别出燕子、麻雀、乌鸦、八哥、鹧鸪、百灵、猫头鹰等不同鸟类。相传孔子的七十二弟子中，有个叫公冶长的，听得懂多种鸟语。

《增广贤文》里有句名言："近水知鱼性，近山识鸟音。"这句话不仅诠释了一种自然规律，还告诉我们，要了解某种事物的本质，需要深度融入其所在的环境，进行近距离的观察和耐心的研究。公冶长能听懂多种鸟语，在于他有超强的理解能力，最重要的是因为他经常跟鸟在一起，掌握了鸟的生活习性。由此想到，作为一名文学工作者，要想创作出好的作品，就要走进基层，深入人民群众中去。生活是创作的源泉，缺乏调查研究的闭门造车和无病呻吟只会沦为别人的笑柄。

有时候，鸟语指难懂的言语。记得老妈初次走进篁园市场，听到两个韩国客商在交谈时，曾一脸疑惑地问："他们叽里呱啦的，好像百灵鸟在聒噪，说的什么话呀？"我回答："鸟语！"惹得老妈一阵大笑。到现在，遇到听不懂的方言或外语时，还有人会带着嘲讽的口气说："谁知道他们说的是什么鸟语啊？"

花是鸟的伙伴，也是鸟的食物。万紫千红的春天，各种花香纷至沓来：梅花的幽逸，玉兰的清新，桃花的淡雅，杏花的沁脾，樱花的芬芳，茶花的纯正，杜鹃的浅涩，栀子花的浓郁……这些美丽的精灵，用自己的体香提升了空气质量，使人赏心悦目的同时，还起着调节人的情绪、改善生态环境的作用。

"不要人夸好颜色，只留清气满乾坤"，百花之首的梅花高洁孤傲；"桃花春色暖先开，明媚谁人不看来"，寓意爱情的桃花争芳斗艳；"绿杨烟外晓寒轻，红杏枝头春意闹"，婀娜多姿的杏花伴随幸福而来；"茶花一树早桃红，百朵彤云啸傲中"，雅而不俗的茶花最受人爱……"宝剑锋从磨砺出，梅花香自苦寒来"，先人从各种花的品性中得到启示，提醒我们需要不断地努力，克服种种困难才能到达成功的彼岸。同时也启示我们，在工作中应该不畏艰辛、锐意进取，在生活中要做到平衡得失，收放自如。

《庄子》有言："以道观之，物无贵贱。以物观之，自贵而相贱。"用自然的常理来看，万物本没有贵贱的区别。鸟和花都是大自然的儿女，鸟用优美的歌声向世界传递着爱与和平，花儿用绚丽的色彩装点着大地。所以，我们应该心怀感恩，在亲近自然的时候，听它们歌唱，听它们倾诉，与它们交流，与它们互动。爱护鸟类这个大自然最杰出的音乐家，也就是尊重自然，保护生态。

辩证唯物主义思想告诉我们，矛盾是普遍存在的。在钢筋水泥的丛林里，虽然有市花、市树点缀其间，但鸟儿却不愿意在嘈杂的环境里筑巢生活，它们向往的是森林和大山。鸟儿尚知选择生活环境，何况人乎？因而，在美好生活已成现实的群体中，特别是农民变市民的这一代，越来越多的人开始觉醒。生活不只是柴米油盐酱醋茶，更需要琴棋书画诗酒花。工作和生活中的压力，可以在鸟的关怀和花的芳香里顷刻化解。于是，觅一方清净之地静心安神、驱烦除躁、回本归真、享受生活，正成为一种时尚。穿行在大街小巷行色匆匆的人们，都选择在

周末或休息日远离城市喧嚣，回归自然恬淡，崇尚田园牧歌，追寻原有的“烟火味”。徒步、登山、游泳、露营等健身运动的队伍越来越庞大，驴友的数量越来越多，各种各样的农旅开发项目如雨后春笋般涌现，三色旅游线在蓝天白云下，遍布在绿水青山之间。这一切，恰好印证了“绿水青山就是金山银山”论断的前瞻性和科学性。

都说“人间烟火味，最抚凡人心”。我认为，鸟语花香就是“最抚凡人心”的人间烟火味。

在这个春天里，让我们一起走进自然，沁闻花香味，静听鸟语声，去感受“最抚凡人心”的人间烟火味。

（发表于中国作家网、《大堰河文学》《义乌文艺》）

隐逸之君香沁脾

秋天是野菊花最灿烂的季节。

昨天，妻发了一段抖音视频给我看，视频中两排耀眼的红杉整齐地排列着，落叶在路上铺上了一层红地毯；茶园像一级级翠绿的台阶，直通向蓝天；金黄色的野菊花在微风中嬉笑招手……

哦！原来是东白山！

为了不错过这一季秋色，怀着对谪仙的敬仰，对会稽山脉最高峰的向往，在悠闲自得的风车召唤下，携妻再登东白山，遥睹兔耳岭高山草甸的苍茫，近赏万山红遍、层林尽染的绚丽秋光，狎饮秋阳下野菊花沁人心脾的清香。

一、邂逅

东白山的秋天，山高云淡，水低风疏，景色迷人。

车随山路盘旋而上，过高升村岔口，忽见路旁一片金黄色的花优雅绽放着，恰似“满坡尽带黄金甲”。

“看，野菊花！”妻惊呼。

山路狭窄，上下车多，我找了一处稍宽的路段泊车，与妻一起向黄花烂漫处飞奔。

来到花丛，妻从蜜蜂嘴里抢过一朵黄花，嗅了嗅。

“咦？这野菊花怎么没香味？黄巢说菊花是‘冲天香阵透长安’，李清照也说‘东篱把酒黄昏后，有暗香盈袖’，莫非不是菊花？”妻疑惑道。

“难道野菊花的香味只是留在古人的吟咏之中吗？”我附和着。

迷茫间，打开手机识物功能请教度娘。度娘告诉我，这种黄花叫千里光，又名九里明，跟野菊花同属菊科，外观也很相似。两者外观上的区别有以下几点：花瓣，千里光疏而长，野菊花密而短；叶片，千里光是卵状披针形，野菊花是羽状锯齿形；花蒂，千里光是圆锥形的，野菊花是球形的。

哦！世界真大，差点弄错！以后一定要擦亮眼睛，仔细甄别，千万不可被表象所迷惑，我告诫自己。

进一步了解，得知千里光是《中华人民共和国药典》中收录的一种草药。古人曾用它来治疗眼疾，并留下一个美丽的传说。春秋时期，越国与吴国交战，越王勾践因战事胶着，数夜未眠，患了眼疾。下属一位谋士在民间寻得这种千里光，为越王治好了眼疾，后来打败了吴国。民间还流传一句俗语，“一人识得千里光，全家一世不生疮”，说明它的药用价值很高。

是啊！每一种植物都是药，关键在于如何运用它。任何事物都有它存在的理由，你不去了解，便永远不知道它的价值所在。

妻对色彩和事物的敏感度强我数倍。在向外围搜索了一会儿后，她拉着我的袖指向山腰说：“那丛肯定是野菊花！”坚定的语气中带有几分欢快。

顺着妻手指的方向望去，裸露的沙石和枯黄的野草之间，几朵黄花簇拥在一起朝我微笑，似乎在说：“我本为秋开，也盼你来采。”

我把野菊花采下来，跟千里光进行了一番对比。发现它们外观上确实大同小异，最大的差别在于野菊花有独特的香味。

手握菊花，满怀清香，鼻翼微翕，通体舒泰。这正是令陶渊明看破红尘喧嚣、摈弃世俗贵贱、幽居山林过自在生活的潇洒隐逸之气。放眼如今，这种潇洒隐逸之气已是渺不可得，唯有这野菊花依然保持着这份纯真，或许，这就是它的初心。

面对这可遇不可求的香气，我知道，此番邂逅，不负行程。

二、钟情

路途邂逅，打开了思绪的闸门，记忆带着感慨一齐涌上心头。

初识野菊花，是在两年前。十月下旬的某天，部分同学午餐后闲聊，海阔天空，逸兴遄飞，茶香与闲情齐飞，风雅和俚俗共鸣。深来、吴健、晓华、小宇和我坐在一起，不知是谁提及我那篇白话散文《长堰之恋》。意趣盎然之际，有人提议，去长堰水库体验一番。

长堰水库周边山清水秀，风景如画。我们醉入画中，边走边欣赏美景，走到东副坝旁的山坡时，一股清香扑鼻而来，出于职业敏感，在中医院药房上班的小宇立马断定，附近有野菊花。果不其然，在山坡的另一侧，我们发现了野菊花的身影。一片五毛硬币大小的金黄色花朵，正悠悠地开着，似乎在向蓝天诉说它们对秋天的眷恋和对春天的向往。

小宇告诉我们，野菊花有清热去火、抗菌消炎、清肝明目等功效，用它泡茶，对用眼过度、眼睛干涩有很好的疗效。采摘时以色黄、气香、无梗、花未全开者为佳。

听了小宇的介绍，针对自己近期眼睛模糊、视力下降等症状，感觉野菊花非常适合自己服用，于是开始关注起来。

初识你名，即入我心，人间有趣，因为有你。去年秋后某日，天气晴好，午后独自踱到枣林。忽然闻到一股幽香，循着香气，我在机场围墙边发现了十几株野菊花，绿叶扶着金黄色的花朵，在微风中摇曳。一阵欣喜后，双手并用，把它们带回了家。

上周末，携妻登德胜岩。在山腰“妙造自然”牌坊附近发现一片野菊花，有的含苞欲放，有的迎风招展，缕缕清香透过枯草沁入我的心脾。于是停下脚步，在众目睽睽之下做了回“采花大盗”。

回家一称，花和花苞共一斤二两。妻把它们摊开，挑拣掉碎叶和杂物，放入蒸锅蒸。出锅时，浓郁的香味随蒸气溢满了厨房和餐厅，我不禁闭上双眼，静心吐纳，让这高洁之气浸润五脏六腑。恍惚间，我与陶渊明一起“采菊东篱下”，陪孟浩然“把酒话桑麻”……

一阵清风把我吹醒，于是驱车前行。

车到南园尖一号隧道口，只见一旁的山坡被野菊花染成了金黄色。实在禁不住它的诱惑，就找了块空地泊车，与妻毫不犹豫地返回做“采花大盗”。

穿梭在香气袭人的花海中，抖音里的那片红杉，兔耳岭的高山草甸，山顶的大风车，仙姑庙里的仙姑娘娘，全被抛于脑后，连层林尽染的群山也被忽略了。至于到太白峰寻访谪仙足迹一事，也丢到了五台山。

吾爱菊之情若此，爱菊之心昭然。试问，谁还敢说“晋陶渊明独爱菊”？

三、沐香

采得菊花若干，浑身沾满清香。得到大自然的无私馈赠之后，我们继续向太白峰行进。

谪仙游历过东白山，太白峰石碑可以作证。桃李不言，下自成蹊，近些天，

来东白山游玩的人越来越多。这个季节，访仙赏景的是文人雅士，徒步露营的是新潮青年，求神拜佛的是年老信徒。而我，却是奔着盛开的野菊花而来。

菊香醉游人，敬意油然生。踏着谪仙的足迹，我思想起野菊花在先贤笔下的风采。

“采菊东篱下，悠然见南山”，她诠释了陶潜的旷逸和洒脱，也承载了谪仙“菊花何太苦，遭此两重阳”的愤懑和无奈；“陶公岂是居贫者，剩有东篱万朵金”，她直叙了徐夤的坦荡胸怀，也透露了黄巢“冲天香阵透长安，满城尽带黄金甲”的壮志豪情；“东篱把酒黄昏后，有暗香盈袖”，她领悟了李清照的绵绵忧愁，也寄托了元稹“不是花中偏爱菊，此花开尽更无花”的悲怜之心；还有唐寅笔下“多少天涯未归客，尽借篱落看秋风”的伤感和郑思肖诗中“宁可枝头抱香死，何曾吹落北风中”的孤傲。

看着这一个个金黄色的小精灵，王之涣、孟浩然、杜牧、白居易、苏东坡、辛弃疾、晏殊、王禹偁、朱熹、欧阳修等咏菊的诗句渐渐浮上脑海，先哲们似乎就站在我面前，欲轮流与我对话。

野菊，因诗词而香飘万年；诗词，因野菊而韵味无穷。可以说，如果没有野菊，唐诗宋词也会空虚三分。

至于李商隐的“陶令篱边色，罗含宅里香”，陈德武的“三径芳根自不群，每于霜后播清芬”，王恽的“九秋霜露无情甚，时约行云护彩霞”，袁崧的“春露不染色，秋霜不改条”和《红楼梦》里林黛玉的“一从陶令平章后，千古高风说到今”等等，那些赞誉，对她来说，是受之无愧，实至名归。

她远离红尘，甘心寂寞，远离喧嚣，不计蹉跎；一年一度的清零和涅槃，睿智而豁达；她极尽朴实，她没有一丝娇媚，用自己的淡雅，给萧瑟的秋天撑起一片斑斓，让秋天展现出成熟和大气之美。

红尘滚滚，充斥着各种各样的诱惑，内心的不安和躁动在所难免。旷野山谷中的清风可以洗去尘垢，静谧公园里的鸟语催人气定神闲，幽静茶室内的禅音总会涤荡心灵，但要做到野菊花这样耐得住寂寞，经得起磨砺，绝非易事。

我很喜欢姜育恒演唱的经典老歌《再回首》，每每哼起，那句歌词总会触动我心弦。“曾经在幽幽暗暗反反复复中追问，才知道平平淡淡从从容容才是真”，是啊！人在旅途，该回首时要回首。因为回首才知道，自己走过的路是曲是直，留下的脚印是浅还是深。

无论曲直，还是深浅，平淡从容才是真，这就是野菊花香的真谛。

四、生爱

野菊花花期较长，能开五个月。花谢以后，她便成了满目萧然的枯草，但她依旧心静安然，从容面对霜雪的考验，默默地为春芽积蓄能量。当春雷把万物唤醒，她就放弃混沌，穿透坚实的地表，以一种脱俗的姿势等待夏天来迎娶。秋风吹来，她热情绽放，把自己美丽的容颜留给大地母亲。

有人说：她是落叶纷飞里的一抹清新，是秋水长天下的一道靓丽，这毫不夸张。在她的点缀下，秋天不再肃杀落寞，而是多了几分绚丽。

我感叹生命的顽强，更赞叹她的崇高品性。

她没有牡丹那样富丽，也没有兰花那样名贵，但是，它傲霜抗寒，坚强不屈，高洁幽雅，芳香四溢。她不计时令傲慢，千百年来依然保持着初心不变，真乃花中君子也！

花若此，人如何？

我觉得，人活着不一定要轰轰烈烈，像野菊花那样，默默无闻也是一种美丽。尽自己本分，不刻意，不勉强，像野菊花那样恬淡安然就很好。

“穿梭在所谓的重要场合中，努力记住重要的面孔和名字，转身又忘了，记住的总是一些无用的感觉、味道。”苏沧桑老师的《去山里看海》中这句话，道出了纷繁社会中像我这样人到中年的感叹。

这时候，应沏一杯菊花茶，就着那股独特的清香，醒脑，静心。

人生路上，当遇到痛苦和压力时，喝杯野菊茶，能镇痛降压；当遇到烦心事，怒气未消之时，喝杯野菊茶，能平肝泻火。

野菊花，她的品性给我很多启迪，让我在前行路上受益匪浅。

若问因何酷爱菊，隐逸之君香沁脾。

于 2022 年 11 月 17 日　20:00

黄花鸢尾的启示

花，我在店里养过好多次，精心呵护却很难持久，总是“林花谢了春红，太匆匆”，继而“苒苒物华休”。前几天去福田公园，带回两枝黄花鸢尾（黄菖蒲），随便插在加了清水的花瓶中，放在角落当作一种装饰，未加呵护，放任自流。

今天一早开门，发现它竟然开出了一朵黄花，娇艳迷人，暗香沁鼻。兴奋之余平添几分感慨。或许，这是“有心栽花花不发，无心插柳柳成荫”这句谚语的最好诠释。

明亮的黄花就像一只轻盈的蝴蝶，依偎在勃勃生机的绿叶怀里，她靓丽的容颜昭示着春天的美好，传递了爱的信息，追求光明，催人奋进。

欣赏拍照间，细细思量，人生何尝不是如此呢？

有心栽花，花却不发，等于用心做事，却达不到目的，辜负了内心的期盼。这的确是一种尴尬，但我认为这更是一种考验。这是生活在考验一个人的信心。所谓“欲速则不达”，凡事都有一个过程，不可操之过急，我们需要的是一份耐心。更何况人生在世，几人能一帆风顺？大多是经历坎坷，命途多舛。读懂囊萤映雪、悬梁刺股、临池学书、闻鸡起舞这些成语的来历，心里就会释然。

“无心”插柳，柳枝却茂盛无比。似乎是无意间的投入，却得到了意外的收获。试想，如果没有“花不发”的考验，因而磨炼出良好的心态，哪来如今“柳成荫”的收获和惊喜？其实，“柳成荫”正是当初“有心栽花”的延时回报。面对意外收获，我们又该如何？是得意忘形、怠惰因循？还是淡然于心，从容于表？

俗话说：“流水下滩非有意，白云出岫本无心。”世上许多事情，或许机缘巧合，天意安排。这正是告诫我们，要尊重自然、顺应自然，更要保护自然。

由此及彼，做任何事情，都要调整好心态，顺应时势而为之。至于浮名虚利，无需看得太重。为人处世也一样，坚强、自信、努力、实干不可缺；稳重、随和、淡然、豁达更不可少，这是迈入新时代的你我所需要的良好素质。

只要不负光阴、问心无愧，付出过、努力过就无悔，生活一定不会负你，它会在不经意间给你带来意外的惊喜。

这就是黄花鸢尾给我的启示。

（发表于中国作家网）

嘲尽三盘不说多

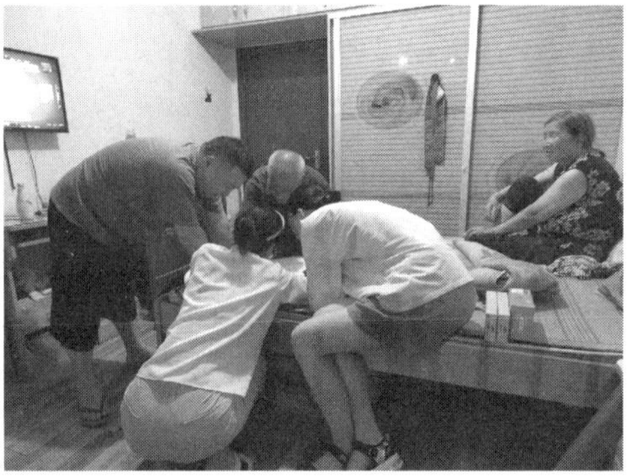

上周末，与妻女一起去看望岳父岳母。闲聊时，妻回忆起小时候兄弟姐妹一起围在父母身边猜谜语的往事，惹得年近九旬的岳父逸兴遄飞，连续出了几个谜语让我们猜。见岳父没难倒我们，在旁边静听多时的岳母一出场就抛出了王炸：“生是一碗，熟是一碗。勿吃是一碗，吃完仍然是一碗。”一下子把我们难住了。三个人绞尽脑汁猜了半天，岳母总是微笑着摇摇头。都说隔代亲，原本不松口的岳母在外孙女的纠缠下终于说出了谜底：螺蛳。

这则谜语，形象生动的语言中，兼具了几分禅意。让我对民间文学的生命力和影响力产生了新的认识，对劳动人民的智慧又增添了几分敬意。

一

查询百度百科得知：螺蛳为田螺科、螺蛳属，淡水生有螺厣和螺壳的软体动物。在我国各地的淡水湖泊、水库、稻田、池塘沟渠广泛分布。《本草纲目·介二·田螺》记载：“田螺生水田中，及湖渎岸侧。形圆，大者如梨、橘，小者如桃、李，人煮食之。”

螺蛳肉嫩味美、营养丰富，且有清热止渴、明目等食疗功效，是人们最喜爱的水产品之一。江浙一带人爱吃螺蛳，我们家乡亦如是。有句谚语说“清明螺，抵只鹅”，意思是说清明前后，螺蛳尚未到“孕产期”，壳里面还没有小螺蛳，是肉质最肥美、最有嚼劲的时候，其营养抵得上一只肥鹅。因此，清明时节，是吃螺蛳的最佳时期。

在民间，流传着许多关于螺蛳的谚语和歇后语：如用“螺蛳壳里做道场”来形容地方太小，拥挤不堪，没有回旋的余地；以“鸭子吃螺蛳”来形容一个人说话啰哩啰唆；有口难开很为难就说“旱地里的螺蛳”；比喻一个人因为某些问题而拖累了整个团队就说“一只臭螺蛳坏了一镬汤”等等。

民间故事和谚语、歇后语一样，是千百年来劳动人民智慧的结晶，是人类文化遗产的重要组成部分。民间故事中有很多关于螺蛳的故事，田螺姑娘是流传最广的一个，历久而不衰。其故事情节虽然有点夸张，却反映了人民群众的崇高理想和美好愿望。

二

回首往事，就像回放一部老电影，画面虽然已泛黄，情感却永远鲜亮。

小时候，家里条件不好，能吃上肉的日子不多，螺蛳算是一样不错的菜。当吃腻了萝卜青菜，想换换口味的时候，老爸就会去池塘里摸点螺蛳回家。剪掉“屁股”后放在清水里泡上两个小时，待螺蛳肚里的泥污排放干净后，老妈会加上姜、大蒜、干辣椒等佐料炒出一盘香喷喷的螺蛳，那是我儿时最美味的一道菜。

喜欢吃螺蛳的人都知道，把螺蛳的“屁股”剪掉，才能把螺蛳肉嘣出来。剪螺蛳“屁股”的工作都是我做的，每次剪螺蛳，我都会数一下数量，一盘螺蛳有二三百个。剪到壳比较坚硬的螺蛳时，我就把剪刀换成老虎钳。有几次，因数量多、壳坚硬，我的手上磨出了水泡，水泡一破就疼痛难忍。说也奇怪，吃饭时，一闻到螺蛳的香味，疼痛就自然消失了。

端午一过，天气转热。放学回家的小伙伴们相约去池塘里戏耍，我们约定了一个暗号，经过谁家门前就敲几下脸盆。一听到脸盆声响，我就扔下作业本，拿着脸盆一骨碌跑出家门，还找了个冠冕堂皇的理由搪塞父母：去摸螺蛳了。天黑回家时，脸盆里只有十几个螺蛳，结果可想而知。

三

清明假期，与妻一起到画里南江游玩。

在南王店江段，见“鱼伴浮藻隐匿于水草之间，悠悠乎无拘无束；螺依礁石蜷卧在轻浪怀里，醺醺然摇头摆尾”。汩汩清水中的螺蛳摆弄着身姿，显得优雅而惬意。我痴痴地望着，似乎被一种魔力所吸引，无法抗拒。贪婪的眼神引起了妻子的注意。

“下去抓点回家吧！”妻知道我喜欢吃螺蛳。

正合我意，于是三下五除二，把鞋袜甩在一边，不顾江水还冷下了水。

水中的螺蛳个头不小，一捞上来，却变小了。于是感悟顿生，摇头晃脑漫吟道：余观夫螺栖水大而出水小，乃水凸之故也。螺尚如此，而况人乎？纵观时下之风气，凸凹之处比比皆是，凸者，赞也，捧也；凹者，贬也，谪也。乃志趣不同致见解相异耳！

在妻的协助下，半个小时后，我们抓到了二百七十五个螺蛳，脸上洋溢着收获的喜悦。

上岸后，看见袋子里的螺蛳偎依在一起，缠绵缱绻，相濡以沫，我想起了潮汕地区一句很有名的俗语：“螺为子死。”因为螺蛳肚子从来不会空，只有到生命行将结束的时候，才会将肚子里的小螺蛳全数产出。用“生命不息，奋斗不止”来形容它们，毫不为过，这种伟大的母爱让人为之动容。

四

用“螺蛳下酒，强盗来了勿肯走”一句来形容螺蛳的味道鲜美，有种孤篇盖全唐的感觉。

我国幅员辽阔，地大物博，螺蛳作为一种淡水产品，深受广大人民群众喜爱。不同区域，螺蛳的吃法也不尽相同，有水煮的，有酱爆的，有红烧的，有上汤的，不一而足，最有特色的要数广西柳州的螺蛳粉。以螺蛳为主材的螺蛳粉，其灵魂就是螺蛳的鲜香味。作为柳州市的一张城市名片，螺蛳粉正带着柳州人的热情和活力，走向全国，走向世界。

我没去过柳州，在《舌尖上的中国》节目中看了这种怪异有趣的非遗美食后，也有了心心念念的感觉，或许这就是螺蛳带给我的情绪价值。

我猜测，当年发出“香螺酌美酒，枯蚌藉兰肴”感慨的庾信一定是螺蛳的拥趸；长吟“断瓶取酒饮如水，盘中白笋兼青螺”的曾巩，盘中若没有螺蛳，就不可能断瓶取酒；写下“但得螺蛳吞大象，从来美酒无深巷”的黄庭坚或许是个地道的美食家；王质应该是在螺蛳美味的诱惑下，才写下了“雨豪狭溪成阔溪，螺蛳蠼子澎澎肥”这一句。至于“青姿倩影住溪泉，一入盘中粒粒鲜”“有幸凡间尝此物，一杯黄酒世无争”“粒粒鲜汁辜海味，佳肴何必羡豪门”“呼来好友同分享，吮尽三盘不说多”等等，那都是文人雅士们被螺蛳的美味征服后的真情流露。

五

“前世勿修，螺蛳下酒。”在清爷爷在世时，一看到我们吃螺蛳，就会用这句话说我们。这句话的本意是，现在过这种用螺蛳做下酒菜的日子，是上辈子没好好修行种下的苦果。一开始，我是分不清这句话是俗语还是讽刺，后来，我读懂了它的画外音：条件不好的情况下，最开心的事，就是有螺蛳当下酒菜。几多辛酸，几多无奈，都会被螺蛳的美味化解。

时下的螺蛳，已成为一种大众食品，它凭借独特的味道，华丽转身，走进了餐厅，走进了酒店，被视为席上佳肴，体现了自身的价值和生命的意义。

记得前年八一战友聚会，晚宴结束后，意犹未尽的刘约了我和高、鲍，四人打车到江南四区，挑了一家专门烧螺蛳的夜宵摊，开辟第二战场。四碟小菜、一大盘螺蛳、两箱啤酒，边喝边聊。聊起当年在跑道中间草地上火攻蚂蚱群的趣事；聊到山东史大帅跌宕起伏的人生；聊到脱下军装那一刻心里的五味杂陈和刚到地方工作时的不适；聊到成家前后的各种压力和经历的辛酸……聊着聊着，地上的酒瓶越来越多，桌上的螺蛳壳扫了一次又一次。

或许是螺蛳在味蕾上带来的惊喜导引了酒精的积聚，战友的情义在嘣螺蛳的声响中越来越浓烈。不知不觉，三大盘螺蛳已一扫而光，足足八斤。看见桌上的空盘子，刘拉大嗓门喊老板再给我们炒一盘，老板战战兢兢地走过来，头摇得像拨浪鼓一样，呆呆地看着我们。这时才发现，已是凌晨一点，旁边的商家都已收摊，桌子下面已经扔满了螺蛳壳。无奈，我们也只能起身结账，摇晃着身子上了出租车。

一阵凉风吹进车窗，我打了一个嗝，肚子里涌上来的气，全是螺蛳味。

六

“玲珑青壳不求尊，巧手厨香摄客魂”，来自南江的清水螺蛳在妻子的精心烹炒下成了一道芳香四溢的美味佳肴，连跟着老妈吃素已久的老爸也忍不住开了荤。老爸的举动虽然有点突然，却让我领悟了“虽是湖中一野螺，珍鲜胜过大肥鹅”“春来佳肴万千品，独领百味明前螺”这两句诗真正的含义。

有螺蛳，岂能无酒？在珍鲜胜肥鹅的助攻下，三两白酒顷刻下肚，沉积在脑海里的往事一下子被激活，五叔的影子在酒精的刺激下闪现于脑海。

我和五叔的关系比较特殊，既是叔侄，又是同学，他还是我同门师兄。2000年年初，我和五叔一起在金华交通职业技术学校学驾驶，度过了三个月的同窗时光。其间，我们一起学习，一起训练，一起吃睡，称呼在叔叔、同学和师兄三者间切换，感情也急剧升温，有时候甚至超越了叔侄关系。因此，五叔成了五个叔叔中与我感情最深的一个。五叔长我十岁，以前从事啤酒批发，旧村改造后，蜕变成了一位“蜂王”，走上了甜蜜的事业。五叔待我之好胜过小叔，关爱无处不在。但凡有新鲜果蔬，总会拿一点与我分享。他知道我喜欢吃螺蛳，就在养蜂间隙去旁边的池塘里抓点螺蛳，抓得多时就直接分一半给我，分量不多时，就喊我过去就着螺蛳与他对酌两杯。我家里有吃不完的蜂蜜，那都是他汗水的结晶，有时连我妹妹家也跟着受益。他非常关注我的事业，我生意不好心闷无计时，他给我鼓励打气；我生意渐有起色时，他为我喝彩助力；我生意走向辉煌时，他劝我冷静谨慎。他对我女儿，就像自己的亲孙女，虽然见面时间不多，却一直关心她的学习、工作和生活，更关注她的婚姻大事。前不久，女儿出阁，五叔却没喝到喜酒。想到此，我不禁仰天长啸，感叹造化弄人。

去年这个时候，五叔曾给我送过螺蛳，那是他在金华源东养蜂时抽空抓来的。如今，五叔离开我们已经整整一年了，每次吃螺蛳，他的音容笑貌就会浮现在我眼前，那铿锵有力的话就会在耳边回响：“忙碌时要专注，闲暇时可蓄力，只有不断提升自己，才能得到自己想要的生活。”

“酒入愁肠，化作相思泪”。思念的滋味就像一杯苦咖啡，我噙着泪水，舀出一勺螺蛳，举起酒杯，仰天祭道：“五叔，今天螺蛳下酒，我敬您一杯！”

我希望，五叔在天堂能听见。

七

世间美好的东西不少，但真正属于自己的并不多。

被卷在时代潮流里的我们，习惯了追逐大众公认的视觉热点，却忽视了事物不经意间的华丽转身。

螺蛳，这个自然界最不起眼的小动物，以它默默无闻、低调沉稳的内质，塑造了“不与虾争食，甘为水清纯”的品性，吸引着我从大光圈镜头中凝神贯注。

螺蛳的美味，让人“嘣尽三盘不说多”。在这个纷扰的世俗世界里，但愿我们每个人都能从生活中尝出人生况味，用一颗平常心去面对人生的酸甜苦辣。

此心生不背朝日

向日葵灿烂的笑容，一直都绽放在我心里。

昨天，在爱义乌公众号上看到《197 亩！义乌这 60 万株向日葵等你来打卡》这篇推文后，忽然想起，已有两周未去植物园了。

带着夏末与向日葵的约定，从义乌港西侧进入植物园，泊车后沿着蜿蜒曲折的游步道由南往北徒步前行。两边草木葱郁，泛白的皂果密密麻麻地趴在茂密的枝叶上，叶已微黄的银杏笔挺地站在路边，几张梧桐叶从我身边轻轻地滑过，开启了秋天的序幕。鹧鸪声婉转动听，那是在为秋姑娘演奏《迎宾曲》；玉蝉的声调却十分凄切，应该是无法挽留夏天的一种哀叹。右侧的红旗水库造就了一个完美的生态圈，湖面碧波荡漾，四周水草肥美，鱼儿欢快成群，白鹭悠闲自在。漫步在游步道上，可以畅快呼吸，可以纵情欣赏，可以任由思绪在初秋的凉风中放飞、沉潜。“此中有真意，欲辨已忘言”正是此刻心情的写照。

穿过思古塘村旧址后，视线一下子开阔起来。轻柔的风从不远处带来阵阵幽香，沁人心脾。“花谷梯田快到了！”旁边，一位母亲对着七八岁的孩子说。于是，孩子像一只欢快的小鹿往前奔跑，笑声渐渐远去，背影不一会儿就消失在拐角处。我知道，那是向日葵在召唤，于是我也加快了脚步。

来到拐角处，才发现孩子的身影已被一片金黄色的波浪淹没。在阳光下，层层叠叠的向日葵露出灿烂迷人的笑脸，它们叶如蒲扇，花若金盘，高矮相间，茁壮挺拔，它们散发出的魅力，猛烈而弥漫。成群的蜜蜂围着它们纵情跳舞，蝴蝶似乎忘记了回家的路，痴迷地追逐着花蕊，即便游人靠近也毫无察觉。

“百年机会真难遇，一线光阴更易流”。眼前，蓝天、白云、清风、花海各种景象交相融合在一起，对于摄影发烧友来说是十分难得的机遇。为了留住这幅大自然赐予的绝美图画，他们像一只只大蜜蜂，扛着“长枪短炮”飞在花丛中，时而花间，时而路边，欲把这花谷梯田的全部景色装进相机。伫立在梯田中央的那几棵古樟树也不甘寂寞，在微风中身姿袅娜，极力吸引游人的注意。我也禁不住打开手机，任由这满眼金黄的人间美景消耗仅剩的些许内存，以弥补暑期因疫情未能出游的缺憾。

刘克庄有诗云：“可曾沾雨露，不改向阳心。”我忽然明白了凡高为什么喜欢向日葵。因为它热情奔放，积极向上，坚贞执着。它饱含泥土的气息却不同流俗，崇拜太阳的精神而充满正能量，蕴藏生命的玄机给人以启迪……在雨露的滋润下，它带着风的期盼和云的祝福，成了太阳的忠实粉丝，每一步都跟着太阳的足迹。同时，它也象征着人们对美好生活的热爱和追求。

“此心生不背朝日，肯信众草能翳之，”我想，只要每个人心中都有一株向日葵，人生就不会迷失方向，就会拥有快乐，充满希望。

（发表于 2021 年 9 月 13 日《义乌商报》第四版）

萧皇寺楹联之浅悟

晨赴凤凰谷，途经萧皇寺，在俞天白先生题写寺名的石碑前驻足片刻后上山，发现正门柱子上多了一副似曾相识的对联："问一声汝今何处去，望三思何日君再来。"书法虽无特色，却包含了精辟的人生哲理。

用手机拍下后，迎着柔和的曦光，一路揣摩来到凤凰谷。坐在光滑的岩石上，沐浴清爽晨风，倾听泉水欢唱，细细品味这副楹联。

上联"问一声汝今何处去"，简单而直白的一句问话，包含了几层意思，仔细斟酌，耐人寻味。你今天要去哪里？我觉得这只是第一层意思。第二层意思应该是：为何而去？去做什么？结果会如何？延展开来还有第三层意思，那就涉及一个古老而又没有标准答案的问题：人来这世上一回，究竟是为了什么？虽然最终归宿都一样，但你能给社会给儿孙留下什么？你的人生有何意义？这是值得深思的。

沉思之余，略有所悟：联中的"何处"不只是个目的地，更是一种奋斗目标，也就是每个人心中的梦。梦有很多，青春梦、鸳鸯梦、升官梦、发财梦……包含物质上的追求、生活中的享受和精神上的寄托。

虽说人生如梦，但人生岂能无梦？因为有梦才有追求，"心若在，梦就在"，当我看见为抗击疫情不辞辛劳奋战在一线的白衣天使、人民警察、党员干部、青年志愿者时，我的心震撼了，他们给出了联中"何处"的最佳答案，他们才是真正"中国梦"的圆梦者。

下联“望三思何日君再来”，提醒我们凡事三思而后行。孔子曰：“三思而行，再思可矣。”所谓三思，即考虑周全。考虑周全行事，可以减少出错，毕竟这世上没有后悔药。曾闻“人在江湖漂，哪能不挨刀”，说明在社会上立足不容易。邻里之间，同事之间，朋友之间以及夫妻之间，种种社会关系，纷繁而复杂，要处理好，都得静心三思。面对问题，有人迎合，有人诋毁，有人奉承，有人谩骂，有人抱怨，有人理解……三思后，才会意识到要注重自己的形象，提升自己的修养，进而保持良好的心态，处理起来才会顺利，达到事半功倍的效果。

“何日君再来？”一句反问，令人惋叹。“黄鹤一去不复返，白云千载空悠悠”，古往今来，谁的生命还能再来一次？人生就是一趟单程车，短暂又匆忙，走过的、错过的都不会再回来。所以，既然来到这世上，应当敬畏生命，尊重自然，呵护情感，活在当下，好好珍惜眼前的一切。千万不要把眼前的利益看得太重，须知“神马浮云，过眼云烟”。

“平生塞北江南，归来华发苍颜。”历经岁月磨砺，心智趋向成熟，虽不能做到洞悉世事，但在欣赏晚霞时，已不再踽踽独行，更不会迷失自我。人生一世，总有起起落落，遇到困难和挫折时，学会从容面对，去经受风雨的洗礼。迷茫彷徨时，及时打开减压阀，走出抑郁地，去接受大自然无私的馈赠，去欣赏祖国辽阔的大好河山，领略四季更替中的田园风光，向青山问个好，同小树讲讲话，跟鸟儿对对歌……使心情舒畅起来，让笑容更加灿烂。

命运不会亏待任何一个人。细心审视自己，正确把握方向，在风雨中感恩所有的遇见。“竹杖芒鞋轻胜马”“一蓑烟雨任平生”，以超然、淡泊、豁达的心态面对跌宕起伏的人生，以“笑傲江湖”的姿态回复“何日君再来”，这样才无愧于祖先，无愧于后辈，无愧于这个美好的时代！

忽然想起，这副楹联源自台湾佛光山头山门，想起星云大师，想起阿里山、日月潭，台北故宫博物院……随口哼起那首经典的《故乡的云》：归来吧……归来哟……

（发表于 2022 年 5 月 16 日《义乌商报》第四版）

给小女成人礼的信

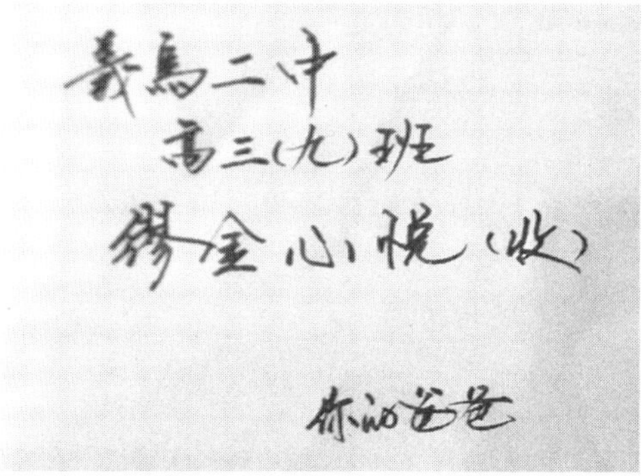

亲爱的女儿：
首先祝福你！
在这美好的时机，
在二中这个大家庭里，
有这么多同学和老师，
见证你的成人礼！
爸爸也没有缺席，
因为我时刻在关注你！

你知道吗？
从你呱呱坠地，
我就下定决心，
要把你铸成大器。
于是对你格外珍惜，
以至于大你八岁的姐姐，
也经常要和你攀比。

在保联小学，
从一年级到三年级，
我们在二中隔壁做生意，
为了接送你，
常常把一些工作请人代替！
四年级起，
我们回到农村里，
旧村改造虽然繁忙不已，

但我还是坚持每天早起，
顶风冒雨，
准时把你送到学校里，
让你安心学习！

师大附中的三年，
你的确很努力！
因为你的目标很清晰。
我至今都无法忘记。
我承认当时对你很严厉，
因此也给了你很多压力，
你是否还记得我常说的那一句？
给你压力是希望你把它化为动力！

眨眼间，
高中三年即将过去。
二中的三年，
我逐渐放开了你！
让你轻松，快乐学习！
因为我知道，
随着时间的推移，
你已经能够掌控好自己。
你的思想和情绪，
我丝毫没有怀疑！
看着你逐渐丰满的羽翼，
我的内心更是阵阵欢喜！
我相信，
你已经领悟人生的价值和意义，
开始上演属于你自己的连续剧！

老爸是你最亲的人，
希望你，也能把我当成闺密。
今后，
不管遇到什么困难，

有什么委屈，
我都愿成为你的倾诉地。

人生的道路难免会有不平和崎岖，
但千万不能畏惧！
大胆往前走！
有老爸在后面坚定地支持你！

成人礼行毕，
从此刻起，希望你：
坚定信念，相信自己！
不忘初心，永不言弃！
策马扬鞭，鼓起勇气！
去开拓属于你自己的那片天地！

话不多说，就此搁笔！
请勿忘记！妈妈、姐姐和爸爸一样，我们永远爱你！

你的老爸：缪文中
2018 年 12 月 2 日　0:30

望道信仰线起点的雨

滴答……滴答……雨滴在伞上奏着欢快的交响曲。雪峰路上车来车往，川流不息，人行道上铺着一片片雨滴带下来的红色樟树叶。

“偷得浮生半日闲”，下午两点，沐着绵绵春雨，我漫步来到雪峰路和环城西路交叉口的陆港电商小镇。这是一座新兴的电子商务城，也是望道信仰线起点。

小镇所处的位置，“襟北苑而带稠江，控城西而引上溪”。它的西边，是建设中的横塘公园，将于今年七月对外开放。北侧，是新设立的义乌综合保税区。小镇整合了电商全产业，集聚了大批互联网骨干企业，是义乌市规模最大的电子商务产业园，也是义乌第六代市场。

作为一个在市场上摸爬滚打了三十多年的“老战士”，我亲身经历了义乌市场的发展。从新马路市场到国际商贸城再到如今电商小镇的变迁；从原始的款货两清交易到如今网上下单电子结算的跨越；从最初的“莫名其妙”“无中生有”到如今的“点石成金”……经过三十多年的风雨考验，义乌人民用勤耕好学、刚正勇为、诚信包容的精神培育并壮大了市场，使义乌最终成为国内外知名的小商品之都。眼前这个“新产业、新模式、新技术、新机制”的经济示范区，已升级为中国（浙江）自由贸易实验区，它将在完善义西市场群的同时带动义乌经济再上一个新台阶。

于 2013 年开业的义乌国际生产资料市场，呈“冈峦之体势”伫立在小镇的东侧。整个建筑群规模宏大，像一艘巨型货轮，满载着中国制造的商品破浪前行；各区块楼顶的弧状造型像一瓣瓣盛开的莲花，显示这是一方和谐祥瑞的创业宝地。

我迂回来到市场 B8 号门，雨水冲刷了脚印，却勾起了回忆。我清晰地记得，脚下所处的位置，十年前还是一个叫下莲树的村庄，与北面的上莲树村和于宅口村相邻。20 世纪 80 年代以前，这三个村都是以农业为主，周围都是水田，连片的水田中间，零星点缀着一些大大小小的用来灌溉的池塘。小时候，也是下雨天，我曾戴着斗笠，披着蓑衣，卷起裤腿，光着脚丫跟四叔来这边的池塘里抓鱼。春夏之交的夜晚，跟伙伴们点着柴油火把，拿着竹子做的钳来这边的水田里抓黄鳝……儿时的情景依然历历在目。

“光阴似箭，日月如梭”，四十多年时间眨眼就过去了，神州大地发生了沧桑巨变。如今，当年的水田里长出了连片的高楼，池塘中的水流成了宽敞的道路，那片低矮破旧的农房变成了一座现代化的国际生产资料市场。对照当年的情景，唯叹“隙中驹，石中火，梦中身”。

回到雪峰路，在望道信仰线的起点往西望，但见挺拔俊秀的雪松指挥着整齐的榉树队伍在烟雨中操练；郁郁葱葱的皂树下一片紫杜鹃在细雨中沉思；茂密的石楠花含着泪给绿枝披上了洁白的婚纱；鸡爪槭伸开一只只手掌向我问好；盛开的月季不时朝我挤眉弄眼，极尽妖娆；微风把樟树细碎的花蕊撒在伞顶，透出一股沁人心脾的幽香……

路边的绿化带上，七八个园林工人正弯着腰，捋着袖子冒雨栽种一株株花草。蒙蒙细雨虽然模糊了他们的身影，但他们抢抓时机“捋起袖子加油干”这个画面却清晰地刻在了我的脑海里。我忽然醒悟，他们种下的不仅仅是花草，而且是一种信仰，更是一种力量！

回家路上，微风和细雨亲吻着我的脸，几滴水珠顺着脸颊流进嘴唇，我一舔，竟然有点甜！细思，这应该是信仰的味道！

（发表于 2021 年 4 月 26 日《义乌商报》第四版）

面对门槛，请勇敢地跨过去

一

那天，在尚阳光裕堂观赏了四百多岁的“世界第一灯”后，徜徉于老街，一边感受历史的气息，一边叩问发展的密码。杨氏裁缝、“六行糖”梨膏糖、火筒烧饼、老式理发店、手工红粿店……古朴的老店散发着复古的味道，掩盖了岁月的沧桑。

忽然，一阵悠扬的二胡声从胡同里传出来，我循着这老街独有的音律走向一间老木屋。暗淡的灯光下，一位头发斑白的大叔坐在泛黄的竹椅上悠闲地拉着二胡，他闭着眼睛，右脚打着节拍，头跟着音乐的节奏左右晃动，额头的皱纹在乐曲抚慰下慢慢地舒展开来。飘浮不定的旋律丝丝缕缕，欲断又连，哀怨之中又有几分苍凉，似乎在诉说老街曾经的辉煌和磨难。

我轻轻地坐在他家的木门槛上，他没有发现。

“快进来坐！”闭着眼睛沉醉在唯美时光里的我，被大叔的呼唤声惊醒。

“门槛上是不能坐人的！”大叔微笑着对我说。

“你坐门槛上，人家怎么走？”他嘴唇上的胡子微微上翘。

猛然想起，孩提时坐在门槛上玩耍，总会挨长者训斥：“好狗不挡道，知道吗？”

从那以后，不敢再坐到门槛上了。

二

门槛，指门下的横木。唐、宋时期就已经存在，现在，很多古宅里还可以看到。它是历史的痕迹，见证了社会的发展过程。

《尔雅·释宫》里说：“柣谓之阈。”邢疏释：“经传诸注，皆以阈为门限，谓门下横木为内外之限也。”这里的“阈”就是指门槛，说明门槛的作用在于分隔内外空间。所以，门槛含有界限的意思。《礼记·曲礼》载：“大夫士出入君门，由闑右，不践阈。”《论语·乡党》中讲孔子“立不中门，行不履阈”，以及我们说某某行业的门槛很高，都是这个意思。

小时候，常听老人说“他家闺女长得漂亮，求亲的人踏破门槛”，“踏破门槛”是表示来往的人很多。而成语“踢断门槛”则是说由于跑得太勤、太快，把人家的门槛都踢断了，用来讽刺那些溜须拍马之人。

门槛有高有低。在古代，它是身份和地位的象征，门槛越高表明房屋主人地位越高。随着社会的发展，人们逐渐认识到，过高的门槛会带来行走的不便。《明兴杂记》载，明太祖朱元璋为方便士人出入，特地降旨把南京国子监号舍里的门槛全部拆掉。在末代皇帝溥仪所著的《我的前半生》一书中，回忆他为了在皇宫中骑自行车可以畅通无阻，下令将门槛一一锯去。这两则事例说明，不符合社会发展的事物都会被历史的车轮碾碎。封建社会尚能如此变革，何况如今的二十一世纪？

现代建筑上，门槛已演化成一块平铺的石板，起到装饰作用。它放下高贵的身段，变得平易近人了。因此，它拥有了尊严，从此不会再被人踩踏、踢断。这是社会进步的一种表现。

门槛之“槛”，同“坎”，在六十四卦象中是“坎卦”，五行属水，为水流之象。我们知道，水流必须冲破阻挡它的沙石泥土，方能继续向前。现实生活中，沙石泥土也很多，我们要学会像水流那样，转变观念，以柔克刚，以务实笃行态度，“撸起袖子加油干”的精神去冲破人生中的种种障碍。

三

记得初中毕业时，班主任兼语文老师何樟金曾寄语我们说：“同学们，人生路上，会有很多道门槛，跨过去就是打开了一扇门，没有跨过去就成了一道坎。希望你们每一个人都能开门跨坎，走向辉煌！”

时光荏苒，三十多个春秋一闪而过，何老师的谆谆教诲言犹在耳。

当时，只感觉何老师讲得很深奥，难以理解。走入社会以后，何老师的话外音才日益清晰明朗起来。

人生之路，难免沟沟坎坎。俗话说：“人生不如意事十之八九。”年轻时并不觉得有什么，及至经历了苦难，付出了艰辛才能体会到，才会了悟真意。古人曾有“屋漏偏逢连夜雨，船破又遇顶头风”的窘境，李白的《行路难》里也有“欲渡黄河冰塞川，将登太行雪满山”的困苦。孔子“文章盖世”尚“厄于陈邦”，“杨意不逢”方“抚凌云而自惜”，正因为“关山难越”，王勃才会发出“谁悲失路之人”的感叹。

所谓“不经一事，不长一智”。我用时光这根线把一路走来的点点滴滴串联起来，蓦然发现，自己已经跨过了无数道门槛：高中毕业后走入社会时的迷茫，想从军却无法实现的失望，酷暑期间站在水田里汗出如浆时的感伤，为了几两碎银爬上高空抬预制板的恐慌，初为人父时肩上的负担，创业受阻时内心的辛酸，走上文学之路后需补齐的短板，疫情防控期间参加的狙击战和歼灭战……这一切，让我深刻体会到：跨过门槛，方能成长。

当然，对门槛的解读纬度是多元而丰富的，因人而异。但门槛与人，从来就不是割裂的，而是交织在一起，相辅相成的。跨过人生路上的每一道门槛，不仅是每个人的梦想，也是个人能力和实力的检测剂。有时，门槛会成为人生路上的助推器，在不经意间促成一件事，进而成就一个人。

四

“梦醒时分仍呓语，唯叹此生多苦旅。人间悲喜无凭据，笑对门槛听风雨。”面对门槛，思绪万千。

“砰！”沉闷的爆米花声打断了我的思绪，我不自觉地飞身向外，来到大门口，鲜红的门口垫把我从记忆里拉回了现实中。

时过境迁，沧海桑田。我不由感叹：这世界上竟然没有一道门槛能挡住时光的脚步。

疫情防控期间，我们跨过了很多道门槛。后疫情时代，或许还会遇到更多门槛，必须跨过去的，是思想上的这道门槛。跨出门槛，或许是天寒地冻，或许会遇到狂风暴雨，但我相信，等待我们的一定是阳光明媚，春暖花开。

既入人间，当不负流年。面对门槛，请勇敢地跨过去！

2022 年 12 月 14 日　20:30

心绪情怀

梦

某日傍晚，吾游逸于村西稻田旁，沐夕阳霞彩，观禾苗成长，闻泥土芳香，听群蛙歌唱。

正被暮春风光陶醉之际，一野凫悄然而至，于身旁稻丛中觅食。吾近而观之，其无惧，悠然自得，旁若无人，距吾不过三尺。吾徐步，其相随，少时已伴吾数丈而未离。吾惑而凝思：其随吾而来，意欲何为？逗吾开心？盼吾投食？转念一想，莫非是上苍赐一道美食与我？野凫炖笋干，为杭帮名菜，具生津开胃、解渴除烦、清热益气、养肝明目之功效。遂转身，欲逮之。所谓相从心生，吾意随之暴露于面庞。驻足与其对视，其顿生惶恐，进而失态，振翅惊叫而起，吾亦狂奔数十米追之，几触其羽，奈其矫健异常，遁而远去。吾悻悻然，喘而续行。

正当吾气趋平缓之际，一滴鸟屎突袭于前额，吾惊而抬头，竟是那野凫于头顶溺之。吾俯身捡石，欲击之，未料立而不稳，坠入水田。猛然惊醒，乃南柯一梦！

梦醒拭前额，汗犹未干也！梦境未远，意象犹存。忖度：野凫悄至，其觅食，吾闲适，随吾数丈而相安无事，乃邪念未生也。值邪念暴露，其惊而遁，吾猛追，乃吾犯之也。其旋而溺屎于吾前额，乃其报复之举也。吾欲以石击之，不稳而坠田，乃上苍惩罚吾之邪念也。

顿悟：无论何时何地，邪念切不可有！万物苍生，皆有灵性，野凫尚能如此，咱们人类何以应对？所谓世间万物，相生相克，和谐共存，乃自然之法则也。善待生灵，善待自然，即为善待自己。此乃梦之所得也。

时值庚子七夕前夜寅时

忆外婆

今天是个难过、难受又难忘的日子。

早上八点三十三分，启动车子准备出门，接到母亲的电话，听到电话里母亲的哭声，我知道是外婆走了。一阵眩晕后，眼泪不由夺眶而出，用颤抖的双手把住方向盘，直奔前洪。这段平时五六分钟就能开到的路程，今天好像开了五六个小时。

外婆有六个子女，母亲是老大，接下来是大姨妈、大舅舅、二姨妈、小姨妈和小舅舅。跟小舅舅年龄相差仅十五个月的我，也是吃着外婆的奶水长大的。我家离外婆家不远，从行政村的角度来说同属前洪村，只不过中间隔了几亩田而已，两家间是“鸡犬之声相闻”，走路也就一刻钟左右。所谓“近水楼台先得月”，我的童年基本上是在外婆家度过的。妹妹出生以后，我就经常住在外婆家，从小学到初中，到东河上高中住校后才离开，所以，外婆家才是我青少年时期真正的家。

在外婆家，我跟小舅舅一起睡一起玩，有好吃的东西外婆总是先给我，只有一份的时候，外婆会把我喊到她身边，然后悄悄塞给我。所以堂外公们经常说“外甥皇帝，娘舅狗屁”。晚上我是跟小舅舅睡的，因我们俩睡在一起比较吵，有几次我被拉去跟外公睡。记得有一次，我在外公的床上尿床了，第二天起床，外婆问我是谁把床尿湿了，我竟然大声回答说：“是外公尿的，外婆！”把外婆惹得又气又笑。这个笑话至今还在我们亲友间流传。

那时候的农村，家家都养猪，外婆也养了两头猪，外婆每天早上都要早起烧粥（儿时的猪食称呼，由野草、番薯叶、米糠和次等的番薯丝混合煮熟）喂猪。她在烧猪食粥的同时又给我们烧另一种粥，这种粥的食料与猪食的完全不同，是用精挑细选出来的上等番薯丝加糯米烧出来的。舀到碗里加上红糖搅拌一下，色如咖啡，稠甜可口，香气四溢，我呼呼几口就能吃掉一大碗。那是外婆的味道，今生都难以忘却。前段时间我去看望她时，她正卧床静养，我跟她说想吃小时候她给我煮的粥，她摇了摇头，惘然一笑对我说："外婆已经烧不了了！"我转过身子，不让她看见我泛红的眼圈。

外婆家有座石磨，她会在农闲时用它来磨豆浆做豆腐给家里人改善伙食。推石磨磨豆浆是我难以忘怀的童年趣事之一，"豆浆甜又香，喝了长得壮……"边唱着儿歌边推磨，外婆站在石磨旁往磨盘孔里加黄豆。当我跟小舅舅和小姨妈争抢推石磨的时候，外婆会出几个谜语让我们猜，谁先猜到就让谁先推。外婆是做豆腐的好手，她做的豆腐豆香浓郁，口感丝滑，柔嫩微甜。我最喜欢吃外婆刚下卤水不久形成的豆腐脑，掀开木桶上面的纱布，舀一碗乳白鲜润嫩滑的豆腐脑，加上酱油、醋和少许盐，配点香气扑鼻的猪油，然后撒上一小把葱花，一股扑鼻的香气立刻唤醒味蕾。那种味道已刻入心扉，现在回想，舌头还是会不自觉地转动起来。我有个习惯，早餐喜欢吃豆腐脑，就是那时候烙下的痕迹，至今无法抹平，因为那是外婆的味道。

外婆家开门见塘，占地约六十平方米的二层泥墙青瓦房就坐落在因满塘莲花而得名的大莲塘边。一楼外间是日常生活区，猪圈跟茅坑连在一起。在灶台背后，上面用木条隔出一层，用来放置农具和柴火；水缸、碗柜放灶台前，碗柜后面放四条板凳包围的八仙桌，既当餐厅又当客厅。餐厅对面的转角是通往二楼的楼梯，楼梯底下安放着石磨。里间是外公外婆的卧室，一张几根竹竿支撑挂着蚊帐的平板床，两只放在板凳上的樟木箱，角落里放着一只马桶。二楼是储物和休息区，低矮压抑，楼梯口放着个一米二宽、一米八长的谷柜，我和小舅舅就是睡在谷柜上的，中间高处是两个姨妈的床，其他低矮处放着一些坛坛罐罐。

房子和大莲塘之间有块十几平方米的岸滩，外公在岸滩上开辟了几垄地，种瓜果蔬菜，种得最多的是西红柿和豇豆。岸滩中间有棵苋菜桃，每年端午节前后成熟，桃子鲜红个大，味道特别好。塘边有棵柿子树，枝粗叶茂，每年都能结两三百斤柿子，柿子呈椭圆形，软甜籽少，大家都叫"牛奶柿"，听外公说是他父亲栽的。每年重阳节前后，成熟的柿子像一盏盏小灯笼，三三两两的挂满枝头，非常壮观。晚饭时，我会捧着碗坐在门槛上，望着这盏盏小灯笼入迷。看到我对着小灯笼发呆，外婆以为我想吃柿子，怕我爬上去摘不安全，她就用耘田的长竹竿套上自制的小布袋，摘几个成熟的柿子给我吃。至今，外婆摘柿子的情形还是我记忆中最美最温馨的一道风景。

柿子树斜向水面，离岸边最远处有三四米，树干的最低处离池塘的水面还不到两米。树下有一个用三十多厘米宽、一米六左右长的青石板架起来的埠头，那时没有自来水，日常的洗漱都在这个埠头上进行，也是我小时候的游乐场之一。

暑假期间，我们表兄弟几个相聚到外婆家。跟小舅舅在塘边爬树、掏鸟窝、摘柿子、滚玻璃球、玩香烟壳、用自制的弹弓打麻雀、以米粒和剩的肉骨头引诱蚂蚁出洞……玩累了，就跑到屋里把长板凳扛出来，扔进大莲塘，然后脱掉裤衩，光着屁股，爬到伸向塘中央的那根树丫上，纵身一跃，跳入水里，趴在漂浮在水面的板凳上划水戏耍。得益于这得天独厚的条件，我成了同龄人中最早学会游泳的，上初中时，还在学校举行的游泳比赛中得过奖。比较调皮的我（堂舅舅们至今还叫我“蛮中”）在玩耍期间经常会跟小舅舅和表弟争抢东西，外婆知道后，总是一味地偏袒我，挨骂挨打的总是小舅舅。

上高中后住校，一到周末就忍不住往外婆家跑，在外婆家吃几餐。遇到菜不多或不够吃的时候，外婆会给我炒一碗蛋炒饭。外婆做的蛋炒饭是用猪油炒的，加上少许霉干菜、辣椒和葱花，色香味俱全，纯粹而劲道。至今，猪油香四溢的蛋炒饭还萦绕在我的脑海里，我知道，那是任何人都无法复制的人间美味！

大女儿出生后，由于生意上和家里琐碎的事情较多，去外婆家的次数慢慢少了，但逢年过节去看看她却从未间断过。就这样，时光荏苒，十年时光悄悄流逝。外公去世以后，我发现外婆一下子苍老了许多，但她依然保持着那勤劳苦干的秉性，一刻也闲不下来，每天戴着老花镜坐在门口穿拉链（把拉链头装到拉链上，那时做六十条才九分钱工资）、插干花，做手工活赚些微薄的工资。2011 年我大女儿上大学的时候，外婆用她做手工活的那点微薄的收入给我女儿包了个大红包，我知道，那红包里装的是外婆的祝福和期盼，现在回想起来感到既心酸又温暖。

今年四月底，奶奶的仙逝让我意识到，应该趁外婆健在的时候多去看看她。于是隔三岔五带上妻女去看她，买点她喜欢吃的东西给她。外婆每次见到我都很开心，偶尔还会跟我说几句俏皮话，但我发现外婆的身体已经虚弱了。7 月 13 日，我特意腾出一天时间，接外婆到家里吃午饭，然后带她去了她好几年没去的楼下村二姨妈家。刚到二姨妈家时，我发现外婆精神矍铄，容光焕发，好像一下子年轻了几岁，显得特别兴奋。离开时，外婆的脸上流露出了茫然和无奈，眼神中夹杂着几分不忍。来去匆匆，但给外婆带去了一丝安慰，我觉得非常值得。9 月 5 日，我买了一箱港荣蒸蛋糕去，看见她一个人静静地坐在门口的石板上，我还没走到，她竟然喊我的名字了，我知道，她想我了。我剥开一个小蛋糕给她，她说很好吃。问她要不要水，她摇摇头说买支棒冰给她吃吧，我跑去给她买了两支绿豆棒冰，她吃得津津有味，跟我说下次再买两支给她吃，看着她那日渐憔悴的身躯，我含泪点了点头。其间，我特意用手机拍了几张她吃棒冰时的照片，发给在桐乡的表弟看。没想到，这几张照片竟然成了外婆留下的最后影像，我心如刀割。

当我赶到她身边的时候，她已安然离去，没给我留下一句话。听到母亲和三个姨妈撕心裂肺的哭声，我的情绪也几度失控。她老人家前几天还好好的，怎么一转眼就离我而去了呢？我拖着沉重的脚步走到外婆的遗体旁，点燃一炷香，鞠躬拜了几拜，摘下眼镜擦干眼泪，心里默默祈祷：外婆，天堂之路走好！

外婆是一个普通的女人，她的一辈子，含辛茹苦养育了六个子女，还带大了我们五六个外孙、外孙女，她的一生是平凡而伟大的。

纸短情长，搁笔之际，外婆的音容笑貌又闪现在我眼前，隐约还传来她那熟悉而亲切的呼唤声，我的眼泪再一次决堤！

外婆大人，一路走好！您永远活在我的心中！

谨以让我失眠了一夜、用泪水浸泡出来的此文祭奠我最敬爱的外婆！愿您天堂之路走好！

2015年12月16日　于凌晨1:30—3:30

堵车记

淫雨绵绵，一直下到午后。

空气沉闷，心生烦躁。于是踱到江东客运站旁南鸿装饰公司朋友处喝茶解闷。两盏茶毕，接到夫人电话，让我去平阳山仓库拿一份色卡急用。

平阳山仓库离江东客运站不远，直线距离不过 2.5 公里。然而就在这段路上，我遭遇了令人咋舌的大堵车，印象之深刻骨难忘。聊以粗浅文字记之。

车过时代广场，速度骤降，走走停停犹如半醉的蜗牛。到宾王路和南山路交叉口，前方的小货车忽然停了下来，随之喇叭声迭起。探出车窗一望，发现有辆七八米长的大货车在调头，阻断了双向车辆的通行。静默了五六分钟后，车队开始缓慢前行。路边，三个中年男女边走边聊，其中一人调侃道："车这么多，还没有我们走路快，要是有点急事，可怎么办啊？"

好不容易拐进端头新村，在通往平阳山仓库的路口，前车又停了下来。下车观望，不看则已，一看头皮发麻。但见：电动三轮车、小货车、小轿车、微型面包车、厢式货车，货运中巴车、大货车、集装箱运输车这个抢道、那个加塞，互不相让，杂乱无序，挤满了整条路。后车紧紧咬住前车，我被夹在中间"想进无门，欲退无路"，只好硬着头皮熄火等待。车旁，不时有摩托车和电动自行车在车缝中悠闲地穿梭，黄色的头盔和飘逸的雨衣在静止的车队中忽隐忽现，摩托车的轰鸣声在道路上显得格外刺耳。

雨，不经意中停了，等待，却显得更加漫长。半个小时过去，忍耐力被无情凌虐。眼看距目的地只有六七百米远，前面的车依然没有一点动静，我粗略估计了一下来回时间，决定下车步行前往仓库。于是将移车提示牌放在前挡风玻璃上，拿了伞锁上车，奔向仓库。

"闲坐悲君亦自悲"，沿途的景象着实令人心酸，被堵在路上的司机也是千姿百态：有左顾右盼焦急张望的，搔头挠耳忐忑不安的，趴在方向盘上无精打采的，双手托腮似睡非睡的；有专心致志玩游戏的，满脸笑容盯着手机看电影的，半只脚伸出车窗仰面呼呼大睡的，戴着耳机闭着双眼悠闲听音乐的；还有怨声载道骂交警的，抢得大红包欢呼雀跃的，捧着手机时而狂笑时而懊恼拍大腿的，跟朋友微信语音聊天毫不在乎前方堵车的；更有聚在一起抽烟聊天的，遇急事无法出去而打 122 报警的……一个坐在小货车副驾驶座上的小伙子，戴着眼镜，手捧一本书，时而凝思，时而下笔，完全不在乎车流动不动，真是“两耳不闻窗外事，一心只读圣贤书”。这是整条路上最美的一道风景，让人震撼的同时也让我感到一丝内疚。

车水马龙！这个成语猛然浮上脑海。眼前不就是一条沉睡的车龙吗？顷刻间，对这个成语有了更直观而深刻的理解，由衷佩服先人深邃的思想和造词的前瞻性。

在仓库拿到色卡，往回走时已是三点半。急促的脚步和溅起的水花依然没有惊醒沉睡的车龙，它似乎已酣然入梦。可能是路边那些商贩循环不断的叫卖声把它催眠了。真希望交警们早点来把它唤醒。

臆想之间，思绪被一道洪亮的声音打断：“老傅，我又遇上‘卡路里’了！昨天在这里堵到晚上八点，今天不知会堵到什么时候？快开架直升机过来救我吧！”转头一看，原来是一个二十五六岁模样的年轻人，坐在五十铃厢式货车的驾驶室上，半开车窗用手机向他朋友求救。我不知道老傅是谁，却知道他跟老傅调侃，话里的酸楚和无奈令我感同身受。

回到车上，车子还是无法动弹。于是调整好座椅，打开手机，浏览了一遍朋友圈和各个群里的信息，然后打开“西窗烛”APP 学习。意趣盎然之际，响起了敲窗声，一看，是我后面开奥迪 A6 的老板。他用恳求的语气对我说：“兄弟，我有急事要出去，请你帮个忙，把车子往前稍微挪一下！”原来，他已央求前后十几辆车的司机为他让出了一条狭窄的通道。在他的指挥下，我启动车往前移动了两米，给他挪出了一段可以调头的空间。看他艰难地调转了头，我也抓住时机，紧跟在他后面从狭缝中拐入端头新村的小巷。而后避开大道，钻胡同，走泥路，左拐右拐不知转了多少个弯，终于钻出重重汽车包围圈。

回到宾王路主车道，才松了一口气。一看时间，正好四点半。来回五公里路程，竟然耗时三小时，在义乌开车难啊！

堵，是义乌人的痛点，也是来义乌客商的切身感受。据悉，近年来义乌曾被多家媒体“命名”为“堵城”。但是，义乌之“堵”何来？却很少有人分析过。

“商都”义乌，是“小商品的海洋，购物者的天堂”，在兴商建市方针指引下，本着可持续发展的理念，依托全球最大的小商品批发市场，义乌的名声已享誉世界，如今已经成为国内最有活力的城市之一。随着知名度和外向度的不断提高，它所蕴藏的商机像一块巨大的磁石，吸引了五湖四海的客商前来淘金，吸引了国内众多有志青年来此创业。目前义乌的常住人口已达两百万，是浙江省人口增长最快的城市。

商贸业的繁荣带动了物流业的飞速发展。义乌的物流发达程度位列全国前茅，几大快递巨头都已在义乌设立转运中心，国内国际业务量皆成倍增长，快递量连续多年位居全国第一。加上人们生活水平的不断提高，义乌市的汽车保有量出现了跳跃式的增长，这从二手车市场的繁荣可窥一斑。

经济的高速增长和城市的快速发展齐头并进，“堵”这个共生的矛盾也提前显现。可喜的是，义乌市委、市政府已经出台了建设规划，在提升原有城市道路有效运行的前提下，实行物流交通大建设，力求把义乌建设成为国际物流枢纽中心。

堵，是城市发展过程中的一段插曲。它的表象是城市化步伐加快，彰显的实际是经济繁荣和人们生活水平的不断提高。“堵则变，变则通，通则久”。义乌作为“一带一路”节点城市、“21 世纪海上丝绸之路”的桥头堡，在迈向国际化大都市的脚步中，道路将更宽更广更通畅。

“路虽远，行则至。”天色渐暗，前车的尾灯已亮起来了，一闪一闪的，像一个顽皮的孩子眨着双眼朝我笑。我忽然想起刘主席说的那句话：“出门遇堵，我是高兴的，说明我们义乌的发展步伐没有减缓。”

终于明白，刘主席把堵车当成了城市发展的风向标，是有道理的。

[2019 年 4 月 7 日　18:30　记于平阳山堵车后（发表于中国作家网）]

我的2021

不平凡的2021年已在新年的钟声里落下帷幕。

纵观2021年，我国在中国共产党的英明领导下，全国一盘棋，上下一条心，“外防输入，内防反弹，精准把控”的防疫策略为经济复苏提供了强有力的保障，使我国成为全球少数几个经济正增长的国家之一。

时值辞旧迎新之际，有着国际商贸城之称的义乌，在“堵漏洞、补短板、强弱项”的方针指引下，疫情防控工作做得细致入微，卓有成效。保证了市场平稳运行的同时，也为国内国际的经济复苏做出了巨大贡献。

“栉风沐雨又一载，春华秋实满庭芳”。得益于良好的环境，我在文学领域也取得了些许成绩。

2021年，本人在北京诗词、上海诗刊、长江诗苑、广州诗刊、上海诗歌、上海文苑、广州诗歌、腾讯新闻、看点快报、企鹅号APP、祖国文学、今日头条、世界义乌、笔墨天方、文学世家等新媒体平台发表诗词三百一十五首，散文二十余篇。其中在中国诗歌网上发表诗词二百一十五首，收获了不少粉丝并引起关注。部分作品见诸《钱江晚报》《处州晚报》《义乌商报》和《今日浦江》。4月中旬被批准加入浙江省作家协会，有幸挤入省级作家群。新的平台为我打开了一个全新的窗口，我深感责任重大，使命在肩。

回首一年来走过的路，虽然饱含艰辛，却也是心之所向。成绩是努力的结果，更是前行的动力。写下的诗词和散文，记录了我的心路历程，足迹深浅不一，却值得回味。

一、存志尚　勤磨砺

“宝剑锋从磨砺出，梅花香自苦寒来”。在古今文学研究院工作的六年里，我从一个文学拥趸开始，认认真真地学习，勤勤恳恳地工作，逐渐成长为文学爱好者，并开始发表自己的文学作品。而后在师长们的引领下，经过岁月的磨砺，蜕变为一位文学工作者。2020 年 9 月底，首部个人专著诗词集《鬓华心笺》（上下集）顺利出版。《鬓华心笺》里的诗词，是我多年风雨沧桑的真实写照，内含的心血，只能用文字来回报。

卸下枷锁，回归自我。2020 年年底离开古今文学研究院后，一个全新的世界展现在我面前。“渌水雨新涨，扁舟意自如”，身心趋于自由，视野瞬间开阔。于是放马青山，逐鹿自然，爱我所爱，想我所想，情感收放自如，创作激情高涨。从容自若之际，我深知，存志尚更需勤磨砺，心情的解放不能带动思想的散漫。于是自我加压，加入多个专业诗群虚心向群里的师友学习，攻坚克难，及时完成各个诗社布置的作业。一年下来，感触颇深，受益匪浅。不仅在诗词理论方面得到了充实，而且创作实践方面也取得了长足的进步。同时，也抽出一部分时间涉足散文的练习和创作。

二、欲成功　当自律

自律是成长路上必不可少的品质。古人云：“君子责己，小人责人。”我觉得，学会自律，才能把握人生的前行方向，不至于偏航。只有在思想、品德、行为上严于律己，才能在各方面取得进步。

曾有一段时间，因客观原因引起情绪波动，精神萎靡，失去动力，诗社布置的作业连续几期未完成。在多位诗友的关心和鼓励下，我做了一次深刻反省。而后调整状态，摆正位置，明确目标，重新启航。与内心约定，向未来承诺：不负余生，不负家人和亲友的期望。

如今，我已与游戏切割，调整了作息规律。每天坚持运动两个小时，步行一万步以上；坚持早晚阅读一个小时；保质保量完成诗社布置的作业并按时投稿；一有感悟，及时记录等已成为习惯。偶有松懈，内心也会及时提醒我。这一年来所取得的成绩，正是自律的结果。

三、崇善爱　付真情

善爱，是中华民族的传统美德。《孟子・公孙丑上》：“取诸人以为善，是与人为善者也。故君子莫大乎与人为善。”善从言，践于行，始于心，“勿以善小而不为”。爱当真，见于性，融于情，“老吾老以及人之老，幼吾幼以及人之幼”。

时光浩荡，岁月有情。四月中旬，承蒙广大善友的信任，我被选为义乌市正洪爱心公益协会的秘书长。上任后，即与众多善友一起，在全国精神文明建设标兵、当代活雷锋金正洪同志“太阳一缕光”的精神照耀下，高举学雷锋的旗帜，组织并参与了一系列善爱活动：4 月 23 日赴稠江消防队慰问消防战士；“六一”前往湖北恩施州来凤县贫困地区助学；“七一”在雷锋小学举行“庆建党百年，学时代英雄”活动；“八一”组织“致敬英雄，善爱福田”活动；8 月 20 日到义乌港给集装箱司机“献爱心，送清凉”；9 月 8 日赴金华雷锋馆“金义同奏爱心曲”；国庆节和小学生一起向祖国致敬；重阳节慰问抗战老兵和烈士家属等。倡导协会善友为警卫连老兵魏耿的儿子魏益安捐款和开展“相聚在雷锋精神的旗帜下”等活动。以自己的绵薄之力，结对资助了云南腾冲八中高一一名同学和江苏东海李埝中心小学的一名同学，用实际行动回报社会。

2021 年，答卷虽没获满分，但意义非凡。我品尝了汗水浇灌出来的果实，也分享了战胜困难之后的喜悦。

辞旧岁，心里仍有一些情愫，曾经的欢喜、忧伤、迷茫、憧憬已被时光无情踩过。那些不堪回首的往事，如今想起已是天高地远、云淡风轻了。唯有这些凝情走心的文字，可用来缅怀过去，安慰自己。

迎新年，我相信，2022 年的惊喜终将填补 2021 年的缺憾，2022 年的阳光定会带来更多的希望。

新年新起点，我将响应祖国的召唤，坚持以人民为中心的创作导向，用笔描绘人生梦想，用心书写时代篇章，用文字温暖你我的心房。

草于 2022 年 1 月 2 日　22:00

嵩溪访古

“千锤万击出深山，烈火焚烧若等闲。粉骨碎身全不怕，要留清白在人间。”嵩溪古村的入口，这首耳熟能详的《石灰吟》醒目地展示着。

五一假期，避开热门景点，带上老爸，跟着他的记忆，驾车来嵩溪寻找他五十多年前来这里挑石灰的足迹。

已八十多岁的老爸，身体健朗，思维清晰。路上，他告诉我，当年他刚入党不久，就带领部分身强体健的社员来回六十多公里，从嵩溪挑石灰回村，参加社会主义建设。从家到嵩溪古村约四十分钟的车程，老爸足足讲了三十五分钟，我和妻静静地听着他的讲述。他从路程开始讲：“到嵩溪六十里路，五点钟，天刚蒙蒙亮，早起从家里出发，到后宅，过湖门经石斛桥出义乌，入浦江后穿黄宅边的古塘村，沿冠岩山下的溪溯流而上，在素有‘江南第一家’之称的郑宅短暂休息后继续往北前行，中午十一点左右到达如今的白马镇嵩溪村。在嵩溪随便吃点番薯后装上石灰往回赶，走走停停，回到家已经快半夜了。”当车行至郑黄线前陈村地段时，他叫我靠边停一下，指着右手边的冠岩山，给我们讲了个民间传说，大意是杭州的飞来峰是从这里飞去的！接下来，又讲了当年建造浙赣铁路时候的一些故事，以及当年民间流传“义乌去只角，浦江留座塔，东阳稳搭搭”这三句俚语的来历。

听着老爸讲故事，不知不觉间，百度导航已把我们带到位于浦江县东北部白马镇的嵩溪古村。在古村口的停车场下车，看见古村入口的桥亭，老爸连声感叹：“没什么大变化！保护得很好！没什么大变化！还是原来的模样！”

跟着老爸的脚步，我们进入古村。“爱山景去此不远，观水趣少住为佳”，桥亭石柱上的楹联准确道出了嵩溪古村的精妙所在。右边的关帝庙肃穆庄严，余烟缭绕，左边的古戏台演绎着历史的变迁。来到溪边，老爸跟我说起了嵩溪村名的来历。原来，这条溪就叫嵩溪，发源于村后的鸡冠岩，溪水长年不断，贯穿整个村子。村民在溪上建桥，桥上造房，形成了独特的“暗溪”。在桥亭与另一条小溪（明溪）汇合后蜿蜒而下，注入浦阳江。

沿着暗溪主游览线往后山方向走，我们逐渐领略了嵩溪古村之美。错落有致的清代古建筑风韵犹存，高大的马头墙在阳光下辉耀着它的历史积淀，灼人眼球的石拱门典雅又令人回味，白墙黛瓦脚下的青石板上刻满了岁月的痕迹……走在小块石灰石铺就的胡同小巷里，一种幽逸的心情瞬间弥漫，令人流连忘返。潺潺的流水声不绝于耳，似乎在跟我诉说古村落八百年的历史和沧桑……

亦步亦景亦文化，嵩溪的历史也是一部文化史。我们迂回来到嵩溪村文化礼堂，古朴雅致的石拱门昭示着先人的智慧。门楣上“古道家风”四个字透露出这是一片有深厚文化底蕴的土地，这里，历代文风鼎盛，俊彦迭出，村民皆工于诗书画。清初创立的“嵩溪吟社”延绵百余年不衰，名噪书画之乡。我忽然明白，为什么暗溪边随处可见铺着画板的写生人和背着“长枪短炮”的专业摄影师。唯一答案就是，嵩溪的山水触动了他们内心深处唯美的灵魂。嵩溪的山水，也因此而灵动生气。

正在参观之际，一位慈眉善目的老先生迎了上来，看老爸与他年龄相仿，就问我们是哪里来的。当他听老爸说年轻时曾来这里挑石灰，并在这里住过时，感情骤然升温，话匣也随之打开。老先生姓王，祖上几代都在嵩溪生活，他邀我们坐下喝茶，与老爸一起回忆二十世纪五六十年代发生在这里的许多故事。从王老的口中得知，嵩溪现在还住着五百多人，他们依然枕鸡冠山而眠，饮嵩溪水生活，守着这片神圣的土地，与历史对话，对子孙寄语。在聊了半个多小时后，互道珍重，拱手辞别，王老送我们出门，一句“常回来看看”让老爸热泪盈眶。

随后，我们来到了老爸魂牵梦绕的石灰窑群遗址。原来，嵩溪周边的山体含丰富的石灰石，而嵩溪石灰又以质优闻名于县内外。当年义乌苏溪、廿三里、稠城、佛堂的很多人都曾来这里挑过石灰。阔别五十多年后，面对城墙般雄伟的废弃石灰窑，我看见老爸眼角湿润，四顾茫然。我想，他心里肯定有说不尽的感慨！离开遗址前，老爸双手合十，鞠躬礼拜，喃喃自语。我知道，老爸是在告慰历史，祈祷未来！

嵩溪，这个曾经的石灰产地，她不仅在老爸心里烙下了难以磨灭的印迹，还给那代人带去了积极进取的人生态度和大无畏的凛然正气。如今，她依然质朴自然，让人感受到岁月静好的同时，使心灵皈依。她不事雕琢，毫无粉饰，却增添了很强的感染力，就像经典的《石灰吟》一样永远给人以激励和启迪。

（发表于 2021 年 5 月 10 日《今日浦江报》第三版，2021 年 5 月 24 日《义乌商报》第四版）

品味长堰

盛夏来临，戏水消暑，游泳健身的人渐渐多了起来。这两天连续降雨，使山东青水库的水质直线下降。昨天群里有人说，城西长堰水库的水质比山东青水库好很多，而且周边风景特别漂亮，建议改弦易辙。

受朋友鼓动，早上五点半从家里出发，驱车沿西站大道来到城西街道溪干村，G60 高速北侧长堰水库的雄伟大坝赫然映入眼帘。穿过高速公路下通道来到大坝脚下，泊好车，兴致勃勃地登上大坝。遗憾的是，长堰水库已列为饮用水源保护地，禁止游泳。于是盘坐在库坝上，慢慢品味大自然恩赐的这幅精美画卷。

都说“水是山的眼睛”。但见伏龙山下，一湾碧水蜿蜒于群山之间，在霞光的挑逗中闪烁着无数只眼睛；山峦高低起伏，显得静谧又温柔；“松排山面千重翠”，郁郁葱葱的马尾松，像一排排穿着绿军装的士兵，威严整齐，静静地守护着一方神圣的土地；微风把平静的湖面划出一道道美丽的弧线；几只鱼鸥悠闲地在空中盘旋，忽然俯冲入水，抓起小鱼后振翅飞向松林，宽阔的湖面上留下一个个优美动人的图案，宛如五线谱上跳动的一个个音符。“烟波不动影沉沉，碧色全无翠色深”，两边青山争相跳入湖水中，接受湖水轻柔的洗礼……晨曦中，山、水和鱼鸥绘出了一幅绝美的山水画，置身其中，恍入仙境。此刻，我再次体会到了“绿水青山就是金山银山”这句话的真谛，原来，绿色生态才是最大的财富！“铛！铛！铛！”千年古刹圣寿禅寺的钟声，惊醒了如痴如醉的我，回荡在山谷的余音，夹着宋濂论道的韵味顺着湖面飘过来，沁入了我的心。

长堰水库，是 20 世纪 50 至 70 年代以人工为主建造起来的中型水利工程。库区蓄水面积达四万九千平方米，总容量一千一百一十二万立方米，水库因坝址原有一座长堰而得名。曾听老爸说，在20世纪60年代，秋收后，为多挣几个工分，他一大早就带着几个叔叔挑着簸箕走四公里多路，来这里参加水库大坝建设。附近村庄的男女劳力也一样，都带着煮熟的胡萝卜和番薯当午餐来这里参加大坝建设。在“万众一心”“人定胜天”的精神感召下，先辈们用锄头、畚箕、手推车等简单的工具，奋战了近二十年，才筑就了眼前的大坝。我儿时也曾跟随父母来过工地，当年近千人在一起劳动的火热场面依然清晰，八个壮汉拉绳打夯的口号声还在耳边回响。前几天晚餐时，爸妈又提及了当年修建长堰大坝奋斗的情形，“做长堰”已经成了父辈们难以抹去的印记，成了那个时代的主旋律。脚下的大坝，见证了父辈们当年艰苦奋斗的历程，眼前这清澈如镜的长堰水，正是父辈们用汗水积聚而成的。

站在大坝上转身往南，城西的概貌一览无遗：G60高速上来回不断的车流，在跟来往穿梭的高铁赛跑；雄伟的铁路口岸里，满载着中国人民深情厚谊的中欧班列，在汽笛声中驶向远方；西站大道、雪峰西路和香溪路三条主干道交叉连贯，整洁宽敞；高耸入云的集聚区高楼俯瞰着繁华的粮食市场和一排排的农村新房；那连片荷塘里溢出的幽幽清香正诉说着城西日新月异的变化……我忽然想起东河肉饼来，难怪它会越来越香！

来到水边，迎着朝阳，我掬起一抔水尝了尝，清冽微甜。我知道，长堰的水，从分水塘来，融入了信仰的味道。这湾碧波，既赐予我自然之美，还把我卷入了过往的追思和对未来的向往之中，在我心里荡起层层涟漪，久久难以平静。

（发表于2020年8月31日《义乌商报》第四版）

泪别五叔

敬爱的五叔走了。闻讯后禁不住泪流满面，继而数夜难眠。哀春秋之须臾，叹人生之短暂，卒没虽无助，神伤又茫然。明知盈虚者如彼，悲痛之情仍无以言表，谨寄诗文以追思。愿五叔安息！

之一　浣溪沙·悼五叔

噩耗传来苦泪盈，蜜蜂慌乱泣连声[1]。仲春花季已曾经。
难怪命途多劫难，只怨天道不公平。忍观天上客星明。

2023 年 2 月 8 日　12:30

之二　水龙吟·祭奠五叔

不惊春后残寒，却嫌云乱风呜咽。
梅香已溢，农耕未始，怎堪离别。
昨日容颜，几声憨笑，随同灯灭。
那禾苗正长，珠芽欲放，仍难阻，蜂凄切。
根性因情刚烈，怪苍天，恁般轻绝。
荣光[2]积垢，木箱[3]沉默，伤悲重叠。
一别尘途，消除酸苦，更无余孽。
待愁烟散尽，床前托梦，示英雄帖。

2023 年 2 月 11 日　21:30

[1] 蜜蜂慌乱泣连声，因五叔是养蜂人。
[2] 荣光，指五叔的五菱荣光面包车。
[3] 木箱，指五叔所制的蜂箱。

之三　五叔入殓后感怀

五叔一走我无眠，入殓方知已绝缘。
无计失声观影像，只能垂泪送花圈。
殡仪馆里人开悟，魂化尘中物见怜。
昨日音容萦梦里，业因功果起愁烟。

2023 年 2 月 13 日　16:00

之四　送别五叔

一早屋檐垂涕泪，两行光影亦悲声。
曾于别后哀三度，又在堂前叹五更。
平日总期离疾苦，从今不必再长征。
儿孙自会思良父，方寸丹心付客程。

2023 年 2 月 13 日　14:00

之五　五叔葬礼上的悼词

各位亲朋好友：

今天，我和大家一起，怀着十分悲痛的心情，在这里悼念我敬爱的五叔——缪小良同志。

五叔因病于 2023 年 2 月 8 日上午 10 时 30 分与世长辞，享年六十四岁。

五叔自幼坚强，十八岁就带着弟弟离家去安吉学打铁。回义乌后，夫妻俩在义合开代销店，后来发展成为啤酒批发部，一直经营到义合实施旧村改造，达三十多年。他诚信经营，礼貌待客，而且送货上门，在周边乡村的同行中赢得了良好的口碑和声誉。

义合旧村改造完成后，他回归本色，做了地地道道的农民，空闲时间养蜂。他起早贪黑，脚踏实地，任劳任怨，算是整个义合村最勤劳的人。

他含辛茹苦，以身作则，培养出了一个优秀的儿子。

他生活俭朴，平易近人，淳厚正直，乐观开朗，待人和善，是我们大家学习的榜样。

今天，五叔离我们远去了，但他的精神和品质，值得我们永远铭记！

五叔，您安息吧！天堂不会再有痛苦！

2023年回顾

作为一名业余文学工作者，自2023年2月6日入职义乌市党史研究室（地方志编纂室）以来，从事《义乌年鉴》的编纂工作已经一整年了。

这一年，在市委党史研究室各位领导的关心和鼓励中，在年鉴专家陈金春老师的指导下，从标点符号的准确使用、简称的规范化、时间的正确表述等基础开始学习，经过收稿、改稿、编纂、校对、反馈意见整合等各个环节的实践，我基本掌握了年鉴编纂的体例规范和各道流程。

这一年，我参与了2022卷《义乌年鉴》后续编纂工作，对接完成了六十五个职能部门稿件的审稿、校对、补版、随文图片筛选等工作，直至2022卷《义乌年鉴》出版。

这一年，我完成了2023卷《义乌年鉴》六十五个职能部门稿件的收稿、改稿、校对、反馈、补版等工作；从年鉴的框架结构、条目编写，到内容记述、资料信息、图片选用，全程参与了2023卷《义乌年鉴》的编纂工作。

这一年，我两次赴南京德玺文化发展有限公司，4月参与2022卷《义乌年鉴》，12月参与2023卷《义乌年鉴》的排版、补校工作，切身体会到年鉴工作的艰辛和烦琐。

这一年，我汇集2020年8月至2022年8月间五百五十余首诗词的诗集《椎轮之辙》在西泠印社正式出版。

这一年，我在中国诗歌网、中华诗词学会官网发表诗词作品三百余首，5月，被中华诗词学会评为“全国用网先进个人”（全国一百人，浙江省九人）。

这一年，我在中国作家网发表散文十一篇，四万余字；在《大堰河文学》《枣林》等文学期刊发表散文六篇，二万余字。

这一年，我有幸被推举为金华市作家协会和义乌市作家协会理事；参加义乌市作家协会文艺创作小分队采风活动五次，每次都有感悟文章发表，计一万五千余字。

一年光阴无悔过，拼搏奋斗不曾停。工作所限，力有不逮；笔下字句，深浅不一；虽略有成绩，仍不尽如人意。

些许感悟姑表于此：“以史为鉴，可以明得失。”本着“为党立言，为国存史，为民修志”的初心加入市委党史研究室《义乌年鉴》编辑部，了解到《义乌年鉴》是记述义乌市每一年政治、经济、文化教育、社会和生态文明等方面的发展状况，总结上一年义乌市在发展过程中面临的新问题、新情况。《义乌年鉴》是真实的历史记载，其真实性、实用性和权威性是其他书籍不可替代的。作为义乌年鉴的责任编辑，我深感责任重大。

一年来，我深切感受到，年鉴的编纂工作，看似简单，实则非常烦琐。从设计方案、落实撰稿单位，到方案核确，再开始收稿、审稿、编纂、校对、补版，接下来排版、定书号、三审三校到正式出版，整个流程，环环相扣，缺一不可。其间还需考虑可能出现的问题，比如，相关单位提供的资料欠缺、撰稿人更换后延时交稿、随文图片的落实等，都需要及时跟各职能部门协调和沟通。

所以，要做好这项工作，必须做到收稿时诚心、耐心，审稿校对时专心、细心，全流程都要有责任心和事业心。这一点，是年鉴责任编辑和文学创作者的共性。

“龙腾盛世歌新岁”，在新的一年里，我将通过不断学习来提升自己，争取在加强工作统筹、提高业务技能等方面有所长进，在自己的岗位上彰显责任和担当。不负义乌的历史，不负这份职业。

我的前洪情缘

前洪，历史悠久，自古有刚正勇为、习武崇文的传统。在风云激荡的大革命时期，走出了以吴溶沧、吴溶品、吴溶泗为代表的一批革命志士，他们在中国共产党的领导下，在艰难困苦的环境里，为了自由、民主、解放，前仆后继，英勇斗争，用鲜血和生命谱写了革命的壮丽篇章。1926 年，前洪村成立了义乌县第一个农村党支部、第一个农民协会；1928 年 10 月，中国共产党义乌县委成立，县委驻地就在前洪村，当年全村有十四名中共地下党员；先后有十一名村民参加革命斗争被捕，六名同志英勇牺牲；有三十四位村民赴朝参战，获得五十四枚立功奖章……还涌现了夫妻上战场、兄弟上战场、三代皆军人等诸多事迹。这些，给前洪人民留下了难以磨灭的红色记忆。有位专家在参观前洪红色记忆馆后总结了一句话：前洪的红色资源是独有而不可复制的！

前洪，是义乌革命的重要发祥地、义乌农民革命运动的起源地、义乌第一个农村党支部诞生地、中共义乌第一个县委所在地，我的外婆家就在前洪。

前洪地处丘陵，无江河湖泊之利。先人堆塍挖塘，涵养水源才使人口繁衍，村子逐渐壮大。至今为止，村子周边还保留着许多水塘。门口塘、高塘、大莲塘、野泉等村子中央的池塘是村民日常洗漱的地方，也是消防水源；三十六顶、俞大塘、张深塘、里井塘、三里塘、胡大塘等遍布村边的池塘，在以农业为主的年代，主要起灌溉和抗旱的作用。我外婆家就住在大莲塘旁，儿时，舅舅带我和表弟们在这里洗澡、游泳、摸螺蛳、抓鱼、用破瓦片打水漂……当年的情景至今还历历在目，大莲塘是我少年时代的游乐场。

我外公叫吴溶富，跟吴溶沧、吴溶品、吴溶泗三位烈士一样，是溶字辈。外公兄弟五个，其中两个弟弟都曾参加革命，三外公吴溶浩（小荣）曾参加抗日战争，小外公吴溶维 1951 年 3 月赴朝参战。外婆家距吴溶品故居只有六七十米，小时候，我就经常听外公讲吴溶品烈士的故事，所以我既有对前洪的红色历史深刻的了解，又有对烈士们的无限崇敬。我从小在外婆家长大，上高中才离开外婆家。如今，我的两个舅舅和小姨妈都还生活在前洪。在前洪上学期间，因外婆家离学校近，午饭我都会跟着小舅舅一起去外婆家吃，放学也会先到外婆家，找外婆要吃的，而且经常赖在外婆家不肯回家。那时候穷，把草席铺在谷柜上当床，我晚上就和小舅舅睡在谷柜上。久而久之，我对前洪就产生了一种割舍不了的情缘。这里，承载了我儿时的诸多记忆，攀爬柿树，池塘抓鱼，小巷避暑，祠堂游戏，青砖涂鸦，石板留迹，花花草草，让我着迷，点点滴滴，镌刻心里。

我是义合村人，但隶属前洪村，人民公社时期我们义合就是前洪大队的第二十一、二十二生产队，我 1988 版身份证上登记的住址就是：义乌市前洪乡前洪村义合。所以严格来说我也是前洪人。我们老村和前洪相距不过百米，鸡犬之声相闻，“同饮一井水，共耕一亩地”。前洪曾是人民公社和乡政府驻地，学校、邮局、医院、供销社、信用社等公共设施都在前洪。当年，我们日常生活中的油盐酱醋都是要跑到前洪去买的。我小学和初中都是在前洪上的学，如今前洪红色记忆陈列馆的房子就是我小学时期的教室。

前洪也是一片人文宝地，文化底蕴非常深厚。历经八百五十年风雨沉淀出的吴氏古村落，民风淳朴，人文荟萃。古老的《宗祠条规》且不说，流传至今的《前洪五景回文诗》和《村居十咏》，在义乌文化发展史中均具有举足轻重的地位。现举《前洪五景回文诗》中有代表性的二例：

堤松挺秀

风霜递翠郁长松，翠郁长松老卧龙。
龙卧老松长郁翠，松长郁翠递霜风。

河清兆瑞（水口庵门前河）

平波泻碧弄光晴，碧弄光晴漾鉴清。
清鉴漾晴光弄碧，晴光弄碧泻波平。

这两首诗从上往下读和从下往上读都很通顺，细细品鉴，趣味悠长，按回文诗的分类属“环复回文”。创作这种回文诗需要具备相当深厚的遣词造句功底，由此可见先贤们在文学方面的造诣。“长江后浪推前浪，一浪高一浪”，先贤们赋予的精神食粮，激励着一代又一代的前洪人勤奋学习，积极进取。如今，新一代前洪人在各行各业都取得了不俗的成绩，就是传承发展了这种文化精髓。

前洪有集市，时间是每月农历一、四、七。据 1996 年版《前洪村志》记载，前洪集市始于 1946 年清明，一直延续至今。以附近村民自产自销的农产品为主，质优价廉，至今兴盛不衰。每逢前洪集市日，周边村庄的人依旧会来前洪赶集。道路两旁店铺林立，路边小摊上，时鲜果蔬，生活用品，农资肥料，五金杂货……应有尽有。人来人往，熙熙攘攘，叫卖声、欢笑声、鸡鸭惊叫声，摩托车喇叭声，头顶飞机的轰鸣声……鼎沸而嘈杂。时髦女郎，年轻小伙，提篮大妈，朴实大爷……各种人融合在一起，左提右拿，笑容满面。我也经常会去赶集，主要是买菜。在集市上，经常可以遇见一些老面孔：退休的老师，儿时的玩伴，老同学、表兄弟、堂舅舅……互相问候，聊聊家长里短。现在的前洪集市，已经不只是各类农副产品的交易场所，更成了附近乡民交流感情的一个平台。随着城市化步伐的加快，很多农民都变成了市民，住上了高楼，赶集这一传统习俗在一些地方已经慢慢消退，但前洪集市却一直兴盛至今。我每次去前洪赶集，总会有些感悟，偶尔还会填词以记之，列举两阕如下：

阮郎归·前洪赶集

熙熙攘攘尽嘈杂，逢集又兴哗。瞻前顾后砍级差，提篮老大妈。
时令菜，土鸡鸭，携妻左右拿。久别好友鬓霜花，相约赏晚霞。

行香子·前洪赶集见闻

咋似初八，却已十七。转眼间、又是一集。
价格公道，百货均齐。有时鲜菜，新鲜果，大鲜鱼。
旁边购买，前头叫卖，“过新年，选件新衣”。
驼翁催促，媪妪痴迷。但音同腔，步同调，气同吸。

前洪曾有个婺剧团，有一年在金华地区婺剧会演中获了奖，因此辉煌一时。义乌电视台老王的父亲王道当年就是前洪剧团的导演，曾在现代戏中扮演“江青”一角的吴香娟，至今依然活跃在曲艺界，村民们都以“江青”代替其名，足见其演技之精。老爸任村委副主任的时候管理过剧团，耳濡目染中，我从小就成了戏迷。记得有一次，应该是春节期间，前洪演戏，晚饭后，我丢下寒假作业，跟小伙伴们一起去看戏。因个子矮挤不到戏台前，只能坐在远离戏台五六十米的榨糖厂里面的稻草堆上看。那时候看戏，纯粹就是凑热闹，根本就不懂生旦净末丑和戏里的才子佳人风花雪月。看着看着，我竟迷迷糊糊地睡着了，醒来时，戏台前已空无一人，漆黑一片。由于受前辈们妖魔鬼怪论的影响，胆子也小，所以不敢独自回家，而回家要穿越一段田间小路，路旁还有不少坟墓，只好来到离戏台不远的外婆家敲门借宿。到外婆家的时候，外公外婆和舅舅姨妈们都已睡了，敲了好一会儿门竟然没反应，无奈只能硬着头皮，半睁半眯的一人独自回家。结果被老妈痛斥了一顿。

今年春节到舅舅家拜年，酒后一个人沿着熟悉的弄堂路，踏上不知走过多少遍的青石板，寻找儿时的足迹。走过吴溶品故居，走过县委交通联络站旧址，一直走到前洪吴氏宗祠。借助酒兴，填了一阕《水调歌头》以抒怀，全词如下：

水调歌头·前洪怀旧

年假悄流走，好友再相逢。相约初六，同找痕迹倒时空。
昔日黄毛小子，现已满头银发，形变语音同。
乘酒兴回味，不必论英雄。
老戏台，供销社，大烟囱。晞光浸染，仍有嚼劲在心中。
舅舅呼声依旧，逝去外婆安好？时蹇路还通。
若问此间事，屡次梦前洪。

四十多年时光，一晃而过。词中的老戏台依然还矗立在那里，却失去了当年的风采，成了堆放杂物的仓库；供销社只剩下一具躯壳，那些残留着刻痕的青砖似乎还在述说着曾经的繁华；老医院已大门紧锁，透过门缝，依然可以看见院子里的那眼水井，而井边已布满厚厚的青苔，医院已转型升级后迁到村西公路边，改成了社区卫生服务站；糖厂的高烟囱和沿街的碾米厂已消失，在岁月的流逝中演变成了超市和商铺；至于三十六顶坝下的砖瓦厂、现前洪粮仓所在地的窑厂、我们义合山背的菌种场……只能在记忆中去寻找了！只有信用社还在老地方一如既往地为前洪人民服务。吴希荣的“大话”仍在耳边萦绕，庆丰年时迎龙灯的锣鼓声还未远去，外公外婆却已相继离去，舅舅辈的好多人已年过花甲，儿时的玩伴都已知天命。思绪茫然时，一个穿着时尚、对着手机说着本地方言的年轻人从身边走过，他停下来朝我看了一眼，又转身离开了，我也认不出他是谁。走到拐角遇见堂舅，唤刚才那个年轻人过来跟我打招呼，才知道是表弟。“乡音无改鬓毛衰”的我偶遇“未问客从何处来”的表弟，尴尬之余，不由感叹世事变迁，岁月无情！

改革开放四十多年来，随着时代的进步和农村的发展，前洪这个吴氏古村落也发生了翻天覆地的变化。但前洪人骨子里的坚强和自信没有变，血液里流淌的红色基因更没有变。前洪儿女不仅在大革命时期做出了牺牲，在抗美援朝期间也涌现了一大批热血男儿，在新的历史时期，前洪人民更为国家建设做出了巨大贡献。两年前，为配合国家重点工程——义乌机场扩建，前洪人民发扬“舍小家，为大家”的奉献精神，给国家建设让路，村东北角的季姓区块大部分村民从世代居住之地搬迁到了和聚园。可以说，义乌机场的成功扩建，离不开前洪人民的大力支持和无私奉献！如今，原季姓地块已变成机场跑道，每天有十多架飞机在这里起降。扩建后的义乌机场，已成为义乌联系世界的重要纽带，不仅提高了义乌在国内国际的知名度和美誉度，更助推了义乌经济的二次腾飞。

我相信，在不久的将来，在这片鲜血染红的土地上，新一代前洪人将在党旗的引领下，继承优良传统，发扬革命精神，紧跟时代步伐，在奋斗的号角声中坚定而有信心地去建设一个新前洪！

作为一个前洪人，我必须以微薄之力为前洪村的发展鼓与呼！有责任将前洪的红色资源利用好，将红色基因传承好，将红色传统发扬好。只有这样，才无愧于革命先烈，无愧于这片生我养我的土地！无愧做前洪的外甥！

注：部分资料来源于前洪红色记忆馆和1996年版《前洪村志》。

福田公园寻梦

春天，是梦想开启的时候。福田公园的春天，承载了我许多梦想。

“林外鸣鸠春雨歇”。午饭后，穿过红绿灯，从商博路西侧走进公园。以前来公园，主要是为缓解在市场待久了的困乏，今天则是给被口罩闷得太久的嘴巴松绑，也是来寻梦。

摘掉口罩，一股沁人心脾的青草香扑鼻而来，令人心旷神怡。雨后氤氲的浅雾从湖面溢出，弥漫了树林，给整个公园披上了一层薄纱，如梦如幻，宛如仙境。沿着台阶上缓坡，来到国际商贸城四区南大门对面的小山坡。这里是整个公园的最高点，站在山坡上环顾四周，公园概貌一览无遗，金融商贸区的高楼大厦在眼前鳞次栉比，举世闻名的国际商贸城尽收眼底。顺着台阶下山，但见修剪过的八角刺树宛如一个个绿蘑菇站在草坪中间，抬着头跟树上的鸟儿对话；灿烂的樱花正在游步道旁与紫杜鹃争奇斗艳，极尽妖娆，还不时朝人挤眉弄眼。此刻，李煜《相见欢》中的经典之句跃然脑海：“林花谢了春红，太匆匆。”是啊，不可辜负大美春光！于是，我牵手松枝，亲吻翠竹，窥嫩芽舒展，听落叶感叹，跟雕塑对话，与鲜花私语，仰瞻鸟雀枝上谈情，俯视游鱼波中说爱；揽清气缠绵，陪古松听禅，慕陶公之才，觅谢公之趣，悠然自得。

忽然，一滴水珠落下来打在脸上，我猛然一惊。树叶用泪珠提醒我，似乎有委屈要跟我倾诉，而依依杨柳和即将凋谢的玉兰花正在责问春风，今年为何冷落她们？看到樱花的多姿多彩，脚下小草兀自悲叹生活的平淡无奇。此刻，金佩庆老师朋友圈里那几张照片突然闪现眼前，照片上，土豆皮经水一冲，立刻变幻姿势，形态各异，似通人性，发人深思。人生何尝不是如此呢？于是幡然醒悟：与其羡慕别人，不如努力去成就有趣的自己。只要保持一颗童心，善于发现生活中的各种趣味，精彩真是无处不在，其实那也是诗和远方。

来到湖边，微风轻拂，碧波荡漾，水草点头，柳絮飞扬，这是她们在向春天致意！站在栈桥上，沐浴着和煦的春风，不禁感慨：风是一名顶级指挥家，指挥着大自然这个庞大的乐团，演奏出一首首进行曲、交响曲、协奏曲、幻想曲和优雅的舞曲，美妙的旋律和天籁般的声音令人陶醉。她分工明确，协同配合，吩咐雨滴润万物，轻抚湖水泛涟漪，挑逗柳枝舞翩跹，撩开百花齐怒放，训斥茅草谦卑躬，擦干雨后叶泪滴，说服群鸟林中唱。她还是一名歌唱家，一首《春天在哪里》唱得百花争斗艳，一首《花儿为什么这样红》跟着绿水青山走进了新时代……

沿着游步道前行，充满时尚气息的“新丝路，新起点”——首届“金乌之梦”国际户外雕塑展作品不断跃入眼帘，与公园的自然风光交相辉映，为公园点亮了一双双明亮的眼睛。我读过精卫填海和夸父逐日这两个神话传说，当我站在后羿射日的雕塑前，仍被后羿的阳刚勇猛所折服。后羿射日，是为了百姓不受烈日炙烤，刚刚凯旋的援鄂白衣天使，秉承了后羿这种英勇无畏的精神，在新冠病毒肆虐时毅然决然与之进行殊死搏斗，他们是新时代的英雄！今年这个春节，若没有他们的英勇顽强和艰辛付出，我今天岂能再次面对后羿？对英雄的敬意油然而生。

眼前一幅幅充满春天气息的画卷，让我彻底忘记了居家隔离的痛苦。“铛——铛——铛——”深沉而悠远的钟声从公园东南角的福田禅寺传来，这钟声似乎在告诉我们：善待自然就是善待自己！世界需要和谐，山水、花草、鱼虫、鸟兽，都是自然界不可或缺的一分子，它们是大自然代言人。而我们人类，却是自然界的索取者，所以，我们应珍惜大自然的赐予。

走到观景台，发现两个年轻人正以公园风光为背景，在拍产品的视频，准备发抖音向外推介。本来春节后两个月是义乌市场的传统旺季。如今，受疫情影响，客商来义受阻，订单无法交付，国外需求骤减……市场遭遇前所未有的春寒，令人唏嘘。面对困境，市场广大商户正抓住机会，排除干扰，奋力抢回被疫情耽搁的时间，以抖音、直播等新形式为突破口，冲出重围，努力找回属于自己的春天。

绕公园一圈，微信运动显示五千多步，额头已渗出些许汗珠，心情舒畅，精神倍增，返回路上，回头侧望，烟雾已渐渐散去，浮云依然飘忽不定，我沉思：前两天的绵绵春雨，应该是上苍被感动的泪滴。

（发表于 2020 年 4 月 20 日《义乌商报》第三版）

记忆中的年俗

腊月廿七，临近除夕，孩子们已回家团聚。晚餐，一家人边吃边聊，话题自然离不开年俗。

桌上七个菜，荤素搭配，味道也好。其中有一碗黄豆煮猪脚，天冷已冻结成块，妻把它切成片，女儿很喜欢吃。

“鱼冻肉冻不怕冰冻。”年近八旬的老妈对孙女说。

老妈有点话痨，话匣打开便停不下来。

“你爸小时候，家里日子清苦，平时连饭都吃不饱，过年时才会买几样荤菜。把鱼烧熟加上几块油豆腐熬成汤，然后放在叫‘钵头’的扁陶罐里冻起来，叫作‘鱼冻’，‘肉冻’则是几块猪头肉加一些肉皮和油豆腐熬好后冻成的块。这两样菜，是客人来拜年时才会拿出来的，那时有‘鱼冻’和‘肉冻’，就算是比较‘体面’了。”

老妈忆苦思甜，女儿却一脸不屑，反问道：“奶奶，你说过去穷，怎么还能吃上这么好吃的菜？”

面对女儿的提问，老妈竟然一时语塞，岔开话题说：“你们是没经历过，自然不知道什么叫‘苦’。现在的日子太有味了，想吃的都有卖，要什么有什么，有些东西，我和你爷爷连名字都叫不出来呢！”

听了老妈的话，老爸若有所思，呷了一口酒对我们说：“三十年前，我是做梦也没想过，现在的日子会这么幸福。”

老爸的这句话，触动了女儿的某个兴奋点，她像忽然打了鸡血似的，急促地问：“爷爷奶奶，那你们讲讲我爸小时过年的情形吧！”

老爸放下酒杯，慢慢地对女儿说：“过去的事，还是让奶奶给你讲吧，她记性比我好！”

于是，女儿期盼的眼神落在老妈身上，我知道，她想从奶奶嘴里得到以前那些神秘而又离奇的故事。

老妈记忆力超强，五十多年前的往事合着七十多个春节的辛酸经历，在女儿的诱惑下娓娓道来。

“我就说过年的事吧！过年，其实是从腊八节开始的。”

“农历十二月叫腊月，腊月初八是腊八节。俗话说：‘过了腊八就是年。’这一天，很多人会去附近的寺庙喝腊八粥，这个习俗至今还在各地延续。喝腊八粥有两重意义，一是企盼福寿安康，二是提醒我们生活要节俭。”

“哦！难怪陆游的诗里说：‘今朝佛粥更相馈，反觉江村节物新。’”女儿想起了她学过的一首诗。

“奶奶，您先吃点菜，让爷爷来说几点。”

听老妈讲了一些，女儿关切地说，顺手给老爸的酒杯里添了一点酒。

“好！我给你讲过年前切麻糖的事吧！”老爸也打开了记忆。

“麻糖，是招待客人的必需品，家家户户都要切的。麻糖品种有很多：糙米的、糯米的、小米的、米花的、玉米花的、大豆的、芝麻的、花生的，等等。这些材料都是我们自己田里种出来的。当年，我和你奶奶都是咱村里切麻糖的好手，一过大寒节气，就有隔壁邻居来请我们去切麻糖。切麻糖也是一门技术活，熬糖时要掌握火候，糖浆的浓度要适中，加入米花后要搅拌均匀。切好麻糖，主人家都会送一些麻糖作为酬劳。”回忆起当年的情形，老爸满脸自豪。

老爸的话还未说完，我的脑海里已经浮现出儿时的一些情形。印象最深的要数爆米花了。一过腊八节，就有人挑着机器来到村里爆米花。为了遮蔽风雨，爆米花的地点总是设在祠堂南边的走廊上。左邻右舍用有自己名号的箩筐排成一条长龙，等候爆米花。排在后面的几户人家，有时晚上十点多还轮不到，只能第二天重新来排队。小伙伴们会在长龙边逛来逛去，侦查谁家要爆玉米花，谁家要爆大豆，然后潜伏下来，伺机作案。

那时候爆米花是烧木柴加热的，需要用木制风箱鼓风。爆米花的师父左手拉风箱，右手摇火炉上的米花机。小伙伴们经常会抢着去拉风箱，有的帮忙往火炉里添柴，心里念的却是那香喷喷的爆米花。

嘭的一声，热气弥漫，米花迸进箱笼，但总有几颗会溅到外面。所以，一听到响声，小伙伴们就会“呼啦”一声冲过去，在箱笼旁边捡便宜。天黑后，围坐在米花机周边，炉火的红光映衬着一张张稚嫩的脸，在米花的香气里露出天真无邪的笑容。

“爷爷，听说以前过年有很多规矩，是不是真的呀？”女儿的话打断了我的回忆。

“是的！逢年过节，不准骂人，不准说脏话。谁骂人了，长辈就会督促他用擦屁股的草纸擦嘴。”

“过年前的准备工作也很多，水缸里的水要挑满，米坛子里的米要装满，柴房里的柴火要备足，油盐酱醋等都要准备充分。俗话说‘勿临渴而掘井，宜未雨而绸缪’，就是这个道理。”

“除夕前要贴‘斗方’，‘斗方’就是春联。现在的春联是随时可以买到，以前，‘斗方’都是自己买来红纸请人写的。贴‘斗方’也有讲究的：正门要贴寓意吉祥的七联对句；侧门（或偏门）贴正菱形的四字吉祥语，如开门见喜、五福临门、吉祥如意等；厨房的灶君位上贴两条五言小联‘一年求清洁，四季保平安’，横批是‘吉祥如意’；猪羊圈墙边贴‘六畜兴旺’，谷柜侧面贴‘五谷丰登’。”

“准备就绪，就等着除夕谢年了。除夕我们土话叫‘三十夜’，是一年当中最重要的日子之一，辞旧迎新，一定要讨个吉利。”

“爷爷，快到除夕了，我们的准备工作都做好了吗？”女儿有点疑惑地问老爸。

“你问奶奶吧！”老爸把话题交给了老妈。

“哦！”女儿答道，“奶奶，我们谢年的物品都准备好了吗？”

“好了！好了！”

“那您给我讲讲谢年的传统吧！”

“谢年，是除夕日最重要的事。”老妈开门见山地回答，“就是举行仪式拜祭天地，感谢天地菩萨一年来的护佑，祈求来年风调雨顺、福寿安康。谢年也有很多规矩的。谢年前几天要‘掸尘’，也就是大扫除。把屋里屋外各个角落的灰尘扫去，干干净净迎新年。也寓意扫除上一年的晦气，迎接新一年福运。谢年前一天全家老少都要沐浴。谢年时要穿上新的衣服和鞋袜。谢年时的供品摆放也有规矩的：八仙桌朝正门摆放，一对红蜡烛放在前排正中，标有堂号的行灯放在红烛左边，我们的堂号是‘存德堂’，盛酒的锡酒壶放在红烛右边。然后三茶六酒，谷米豆麦，各式供果、馒头、红果按序摆好，正中放红色的肉桶，桶内装煮熟的猪头（猪嘴上插绿蒜）、猪尾巴（预示有头有尾）、鸡（必须是公鸡，鸡嘴上插绿蒜）、鸡蛋等。”

“这么复杂的？”女儿一脸疑惑。

“谢年开始，燃起红烛，点亮行灯和正门前的大红灯笼，然后用三炷香朝东南西北四方各拜三拜，迎接佛祖和天地间掌管众生的菩萨入位享供。斟酒三轮后叩拜，许愿和祈祷，感谢佛祖和众菩萨佑护，祈求新年全家身体健康、万事顺意。接下来要专谢灶君菩萨和栏头菩萨，赐我们三餐美食并保佑六畜兴旺。现在都不养牲畜了，只能向栏头菩萨告假了。”老妈还不忘调侃一番。

“整个谢年过程，需要一个半小时左右。”

“谢年结束，燃放鞭炮礼花。放鞭炮，有驱魔、辟邪、消灾的寓意，但这时候放鞭炮，是向过去一年的道别，是对新的一年的祝愿，是表达过年喜悦的心情。接下来进行掰猪头‘隔世’，‘隔世’就是除夕宴，‘隔世’过程中，长辈会给晚辈发压岁钱，‘隔世’后开始守岁，年轻人精力旺盛，大家聚在一起，用打牌等多种娱乐方式守岁到天亮。”

“年初一早上要吃羹和粽，意为传承耕（羹）种（粽）的风俗。勤劳肯干是我们农民的本质，只有辛勤劳动才能过上好日子。”

“年初二开始拜年，拜年也有顺序：初一拜祭祖先，初二去外婆家和娘舅家，而后就按辈分大小排序。”

“奶奶，以前过年有这么多规矩，现在怎么都没有了呀？”

“时代不同了！思想观念也不同了，这叫与时俱进！”老妈坦然答道。

“犹记少年骑竹马，转眼已是白头翁。”听了祖孙一番对话，回首自己走过的路，不禁慨叹春光易逝，岁月无情。转头细思：儿时过年虽然规矩不少，但乐趣却比现在还多。而那些乐趣，已经刻在脑海里，每逢过年，都会重现。

“年年岁岁花相似，岁岁年年人不同。”现在过年，虽然衣食无忧，却总觉得少了些什么。这或许是对孩提时那些情趣的不舍，或许是内心深处对生活的更多期盼。

“滚滚长江东逝水，浪花淘尽英雄”，随着社会的进步，祖国的强盛，我们对美好生活的期盼都已变为现实。“古今多少事，都付笑谈中”。生活节奏加快，很多传统习俗却淡出了我们的视线。物质上的富足能让我们的生活多姿多彩，但精神上的匮乏却会使我们心里失落空虚。心里空虚的人就像一具失去灵魂的躯壳，也失去了生命的意义和存在的价值。所以，我对女儿说，历经千百年流传下来的年俗也是传统文化的精髓，我们绝不能轻易丢。

如今，那些古朴而温馨、恭肃而隆重的年俗已经渐渐淡化，但它却深深地刻在我的记忆中，让我回味无穷。

（发表于 2022 年 3 月 21 日《处州晚报》第六版）

紫红色的手套

手套，是我们日常生活中常见的手部保暖和防护用品。随着社会的发展，它的功能也从最初的防寒护手逐渐向劳保装饰演化，材料也趋向多元化，有棉纱、毛绒、皮革、超纤、布料、橡胶等；制作工艺也逐渐丰富起来，有缝制、针织、浸胶等。

我们人类是地球上最具情感的动物。有时候，一件小物品，能把人生旅途中的许多碎片连接在一起，形成一段美好的回忆。

一

年前的一天，帮老爸找东西，无意间在他的老式衣柜底部发现一双紫红色的毛线手套。手套已老化褪色，很明显是多年未用了，手掌部分毛糙不堪，手背部泛起点点黄斑，食指部位已磨得稀薄，中指和无名指的指尖已破损掉线，翘起的线头似乎要向我叙说它的历史和故事。

我仔细端详了一番，似曾相识却又一时想不起来。

自 20 世纪 90 年代以来，我们已经搬了四次家。每次搬家，都会选择性地丢弃一些破旧不能用的物品。而这双紫红色的旧手套，竟然奇迹般躲过了四次劫难，如今依然躺在老爸的衣柜里悠闲地过日子。

望着这双旧手套，我一脸困惑，心想，它肯定承载了一段难以割舍的情感，随即产生了一股很强的好奇心。于是，拿起它问老爸，“这双手套都这么旧了，还留着干吗？”

老爸耳背，没听清我的话，但一看到我手里拿的手套，就激动地用命令式的口气对我说：“不能扔，把它放回去！”

“这是你老爸三十岁时，你姑姑送给他的生日礼物。”老妈在一旁接茬道。

“五十多年过去了，现在又不会戴了，我也不知道你爸为什么舍不得扔？”老妈接着说。

“当年你姑姑织这双手套不容易啊！”老爸说出了舍不得扔的缘由。

“你爷爷奶奶孩子多，日子过得十分艰苦，你四叔、五叔、六叔连御寒的棉裤都没有，脚上穿一双露出脚趾的破鞋，更别说手套了……”提及往事，老妈的话匣子一下子就打开了，眼眶也慢慢湿润起来。

可想而知，这双紫红色的手套在当时是多么珍贵。于是姑姑的形象在我脑海里慢慢清晰起来。

二

“春花秋月何时了，往事知多少？”

爷爷奶奶养育了七个子女，我爸是老大，接下来是二叔、姑姑，下面还有四个叔叔。我爸身高一米七八，姑姑也有一米七以上，兄妹俩都遗传了奶奶的基因，所以长相也酷似。

我爸是一个憨直淳厚、不善言笑的人。小时候常听外婆喊我“小马宝”，这或许跟我爸的名字“关福”的义乌方言接近有关。我爸的情感就像冬天播下的种子，深藏在土里，要等春风轻拂、春雨滋润才能慢慢发芽。

而姑姑在我的心目中，是一个勤劳肯干、任劳任怨、生活俭朴的农妇，是一个淳厚正直、谦和开明、贤惠慈祥的长辈，是一个和蔼可亲、循循善诱、平凡而伟大的母亲。

姑姑在我刚出生那年（1970 年）就嫁到了离家十五里远的塘李乡陈宅村。所谓“嫁鸡随鸡，嫁狗随狗”，她跟姑父一起，日出而作，日落而归，辛勤耕作。姑父养牛帮人家耕田，姑姑就在家里养了羊和鸡鸭鹅来增加收入，日子过得清贫而踏实。

记得我初中毕业那一年（1985 年）暑假，我和堂弟俩去姑姑家玩，在跟表妹表弟玩耍的时候，发现了门口后面藏着一只水牛角。回家时，我向姑姑讨要这只水牛角，姑姑二话不说就递给了我，让我兴奋了好几天。其实，那只水牛角是别人花十元钱向姑父订购的，而姑姑却给了我。在当时，十元钱可以补贴不少家用啊！我知道后，产生了一股深深的负疚感。后来，把牛角尖锯下来，利用闲余时间，自己动手刻了一枚椭圆形篆体印章，就是我书法作品中使用的那枚朱文印，一直使用到现在。每每盖章，我都会想起姑姑对我的厚爱。

姑姑虽然没上过学，却是个通情达理、亲仁善邻的人。她乐于助人，从不和别人多口舌，安分守己、淳厚正直的性格得到了左邻右里的交口称赞。这一点，应该是源于爷爷奶奶的言传身教。她的言行，是儒家“礼乐”“仁义”“忠恕”“中庸”理念的最好诠释。

姑姑虽然兄弟多，却从没有沾到娘家的一点光。她和姑父一起，脚踏实地、含辛茹苦地把三个子女拉扯大。如今，我的两个表妹和表弟都已成家，虽说没有大富大贵，却是个个精明能干，都已闯出了一方属于自己的天地。这也正好契合了“上善若水，厚德载物”的道家哲学。

所以，我一直认为，姑姑是一个大智若愚的人。

三

“今看花月浑相似，安得情怀似往时。”

我爸是看着姑姑出生，看着姑姑长大，看着姑姑出嫁的人，其间有忧伤的泪，有喜悦的笑，情感之深可想而知。我爸有五个弟弟却只有一个妹妹，所以从小对姑姑疼爱有加。在大哥的庇护下慢慢长大，姑姑对我爸也一直十分敬重。

姑姑出嫁后，由于路途较远，加上交通不便，难得回娘家来，平时很少跟父母和兄弟见面。只有逢年过节的时候，才会和姑父一起带着三个小孩步行一个多小时回娘家一趟。姑姑每一次回娘家，看望爷爷奶奶后，都会来找老爸寒暄几句，也会给我和妹妹带一点礼物，有三分饼、生姜糖、马里酥等。回去前，那种“声笑眼隐忧，嘱语千言复不休”的道别场景，惹得爸妈常催促她快走。

兄妹之间虽然平时很少联系，但彼此的心里是一直相通的。我爸话语不多，每当遇到姑姑，却有说不完的话。去年二叔病故，姑姑来奔丧，饭前和我爸坐在一起，我看见姑姑拉着我爸的手，边流泪边诉说着经历的苦难，老爸一直耐心劝慰。少时，姑姑抬起头，用忧郁的眼神审视着老爸，想从那一条条深深的皱纹里读出五十多年来我爸的艰辛和酸楚。那模样，那情形，令人黯然神伤。

入殓时，面对二叔遗体，她忽然撕心裂肺地一句“我的二哥呀！你怎么舍得抛下我就走了”惊动了默哀中的亲人。随后，她用老式哭丧腔调号啕大哭起来，那扣人心弦、掏人心肺、让人心碎的哭声，瞬间感染了大家。我的心头也不禁一阵酸楚，随后跟着抽泣起来，眼泪夺眶而出。

姑姑哭成了一个泪人，惹得我和堂弟们也都成了泪人。原以为姑姑是个很理性的人，但在面对生离死别的时候却显得如此感性，让我一时无所适从。转念一想，毕竟是同胞兄妹，血浓于水啊！那场景至今还萦绕在我脑海，让我刻骨铭心，永世难忘。

在婶婶们的劝慰下，姑姑冷静下来，她又找到我爸，站在我爸身边，与我爸谈起家长里短，沧桑往事。那一举一动的神色和表情把兄妹义重、骨肉情深的意味展现得淋漓尽致。世间最珍贵的莫过于亲情啊！

四

羲和失职，放任日子悄悄溜走；太岁无情，任凭年龄在增长。那些承载着辛酸和美好的日子，悄无声息远去了，留下了一些难以割舍的情怀，让我们去铭记，去回味，去感恩。

我小时候，村里许多田是种甘蔗的。端午期间，要给甘蔗理叶施肥，立冬前要扒掉枯叶为榨糖做准备，这些活都是手工完成的。为防止手被甘蔗叶划伤，大家干活时都会戴上手套。我曾经见过隔壁三奶奶干活回来时那双伤痕累累的手，才知道不戴手套的后果。到甘蔗田里干活时，我爸戴的是一双用了好几年、不知洗了多少遍、手心手背满是破洞的劳保手套。他连一双破旧不堪的手套也舍不得扔，正体现了共产党员勤俭节约、艰苦朴素的优良作风。

1990 年以后，我爸加入了小叔创办的预制板吊装队，栉风沐雨一干就是十多年，这期间用的都是劳保手套。直到 2005 年退出吊装队，他才会在寒冷的冬天戴上皮手套或保暖性更好的羊绒手套。而我却一直没见他戴过这双紫红色手套。

这双紫红色手套或许是我在东河上高中那几年，老爸戴的时间多一些吧？而后就被老爸保存起来了，我猜想。

五

看着这双手套，我仿佛看到当年姑姑坐在床榻上，在昏暗的煤油灯下一边织手套一边给表弟表妹讲故事的情形。

20 世纪 70 年代，是以农耕为主的时代。青壮劳力都要到生产队参加繁重的体力劳动，挣取工分，以工分为报酬换取粮票和布票。那时候物资比较匮乏，毛线算是紧俏物资，要凭布票才能买到的。我想，姑姑为买这点紫红色毛线，应该动了不少脑筋。

姑姑白天干完农活后，回家要先赶鸡鸭入圈，然后烧晚饭，晚饭后喂猪喂羊，还要哄三个孩子入睡，而后才能专心织手套。我不知道姑姑织这双手套熬了几个夜？我没有数过这双手套里打了多少个结，但知道这一针一线里包含的情意有多少。我更知道，这双融入思念、期盼和祝福的手套就是姑姑的双手，因为她要牢牢地牵着哥哥。

幸福虽然只有两字，却是我们大家一辈子的追求。岁月是年轮，刻下的痕迹深浅不一，有的会逐渐模糊，有的会更加清晰。我知道，每当看到这双紫红色的手套，我爸就会感到温馨，觉得幸福。这应该是他舍不得扔掉手套的最重要原因。

岁月无情催人老，进入癸卯年，我爸八十二岁，姑姑也已七十五岁了。鸟近黄昏皆绕树，人到暮年最思亲，自二叔离世后，我发现，老爸和姑姑的联系越来越频繁了，兄妹俩通过电话，互致问候，相互鼓励，两颗心靠得越来越近了。前天下班回家，我又听见老爸在电话里叫“荷香”，哦！姑姑又来电话了。

六

“当时珠泪知多少，直到于今竹尚斑。”走过的风雨，历经的坎坷，让两鬓霜花的我感到茫然又无奈，天命难违啊！我常埋怨时代的步伐太快，路上的许多风景还没来得及欣赏，就失去了“为赋新词强说愁”的青春意气。

虽说“怀旧空吟闻笛赋”，但夜深人静时，依然会产生回忆。那些离去的亲人、儿时的梦想、经历的情感和现实的生活交相缠绕在一起，就像一杯醇酿，令人回味悠长。

这双紫红色手套，虽无太大实用价值，却意义重大。它的身上不仅留下了一个时代的印迹，还见证了一段纯真的兄妹情意，更唤醒了一段尘封已久的记忆。我想，经过时间的沉淀，它的价值一定会在岁月的长河里熠熠发光。

2023 年 2 月 21 日

幸福的完美诠释

“一叶知秋，见微知著”，从朋友圈里可以看出人生百态。

六点醒来，翻看手机，看到俞总的朋友圈写着：“背上行囊，带着公公婆婆、老爸老妈、兄弟姐妹，向幸福出发。”虽然只有寥寥数语，却赋予了“幸福”两字最丰富最完整的内涵。

“滚滚长江东逝水，浪花淘尽英雄。”改革开放四十多年，社会经济不断发展，城乡一体化步伐加快，农民变成了市民，小康生活成了现实。随着新生事物的不断涌现，农耕文化的淳朴和祖祖辈辈流传下来的习俗在商品经济大潮中被洗尽铅华，有些已经被冲出记忆的长河。以前的农民是淳朴的，不知为何现在要重提“诚信”？以前逢年过节回家团聚是一条不成文的规矩，为何现在要提倡“常回家看看”？还有，切麻糖、爆米花等一些富含年味的民间习俗已日趋淡化；弹棉花、锡酒壶打制、木杆秤制作等传统手工艺失去市场；分离谷壳的风车、竹制米筛、犁等农耕器具被当成了艺术品和收藏品；榨甘蔗熬糖这些儿时常见的农事竟然上了非遗目录；乡里乡亲之间开始“打官话”（讲普通话），十几岁的义乌人不会讲义乌方言；除夕、元宵、清明、端午、中秋、重阳等传统节日的意义变得模糊不清；情人节、平安夜、圣诞节等洋节日却受年轻人追捧；更可怕的是，中国五千年文明的精髓——儒家文化中的一些基本道德规范和文明礼仪被当成“迂腐文化”遭人诟病，甚至连亲戚朋友、兄弟姐妹、同学战友、父子亲情都被利益亵渎得遍体鳞伤。系列问题，令人费解。

优秀传统文化教育的断层，导致一批年轻人精神迷茫，不思进取。曾听说“一个没有信仰的民族是最可怕的，也是最可悲的”。试问，一个精神迷茫者，有何幸福可言？

义乌是举世闻名的国际商贸城，商业的氛围非常浓厚。不知道有多少商海中搏浪的人，一年到头，只有春节一个假期。市场竞争日趋激烈，“家”的概念被无限稀释。先贤说“千经万典，孝悌为先”，意思是千万种经典讲的道理，孝顺父母、友爱兄弟是最应该先做到的。俞总正是悟透了这个道理，进而理清了利益与亲情的关系。她说服四个老人放弃老思想，接受新事物，并协调好一大家子成员突破传统观念，春节期间出游，去感受一番外面的精彩世界。这个举动堪称传统美德与新时代潮流的完美融合，难能可贵。在这个物欲横流的“唯物主义”环境里，俞总此举就像冬日暖阳，给人温馨，更像一股清流，洗掉污浊净化心灵。

都说“当家才知盐米贵，养子方知父母恩”。现实生活中，不知有多少人忙于工作而忽略了年迈的双亲。“爱日以承欢，莫待丁兰刻木祀；椎牛而祭墓，不如鸡豚亲存。”《增广贤文》里的这句话，引用了孝子丁兰的典故，告诉我们，为人子，要趁父母还在多多孝顺，不要等到双亲过世再追悔莫及。侍奉双亲于堂前，不仅是尽孝，而且是享受幸福。

幸福生活是每个人的期盼，也是人生追求的目标。楼总在下面的留言说出了许多人的心声：去哪里旅游不重要，重要的是和这么多家人一起去，这就是最大的幸福！

俞总以实际行动给我上了“追求幸福”的一课，她给“幸福”两字做了最完美的诠释！

三十沧桑重聚首

——前洪初中85届三十周年同学会发言稿

尊敬的赵校长！尊敬的徐曙民老师、陈关良老师、陈樟良老师、季德福老师、季诚顺老师、黄之江老师、楼爱香老师、胡杏芬老师，各位同学，大家好！

我是这次同学会筹备组组长，前洪初中85届同学群群主缪文中。

首先，我向大家汇报一下参加今天同学会的一些情况。截至昨天，本次同学会报名同学八十九人，今天实到同学八十二人，受邀出席老师九人。共计九十一人。（这里说明一下：其中几位同学因有要事未能出席，吴驰明同学出差美国，无法赶回来，他昨天专门来电让我转告大家：他虽然人在美国，但心跟我们在一起！并预祝我们同学会圆满成功！）在此，我代表本次同学会筹备组的全体成员对各位老师和同学们的到来表示热烈的欢迎和衷心的感谢！

由于本次同学会筹备时间短，有很多工作做得不够细致，而我个人事情又比较多，作为群主，跟大家交流不够，未能尽责！请同学们谅解！

曾听到有同学说，有了前洪初中85届同学群这个平台才有我们今天的同学会。我不认为是这样！其实这是我们阔别三十多年的同学情谊的集中爆发！的确，当初我们十几个联系比较密切的同学组建了这个群，并取名为：牛鼻头（我们前洪初中所处的位置叫牛鼻头）85届同学群。在群里聊天、吹牛、侃大山。今年春节过后，在吴雨丰、黄兰娟等多位热心同学的感召下，我们这个群一下壮大起来，半个月时间内，群里同学由原来的十七位猛增到六十多位，到现在已有一百一十一位同学在群里！经过一段时间的群聊，部分同学提出了开三十周年同学会的建议。作为群主，我深感责任重大。跟吴雨丰、吴中平等几位同学多次商量后，于今年4月下旬成立了同学会筹备小组，正式把召开同学会的建议提上议事日程，并开始前期的准备工作。我们筹备小组对这次同学会的目的和原则达成了如下共识：我们开这次同学会，目的是重温当年牛鼻头的美好回忆，再续老同学之间的友谊。原则是自愿参加，费用实行AA制，一切从俭，杜绝铺张浪费，财务公开，接受同学们监督。

同学们，经过筹备组全体成员的共同努力，得到了同学们的大力支持和配合，在同学们的热烈响应和积极参与下，今天，阔别三十多年的我们终于再次相聚了！

同学们，1985年那个难忘的盛夏，我们告别了牛鼻头三年的学习生活，各奔东西。时光飞逝，岁月如歌，三十多年时间一晃而过，我们已青春不再，两鬓斑白。往事历历在目，如今，也许你我都已改变了模样，生活也有了很大改善，但牛鼻头时候的老师、同学、教室、操场、树木、池塘等等，始终是我们抹不去的记忆。世事在变，但我们曾经同学的身份永远不会改变，值得一生去珍惜，一辈子来回忆。（俗话说：钱多钱少都有烦恼，官大官小没完没了！）同学们，人生能有几个三十年？今天，我们又聚到了一起，就让我们抛开尘世的喧嚣，忘却身边的烦恼，尽情享受这三十年后相聚的温馨与欢乐吧！让心栖息，忘却忧虑；唠唠家常，谈谈友情；回味往事，展望未来；交流经验，相互鼓励，抓住渐行渐远的青春的尾巴吧！

附庸风雅，顺赋诗一首以记之：

三十沧桑重聚首，回味当年牛鼻头。
今朝相聚情依旧，岁月无悔共春秋。

在此，感谢各位老师光临我们这次同学会！感谢各位同学的支持与配合！感谢各位同学的热情参与！

特别感谢吴雨丰、吴中平、黄兰娟、方云峰、缪竹盛、吴深来、吴深群、吴国斌、吴文斌、吴伟平、吴兆平、楼茂林、陈潮忠、陈新民、俞华东等同学为本次同学会的辛勤付出！

感谢各位同学对我们筹备组全体成员的信任！

最后，祝同学会圆满成功！祝各位老师和同学们：身体健康！心情舒畅！事业辉煌！子孙满堂！

谢谢大家！

附　牛鼻头85人才录

前洪初中85届三十周年同学会虽已结束五天，然犹感意犹未尽，回味无穷！回头一望，猛然间发现我们前洪初中85届同学个个神勇，人人威武！不信？烦请各位先看完再评鉴！

1. 半个痴人缪*中　2. 实实在在吴*来　3. 浪子回头陈*忠
4. 万方高管方*峰　5. 足智多谋吴*群　6. 才华横溢吴*丰
7. 婀娜多姿黄*娟　8. 脚踏实地季*芳　9. 丰腴美女俞*娟

10. 姹紫嫣红陈*春	11. 爱岗敬业喻*张	12. 歌后外婆陈*茹
13. 长发公主是*安	14. 物流女神陈*华	15. 贴心美女季*萍
16. 荷永嫡传俞*东	17. 局长夫人吴*英	18. 脱胎换骨吴*斌
19. 八面玲珑储*芳	20. 带头大哥俞*锋	21. 果味飘香万*英
22. 根深叶茂缪*盛	23. 笔袋大王季*庆	24. 商城精英吴*平
25. 朴实无华吴*民	26. 收藏专家俞*民	27. 帅气豪放陈*兴
28. 娇态可人俞*英	29. 粗壮厚实陈*旦	30. 八五骄子吴*明
31. 豆腐西施季*芳	32. 稳重柔美黄*芳	33. 深沉老练陈*民
34. 持家有道吴*仙	35. 电信老牛何*卫	36. 粉刷大师喻*群
37. 丰神俊朗楼*林	38. 吊顶达人吴*平	39. 贤惠孝女缪*玲
40. 白衣天使喻*宇	41. 兢兢业业季*花	42. 端庄优雅喻*英
43. 地产大亨黄*娟	44. 乐观豁达万*喜	45. 返老还童吴*丽
46. 霸气洒脱缪*东	47. 蕙质兰心吴*娟	48. 秀外慧中吴*丽
49. 从容大方吴*芳	50. 风流倜傥吴*斌	51. 物流强者吴*文
52. 风姿绰约缪*玲	53. 建筑师公方*明	54. 有福之人季*福
55. 既富又帅喻*义	56. 幸福女人万*滨	57. 巧中玲珑吴*玲
58. 财经大咖陈*娟	59. 耿直方正方*娟	60. 名如其人陈*强
61. 豁达干练吴*义	62. 卫国富强方*强	63. 一步一印吴*龙
64. 贤妻良母季*仙	65. 一枝独秀吴*仙	66. 表业先锋陈*平
67. 器宇轩昂陈*卫	68. 春色满园吴*春	69. 战神飞马俞*云
70. 模范丈夫吴*东	71. 电力专家俞*文	72. 名师大厨陈*明
73. 桃李争妍贾*玲	74. 肉类大王方*健	75. 铿锵玫瑰何*凤
76. 货达三江万*忠	77. 资深美女吴*玲	78. 厨具智者俞*平
79. 大智若愚楼*华	80. 企业大亨胡*强	81. 茶道君子吴*平
82. 柔美知性吴*青	83. 美女教练陈*妹	84. 聪明贤惠吴*萍
85. 资本大鳄叫*健	86. 勤勤恳恳陈*心	87. 贤惠善良吴*芳
88. 鲁班传人吴*明	89. 舐犊情深俞*勤	90. 热血男儿吴*河

声明：以上姓名前缀文字为本人午餐酒后之醉话！仅代表个人半醉半醒之间的看法，纯属本人臆想之作！如有不敬或冒犯之处请同学们见谅！

九峰山下续真情

国庆假期前，弟兄四家相约于10月2日在汤溪中学相聚。

自1991年二哥到汤溪工作以后，汤溪就成了我们弟兄四家经常相聚的地方。还记得，三十多年前，从义乌到汤溪，走省道需要两个半小时，G60开通以后，我们到汤溪只要七十分钟。但是这次，受疫情影响，原本七十分钟的路程，我们却走了两年。

假期免费通行政策是给广大出行民众的福利，却使高速公路不堪重负。我们选择走省道，于是六点半从家里出发。避开了高速的拥堵，经过N个红绿灯后，终于在八点半到达汤溪中学。

在校门口等候已久的二哥见到我们，兴致勃勃地把我们迎进家里。两年多未见，“乍见翻疑梦，相悲各问年”的感觉一下子涌上心头，甘蔗、脆柿的甜味也被重逢的喜悦掩盖。互致问候，互诉别情后，毫不迟疑就奔向今天的目的地：九峰山下的网红村——白鹤殿口村。

出汤溪城区往九峰山方向行进，不一会儿，就来到九峰水库。一上库坝，车子犹如驶进一幅绚丽多彩的油画之中。蓝天白云下，秀美的自然风光跳入眼帘；绿水青山间，清爽的空气令人心旷神怡。左侧，碧波荡漾的九峰水库就像一面明净的镜子，镶嵌在金西广袤肥沃的土地上。右侧是一片辽阔而整齐的稻田，金黄色的稻浪在阳光下不停地翻滚，正挥手向我们致意。清风徐来，稻香扑鼻。爆棚的负氧离子从四面袭来，让人忍不住大口呼吸。这一切，竟然把我这个进城不久的农民迷惑得如痴如醉，畅快之感无以言表。

抵达白鹤殿口，泊车于村口停车场。秋老虎的余威敦促我们直奔村西的越溪边纳凉赏景。古老的越溪发源于九峰山，千百年来，她承载着历史的厚重奔流不息，孜孜不倦地滋养着这一片土地，哺育了一代又一代的九峰儿女。你看，金黄的稻浪为她起舞，粗壮的枫杨为她装扮，岸边的黄牛为她回眸，田间的马达为她歌唱，丰收的喜悦写在脸上，幸福的歌声在田间流淌……溪边，绿油油的水草散发出幽幽的清香，坚硬的卵石见证了村民的勤劳和勇敢，古老的水车勾起了我儿时的梦想与渴望。被遗忘多时的农耕生活瞬间浮上脑海，我的思绪被渐渐拉长。

我们沐着凉爽的清风，听着溪水欢快的歌声，徜徉在溪边，享受着大自然的恩赐。忽然，几只白鹭从头顶轻轻划过，她们轻盈的体态和优美的身姿一下子吸引了我的眼球。我知道，她们是来迎接我们的。

文化长廊作为乡村的文化地标和村民的精神家园，是一个村落的发展脉络和人文历史的展示窗口。我们走进堤坝边的文化长廊，参观并了解了白鹤殿口村的村史、民风、艺术、励志等状况。对古村发展中所取得的成就满怀敬意，对其规划的未来充满期待，同时也感受到乡村文化的醇厚与隽永。在社会主义新农村建设的号角声中，振兴乡村计划已经使这个古村发生了翻天覆地的变化。“鹤鸣催醒桃源梦，心照图强天步春”，如今，这个历史悠久的田园小村已经成为远近闻名的网红村。

“快来这棵枫杨树上合个影！”老大在一棵欲饮九峰水而斜向越溪的粗壮枫杨树旁呼唤我们。老大指令，必须执行。于是，弟兄四个以越溪为背景，请枫杨作证，再现了当年桃园结义的情形：叶最大，坐树根处，往上依次是杨二哥、石三哥，我最小，只能坐最高处。坐好才发现脚下水流潺潺，离溪水有两米多高，恐高的我一阵紧张，不由自主地抓紧了树枝和老三的衣角，害得老三差点掉下枫杨。

当我们调整好姿势，准备拍照时，一群外地口音的游客从旁边经过。看见坐在树干上的我们，一位衣着时尚的大姐笑着调侃道：“你们这些人啊，都老大不小了，还这么顽皮。”我随口回了一句：“老夫聊发少年狂，鬓微霜，又何妨！”引得大家开怀大笑，妻乘机按下了快门，美好的一幕瞬间定格。

“时人不识余心乐，将谓偷闲学少年”，每次来汤溪，都会留下难忘的记忆。

我想把时光雕镂成一段不朽的记忆，照片是最好的载体。回忆这些年来比较有纪念意义的几次合影，恍如昨日。1987 年初春塔山云黄寺下竹林边的结盟合影，1988 年 5 月毕业前东中大门口的合影，2010 年 10 月 2 日沙畈水库游玩时的合影，2016 年 10 月 5 日塔石乡山坑村游玩时的合影，2018 年 10 月 3 日金兰水库野炊时的合影。这些合影，不仅记录了我们弟兄四个一起走过的美好时光，也是我们纯洁而深厚友谊的见证。在经历三十六个春秋的检验后，我们已经从青春年少的学友蜕变成情同手足的异姓兄弟。

“越溪之水九峰来，蜿蜒东去几徘徊。”我知道越溪之水要去往哪里，却留不住她的脚步。于是，阔步来到溪边跟她拥吻，俯身掬起一抔清澈的溪水，洗了把脸。但觉神清气爽，心情怡然，不禁转身向九峰山表白：

九峰山
你秀美的身姿令我沉醉
甘甜的乳汁令人回味
我不敢用拙笔
套用一些未经打磨的词语
来形容你
生怕
玷污了你的圣洁
而你，在不知不觉中
清醒了我的大脑
沁润了我的心扉
涤荡了我内心深处的尘垢
你是想让我留下来吗
如果这样
我愿意

“云淡风轻近午天，傍花随柳过前川”，时光总是在不经意间悄悄流走，眨眼，就到了午餐时间。为了这次相聚，二哥提前预订了一桌全羊宴。就餐的地方也别具特色，越溪岸边的蒙古包。

刚进入蒙古包，服务员就上了八道冷盘，分别是：羊肝、羊肺、羊腰、羊舌、羊肚、羊蹄、羊百叶、羊肥肠。于是落座，借茶问道，把酒开席，拉开饕餮盛宴的序幕。觥筹交错间，忽听见大嫂一声惊呼，原来是上主菜了。一大盘烤羊排，一大盘羊腿和一盆羊血汤，外加白菜、苋菜、芹菜、四季豆四个素菜辅以解腻。羊肉美酒乃绝配，看着满桌的美味，感觉手中的酒杯怎么也放不下来，直到我和老大饮完三杯后才把节奏放缓。酒入心肠，话闸顿开，于是离愁别绪，家长里短，时事新闻，健康教育，明星八卦，天南地北，海阔天空，不一而足。“衣上征尘杂酒痕”，不知不觉中，我已半酣，遂把纷扰杂事抛脑后。少焉，“肴核既尽，杯盘狼藉”。

俗话说：人生得一知己足矣。感谢上苍安排，让我们弟兄四人于 1985 年秋在东河中学相逢。三载同窗，在近百位同学当中，我们弟兄四个由相识变相知，因情趣相投走到了一起。1987 年初春结盟，按年龄大小排行：叶大，杨二，石三，我四。到如今，屈指算来已走过整整三十六个年头。一路走来，虽不常聚，未缺问候；虽无盟誓，心却相通；遇到困难，互相帮助；但有成就，不忘鼓励。彼此之间从相识相知升华到了惺惺相惜。

“闲云潭影日悠悠，物换星移几度秋”，岁月流逝，改变不了我们的真情和默契。我们知道，能一起走过三十六个春秋不容易，所以倍加珍惜。我们约定，好好守护这一份情义，做永远的好兄弟。我坚信，这份情义一定会历久弥新，在我们人生的道路上闪耀光芒。

离开白鹤殿口村时，我听见越溪哼起了一首经典歌曲：旧日朋友岂能相忘……同声歌唱，友谊万岁，友谊地久天长……

一片丹心为雨凝

我喜欢雨。

沙沙沙……窗外雨潇潇。她平息了秋燥，滋润着大地，让万物安然入冬。

动听的旋律萦绕在耳边。“一任阶前、点滴到天明”，每逢下雨，蒋捷的《虞美人·听雨》总会浮上脑海，触动心弦。

我喜欢雨，因为她能把人生的经历贯穿在一起，还能唤醒部分尘封的记忆。少年的轻狂、青年的激昂已在指缝中悄然溜走，深浅不一的足迹和远去的身影，却时常在雨声中浮现出来。

儿时的雨带来的是乐趣和收获。“雨急山溪涨”，滂沱大雨中，头戴斗笠，身披蓑衣，光着脚丫，带上渔兜和木桶，跟在四叔、五叔后面，去塘缺口、渠道上抓鱼。那时生态环境好，鱼的种类也很多，绕水塘一圈，就能抓到半水桶鱼，有草虾、泥鳅、鲇鱼、鲫鱼、乌鱼、鲤鱼……满满的收获让人乐此不疲。有一次，我和四叔抬着一桶鱼从塘边的小路回家，嘴里哼着曲儿，或许是太过兴奋，轻盈的脚步在湿滑的泥泞路上被野草绊了一下，一个趔趄，我和木桶掉进了稻田里。木桶里的鱼瞬间四散逃窜，经过围捕，抓回了大半，逃走了四分之一，稻田里的秧苗却遭了殃。满身污泥的我一脸窘相，四叔却站在田塍上指指点点，捧腹大笑，那情景至今无法忘怀。如今，一听到雨声，那一幕就会浮现在脑海，依然是那么清晰。我知道，鱼是大自然的恩赐，是雨送给我们的礼物。回家路上那一跤，是在告诫我，要学会知足，不可太贪，更不可得意忘形。

青年时期的雨是酸涩而激昂的。1993 年创业初期，是“初生牛犊不怕虎”，生意成交后自己踩着三轮车给客户送货，风里来，雨里去，浑身湿透也毫不在乎，信心满满，干劲十足。拼搏了一年后，买了摩托车。雨中开摩托车的味道是五味杂陈，不戴头盔不安全，戴上头盔则视线模糊。夏天穿雨衣是闷热难忍，冬天穿雨衣是笨拙如熊，还经常会弄湿鞋裤。一年多下来，膝盖患上了关节炎，局部红肿，隐隐酸痛。曾听说“没带伞的人跑得更快”，我想，那或许是雨在考验我的成长。“不经历风雨，怎么见彩虹”，这是人生路上不可或缺的磨砺。

如今是“鬓已星星也”。沥沥淅淅的雨，带来的是内心的沉重和几分惆怅。沐雨寻思，觉得还是儿时的雨好，可以跟玩伴们在雨中尽情嬉耍。虽然爸妈总说：别在雨里跑，会感冒的！可我依然我行我素。

风吹雨打催人成熟。如今，在生活中，不会被杏花春雨所迷醉；在事业上，不再被凄风冷雨所吓退。

“唤起谪仙泉洒面，倒倾鲛室泻琼瑰”。自古以来，雨一直是文人墨客眼里的一种别样景致，更是他们抒发情感和寄托愁思的重要载体。

“清明时节雨纷纷”“随风潜入夜，润物细无声”的春雨，兼有一种“沾衣欲湿杏花雨”的缠绵和缱绻。“一夕轻雷落万丝”，夏雨会在雷声的伴奏下来得轰轰烈烈，也能带来“水光潋滟晴方好，山色空蒙雨亦奇”的美妙。“对潇潇暮雨洒江天，一番洗清秋”的秋雨，有“空山新雨后，天气晚来秋”的清静，更有“梧桐更兼细雨，到黄昏，点点滴滴”的索怀。而“寒雨连江夜入吴”的凄寒冬雨中，也饱含着“夜阑卧听风吹雨，铁马冰河入梦来”的远大抱负。

“雨打梨花深闭门，忘了青春，误了青春”。岁月的回响，灵魂的升华，真情的奔泻，还有欲语还休的惆怅，都已融入这晶莹剔透的精灵当中。现代流行歌曲中，以雨为主题的抒情歌曲为数不少。因为她润物、净气，还涤尘、凝心，所以能引起大家的共鸣。

“南朝四百八十寺，多少楼台烟雨中”，雨的气息绵绵不绝，不但承载着历史的厚重，还预示着未来和希望。

雨，令人怡神，教人清醒，引人沉思，让人心静，催人明智，促人淡定。

几多义气难消散，一片丹心为雨凝。

（发表于 2021 年 12 月 6 日《义乌商报》第四版）

朋友圈里的春分

老天绷着一张阴沉的脸，绿叶发出沉闷的呼吸。草丛上，缀满了无数花瓣，那是樱花的眼泪。

刚过惊蛰，眨眼已是花红草绿、垂柳依依，时光的脚步总是太匆匆，丝毫没有停顿的意思。路上，马路牙子，交通标志，都在尽情挽留时光，来来往往的车却一直在追赶。

我靠在窗边，试着与春天对话，疾驰而过的车打乱了我的想法。打开手机翻看朋友圈，才知今天是春分。朋友圈里，兄弟姐妹们的心声在暖风中摇曳，祝福在细雨中伸展。现截取部分与大家共享：

季说："雨霁风光，春分天气，今天23时33分，我们迎来春分节气。春已至，花已开，一切美好终将到来，在这充满希望的春日里，愿各位不负春光，奋发有为！"

杰言："今日春分，春分之后，春色渐浓，且缓缓而行，把这一季春天的花徐徐收纳。"

峰云："春水初生，春风初盛，春风十里不如你。"

李道："春分，花都开好了，赶紧出发吧！"

刘曰："春分至，早开的花还没有谢，晚开的花已经开始绽放，正是百花争艳，佛都会动心的时节。抓紧赏花吧，人的一辈子能看到多少次花开花谢呢！"

郑直抒胸臆："春暖花浪漫，美好向阳生。"

陈引经据典用了杜牧的《赠别·其一》："娉娉袅袅十三余，豆蔻梢头二月初。春风十里扬州路，卷上珠帘总不如。"

王踌躇满志写道："上帝为你关上一扇门，总会为你打开一扇窗，生活终究还是光明和美好的。"

楼略带几分自嘲："活着其实很简单，不过是一边受苦，一边享乐，在苦与乐中成长，完成命运给予我们的使命。"

鲍对生活领悟至深："生活就像一杯水，只有倒掉原本的水，才能装进新的水。每个人的生活中，都有许多不如意的事。大到工作生活，小到别人的一句话，让你放不下自己的情绪……”

吴对人生感慨万千：“人生除了生与死，再无其他大事。生活没有过不去的坎，只有叫醒自己，才能不再沉溺过往。不乱于心，不困于情，不畏将来，不念过往，如此安好。”

龚鞭策自己的同时不忘鼓励孩子：“该努力时就得好好努力，不该得过且过，努力过好余生，不辜负时间给予的一切美好，加油！年轻的你们一起！”

张触景生情：“今日迎来春分，我们本该穿越拥挤的人海，去拥抱春天，而非整齐地站成疏远的默片……致敬奋战在抗疫一线的英雄们！”

赵给自己寄语：“从前把时间赠与理想，往后把生活还给自然，愿与世界平分春色，愿同爱人收获秋果。”

何祝福大家：“春分春分，分走你的烦恼，留给你快乐；分走你的不顺，留给你好运；分走你的挫折，留给你成功；分走你的清贫，留给你财富；分走你的忧愁，留给你幸福。”

我想，一粒尘埃，在空气中凝结，最后生成磅礴的风雨；一粒沙石，在蚌体内打磨，最后结成昂贵的珍珠。有时候，渺小的开始，可以成就雄伟而宏大的事业；有时候，平凡的开始，可以走出崇高而伟大的人生。

坐在从城里开往乡镇的公交车上，看见窗外绿柳成荫，桃花盛开，岸边樱雪，田间熔金，我想起瑞士思想家阿米尔（Amiel）说的那句话：“一片自然风景是一个心灵的境界。”是啊！一切美的光是来自心灵的源泉，没有心灵的映射，是无所谓美的。

春分时节，昼夜平分，寒暑均衡。愿我们大家在身体、生活、事业、思想、心态上都能保持平衡，以饱满的精神去迎接冬夏的挑战。

春分，万事可期，莫负好时光！

草于壬寅年春分未时

从“义合”走进“春盛”

义合村东侧村貌图

在环城西路、经发大道、北苑路、秋实路的合围圈里，有一个名叫“春盛”的小区。小区不大，共有四十五幢四层半楼房，小区居民大多姓缪。

春盛小区的前身是义合村。原先坐落在机场南头，2012年，为配合义乌机场扩建，实施旧村改造后异地整体搬迁到现址的。

义合，是一个有着数百年历史的小村庄。据《浦义缪氏宗谱》记载，缪姓先人自唐末从山东东平州的陈村迁徙到兰溪横溪。明永乐年间，缪氏第十三世孙从横溪迁居义乌，为祈求安定，初名叫“缪安”。安定下来以后，缪氏先祖“以义契合”，名闻四周乡邻，后改称“义合”。

缪姓先人立足义乌以后，以农耕为业。肥沃的土地在先人们辛勤的汗水浇灌下开花结果，滋养了一代代缪姓子孙。农耕文化熏陶出的淳朴民风哺育出了勤耕好学、刚正勇为、诚信包容的缪家儿女。忠孝、亲仁、信义、修礼更是缪姓的优良传统。

“耕读传家”是义合缪姓的祖训之一，“勤耕好学”是缪家的家风。二十世纪四五十年代，义合缪家“一门三杰”的故事曾在义乌的十里八乡广为流传。缪家老大缪启愤是《共产党宣言》首译者陈望道先生的中学同窗；老二缪启悟毕业于北大，曾参加著名的五四运动；老三缪启愉是国内著名的农史专家。先贤的事迹时刻激励着缪姓子孙砥砺奋进。缪家人在不断的学习中茁壮成长，对下一代的教育尤为重视。近两年，经常会听到哥哥的儿子考入义中，弟弟的女儿考上重点大学。春去秋来，一批又一批优秀的缪家儿女走出义合，沿着先贤的足迹，在大江南北的各个工作岗位上为共和国建设添砖加瓦。

《论语》有云：“礼之用，和为贵。”守望相助，携手奋进是缪家人的优良传统。

义合缪姓人口不多，加上赵、陈、吴三姓，总数不到三百人。“小姓但不小气”，以义著称的缪姓族人对“家和万事兴”一语有非常透彻的理解，并以“族人更要互帮互助”来诠释这种理念。

记得我小时候，村里谁家造房子，族人都会主动前往帮忙，而且不计任何报酬。20 世纪 80 年代初，实行家庭联产承包责任制以后，这种思想理念化为实际行动，表现得淋漓尽致。农忙时节，田间地头总能看见互帮互助的场景。你帮我割麦，我帮你种田，你帮我打豆，我帮你挑谷……吃饭时，隔壁邻居端着碗筷相互串门，你家的萝卜丝、我家的干菜肉和他家的炒鸡蛋融合到一起，组成了一桌桌“百家餐”。到了农闲，大家围坐在一起谈论你家的收获、他家的喜事，互祝丰收，共享喜悦，海阔天空，其乐融融。

最能体现缪姓族人互帮互助精神的是村里办红白事的时候。这时，全村上下，男女老幼，大家心往一处想，劲往一处使，突显出缪姓族人的强大凝聚力。老人有经验，出谋划策；青年有力气，跑上跑下；你做这，我做那；各司其职，配合默契。买菜、炒菜、端盘、洗碗，记账、付钱，迎来、送往……男女配合，分工明确，井井有条，一直到整场活动结束。

直至今天，缪家人还一直秉持着这种优良传统，并且还在延续和发展。

改革春风吹进门，缪家儿女长精神。在商品经济的大潮中，缪家儿女凭着一股自强不息的精神，勇闯商海，在多个行业取得了不俗的成绩。只有百来户的小村庄上，有一半家庭在国际商贸城拥有摊位。大家信息互通，资源共享，相互帮衬，你追我赶，在潮头搏浪，到商海淘金。

“一枝独放不是春，百花齐放春满园”，缪家人深谙团结互助才能走得更远的道理。就拉链行业来说，村里原先只有一户做拉链，在互帮互助共同致富的精神指引下，逐渐发展到八九户。大家目的只有一个：走向共同富裕。

2012 年实施旧村改造以后，义合村整体搬迁到了现址，一排排新楼房整整齐齐地矗立在环城西路以南，村名也由原来的义合新村升级为“春盛小区”。寓意为走进春天，走向兴盛。

义合缪姓族人不仅家家户户都住上了新房，而且还有了稳定的房租收入。以村里房子最少的一户三间四层半来计，目前租金年收入可达十二万元。物质基础的改善促进了生活品质的提升，现在，家家户户都拥有小汽车，有两三辆的人家也不少。

自纳入拥军社区以来，各种健身设备的添置，配套设施也日趋完善，小区的规范化管理也在逐步加强。去年开始实施的生活垃圾分类，已覆盖整个小区。如今，小区居民（包括租户）都能自觉执行垃圾分类投放，垃圾分类理念已深入人

心。伴随而来的不仅是小区面貌焕然一新，而且整体品位也有了很大的提升。

绿化面积的扩大和常态化护理，使得环境质量也在稳步地提高。与环城西路平行的红色塑胶游步道边，树木葱翠，绿草如茵，花香扑鼻，鸟雀欢唱……每天早晚，来这里锻炼的人络绎不绝，唱歌的、跳舞的、跑步的、练瑜伽的、打太极的……

随着生活品质的不断提高，健康理念也在同步提高，加之社区卫生服务已延伸至小区，如今，年轻人身体越来越好，中年人身体得到保障，老年人越来越长寿。据不完全统计，春盛小区近三百人中，八十岁以上的有二十多人，九十岁以上有六人，目前年龄最大的缪金铨已九十六岁，依然行动自如，目光炯炯，精神矍铄。

走进春盛小区，可见道路干净整洁，车辆停放有序，舒适安定的生活带来的是邻里关系和睦融洽。《礼记·礼运篇》中所倡导的“老有所养，幼有所教，贫有所依，难有所助，鳏寡孤独废疾者皆有所养”都已实现。小区已率先达到浙江省高质量发展建设共同富裕示范区设定的目标，正朝着更高品质的小区迈进。

“长江后浪推前浪，一浪高一浪”，如今，“义合”这个名字虽已慢慢走进记忆，但“以义契合”的精神早已融入缪姓族人的血液里。在新时代的号角声中，缪家儿女正激情澎湃，昂首阔步走向“春盛”，迎接美好灿烂的明天。

情系商城，相约义乌

前几天，跟一位从非洲回来的朋友聚餐，他讲起一件事，令我印象深刻，同时也为自己是义乌人而倍感自豪。他在喀麦隆，去饭店吃饭，服务员看见黄皮肤的中国人，都会问，你是义乌人吗？而在非洲一些国家，很多人对中国的认知里，除了知道北京和上海外，第三个就是我们商城义乌。

义乌，古称乌伤。秦时因群鸦感颜乌之孝而助葬，王以颜公孝德而名县，于此得名。故有“先颜乌，后义乌”之说，历史久远可溯。

历史车轮滚滚向前，时代浪潮浩浩荡荡。乌伤大地经两千多年风雨洗涤，义乌已从当年的贫穷落后县华丽转身，蜕变成为名扬四海的繁华商都，全球最大的小商品集散中心。国际商贸城成交额一直稳居全国各大专业批发市场首位，2014 年，“义乌中国小商品城”被国家工商总局认定为驰名商标，是全国商品交易市场中首个获得国家工商总局驰名商标认定的市场，被国家旅游局授予中国首个 AAAA 级购物旅游区荣誉称号。被国内外客商誉为“永不落幕的博览会”。整个义乌，以市场为龙头，“商品海洋，购物天堂”为其心脏，“世界超市”之誉乃其容颜，“一体两翼三片”协调发展，商业繁华，百业俱兴。2011 年，经国务院批准，义乌国际贸易综合改革试点正式启动，义乌也一跃成为我国第十个经济新特区。在众多的荣誉中又增添了浓墨重彩的一笔。

回首20世纪80年代初，感恩谢老之高瞻远瞩，开启义乌发展之门。改革开放四十多年来，在义乌市委、市政府各届班子的坚强领导下，坚持和深化“兴商建市”发展战略，以培育、发展、提升市场为核心，大力推进工业化、国际化和城乡一体化，走出了一条富有自身特色的区域发展之路。义乌有了如此灿烂辉煌的今天！

前几年，我曾加入市委宣传部组织的“美丽乡村”采风团，跟随采风团的一批大咖，走遍了义乌十四个镇街，亲眼看见了各个行业中乌伤儿女的风采。在稠城，拥有二十六个大类、二百一十万种商品的国际商贸城里，蓝眼高鼻、金发美女、不同肤色的外国友人随处可见，各种语言在此处交融；绣湖边，宋代的大安寺塔静静地伫立着，在古老的道情和优美的婺剧唱腔里似乎忘记了岁月的沧桑；义乌江畔，江滨绿廊孕育出的春梅、夏荷、秋菊、冬雪四季轮换，不离不弃地陪伴着母亲河，十座桥梁自东向西躺在母亲的怀抱里听河水欢唱《大美义乌》；鸡鸣山下，莘莘学子的琅琅读书声不绝于耳；会展中心，各种展会是“你方唱罢我登场”。在苏溪，观赏了钟灵毓秀的龙祈山，拜谒了颜孝子祖墓，了解了孝义文化的传承脉络；在佛堂，领略了千年古镇、清风商埠、佛教圣地厚重的历史文化积淀；八宝踏翠之农耕文化开发令人耳目一新。在义亭，西楼红糖的醇香加上蔗农的淳朴让我无法释怀，缸窑的陶文章丰富多彩，令我霎时穿越回童年；在赤岸，古月桥之沧桑，西海后花园之美妙，松瀑山之神奇，小九寨之迷人，那山那水使我至今还沉醉其中，丹溪酒的香醇和祖师的养生之法让我受益匪浅；在廿三里，拨浪鼓伴随着“鸡毛换糖”的吆喝声萦绕耳边，鸡毛换糖精神激励下的年轻一代已在商海大潮中崭露头角；在城西，重温了墨香味的“信仰的味道”，品尝了色如琥珀、薄如宣纸、让人回味无穷的东河肉饼，联排别墅的新农村勾起了我们无限遐想。还有稠江、江东、上溪、后宅、大陈等各乡镇，所到之处，不仅景色优美，乡民也都安富尊荣。这些都是美丽乡村建设结出的硕果。

立绣川首岩——德胜岩之顶，放眼乌伤大地，城区概貌一览无余。冲天的高楼鳞次栉比，片片新社区整整齐齐，宽敞的道路横竖交错，行驶的汽车如同小鱼在河里成群结队地游弋。G60的车流和浙赣线上的高铁在脚下时刻上演着速度和激情的较量；蓝天白云与翠绿群山的交会处，传来一阵轰鸣声，一架银鹰直插云霄。一幅绝美画卷尽舒于眼前。

吾曾饱览过祖国众多名川胜地的秀丽风光，亦漂洋过海领略过异域风情的别样气息，而每次回到桑梓之地，心情就异样美丽。因为，此山，我很熟悉；此水，亲切无比；此语，温润心房。养育我的乌伤大地，就是这么独具魅力。

作为全球最大的小商品集散中心，商城义乌也是一座诚信包容、商机无限的城市。据统计，2019年年底，常住义乌的外籍人士达一万六千余人，在街头巷尾或者乡下农村，都可以看到不同肤色的外国友人，各种语言在此交会融合，就像春天里的花园。在道路上可以见到全国各地的车牌，京津呼渝宁陕甘，黑吉辽苏闽浙赣，青藏蒙新云贵川……因为这里是创业福地。这里，不仅是新丝路起点，还是改革试验田。在这里，有全球最大的实体市场为依托，有庞大的义乌内陆港做支撑，有海量的资源和信息接轨并融入世界，这就是义乌的活力。为什么每天都有那么多老外“漂洋过海来看你”？答案就在这里。

曾看到有人在网上戏称金华市下辖的四个地方：浙江的金华，中国的永康，亚洲的横店，世界的义乌，其中的缘由不难理解。子曰：“有朋自远方来，不亦乐乎。”对义乌来说，不管你是哪里人，只要来义乌，义乌都欢迎！正如义乌的一首原创歌曲里所唱的：“我是义乌人，你是新义乌人，我们都是义乌人。”

来吧！商业繁荣、信息通畅、物流发达、宜商宜居的创新活力之都义乌正展开宽大的臂膀等着你！

来吧！勤耕好学、刚正勇为、诚信包容的义乌人民欢迎你！

来吧！让我们相约义乌，创造商机，描绘蓝图，传递甜蜜。

人生一世，贵在清明

“清明时节雨纷纷，路上行人欲断魂”，杜牧以其独到的眼光和思维，把天气、节气和情感融合在一起，引发了世人的强烈共鸣，也丰富了清明节的文化内涵。

清明节，起源于上古时代的祖先信仰与春祭礼俗，又称踏青节、行清节、祭祖节等。它融合了自然和人文两大元素，是二十四节气中非常特殊的一个。如今，清明节已与春节、端午节、中秋节并称为中国四大传统节日。

“雨纷纷”是清明时节最明显的气象特征，一到清明，冷空气不愿退去，暖湿气流又不断进攻，两者频繁争抢地盘，你来我往，促使降雨增多。“欲断魂”则是怀念故人时一种情绪的表露，落下的雨就是对先人的哀思，情感不会断流，记忆永在心中。

清明节的习俗很多，踏青、祭祖、放风筝、蚕花会、折柳戴柳等等，不同地方有不同的特色。但踏青和祭祖这两项是基本相同的。小时候，一到清明节，我就会很早起床，到门前的柳树上折几根柳条做成帽，去农田里摘几朵紫云英做成“眼镜”，然后嘀嗒嘀嗒吹着竹笛，跟着大人在野外绕上一大圈，畅吸清晨的新鲜空气，让人保持清醒的头脑，这就是踏青。通过这种形式亲近自然，提示我们要尊重自然。祭祖是我国上千年前就形成的一种传统，已经深植于中国的传统文化之中。清明期间，通过焚香、敬酒、献花等祭祀仪式表达对先人的怀念和敬仰，这不仅是一次纪念，更是对祖先的告慰，对家族历史和价值观的传承，还有助于增强家族的凝聚力和对家族文化的认同，加深家族成员之间的情感。其他如蚕花会、折柳戴柳等习俗，也是先祖追求“天、地、人”和谐合一，讲究“顺应天时地利”、遵循自然规律思想的体现。

有人说：清明，是物候也是禅语，我非常赞同。物候之说浅显易懂，用禅语来理解清明，那可是“仁者见仁，智者见智”了。

愚以为，清，绿也，是对这一时节自然界的描述。山川绿意盎然，树木苍翠欲滴，都显露出旺盛的生命力。草木尚能抓住时机，绽放青春，提醒我们应当珍惜这个生机勃勃的时节，走进自然，去感受生命的气息，享受自然的恩赐，释放生活中的压力。让“清”意注入心间，增强我们的动力和活力。

明者，智也。清明前后，春光明媚，山明水秀，天宇高远。在“清”的加持下，人人都是思路清晰，心明眼亮。林升诗里“暖风熏得游人醉，直把杭州作汴州”只是为“西湖歌舞几时休”作的点注，讽刺当时的统治阶级罢了。这时，我们应该明白慎终追远、缅怀故人的意义，明晰优秀传统文化的传承。明察秋毫才能明智，明理增信方可明洁，明德惟馨必定明义。

所谓“智者不惑”，清明祭祖时一定要注意防火，提倡绿色祭扫。不焚香烧纸钱，不仅不会弱化我们缅怀祖先的情感，反而更加契合敬重生命的内涵。祭祀，在情不在形，有“忌”更文明。

人生一世，贵在清明。愿你从这个清明开始，往后的日子越来越清明。

信仰路上的加油站

——陈望道的义合情缘

“信仰的味道”故事深入人心，讲的是陈望道先生翻译《共产党宣言》时留下的一段佳话。

谁能料到，义合这个北苑街道名不见经传的小村，却是陈望道先生信仰路上的加油站！

2020年6月19日，北苑街道春盛小区的工棚里，迎来了一批特殊的客人：义乌市党史办主任吴小峰、陈致道（陈望道胞弟）先生的女婿陈祥有、义乌市党史研究室工作人员和拥军社区的领导。他们想要来此寻找陈望道先生走过的足迹。他们与义合村部分健在的八十岁以上老人和缪家族人一起回忆了望道先生在义合的这段历史。

据老人们回忆，陈望道先生跟义合的缪家渊源颇深。有两个原因：一是先生祖上就与缪家交好。因为缪家的缪兴贵（馨桂）是清末邑庠生（相当于秀才），曾任稠西乡自治会议长、会长，总董保卫团团总及自治委员。缪兴贵与东河村的楼云山一起将分水塘周边的竖排山、竹山和土地殿下的小锅山一起买下，其间与先生祖上结下了友谊。二是缪兴贵育有三子，老大缪启愤，老二缪启悟，老三缪启愉，而先生和缪家长子缪启愤是中学时的同窗好友。

从老人们的口中得知，先生外出求学后，每次返回义乌，总不忘来义合拜访同窗好友。这里面有一个客观原因，就是义合处在从县城通往东河、夏演、上溪等西乡方向的大路上，也是回分水塘的必经之路。先生从县城出发，过东岳殿、城隍庙（老义中）到岭下，经湖塘西、五里凉亭后到马村，穿前院、王前山后到义合。

当时由于交通落后，都是步行为主，先生到达义合时，天已快黑了。而从义合到分水塘还有十五里路，中间还要翻山越岭，走五六里山路，加之晚上提着行李走路不方便，所以先生都会在好友家借住一晚，叙旧话新，交流感情。第二天早上，先生辞别好友，从义合出发，往西到茂后，过楼宅，穿过下积塘村和五星塘村中间的弓弓背到新岭，经香山寺一侧的石坑水库上山，翻过几座山头到达分水塘家里。

据缪启悟的孙子缪一峰回忆，爷爷曾跟他讲过，有一年（1920 年前后），先生曾在他家住了半个多月。其间日夜不停，整理资料，为翻译《共产党宣言》做准备，闲时与爷爷（缪启悟）促膝而谈，相互交流，宣传革命思想。在缪家兄弟的支持下，先生更加坚定了信仰。所以，义合不仅留下了先生的革命足迹，也是先生信仰路上的加油站。

因缪启愤（1889—1915）英年早逝，先生于 1916 年阴历六月二十八日在百忙之中为其写了一篇署名为“日本东京物理专门学校毕业同学弟陈参一谨述”的《缪君启愤行状》，载于义合《浦义缪氏家谱》第二卷第八十四至八十五页。从这篇行状里可以看出，先生和缪家几兄弟结下了深厚的革命友谊。后来，在先生的感召和启迪下，缪家两兄弟奋发学习，皆成大器。老二缪启悟（1899—1983）于 1919 年考入国立北京大学数理系，入学不久就参加了伟大的五四爱国运动，后来在省立金华中学和义乌中学任教，桃李满天下。老三缪启愉（1910—2003）毕业于上海大夏大学，以校释《齐民要术》而蜚声海内外，成了著名的农史学家、农业古籍整理和研究专家，对中国农业史研究，特别是对古农书的整理研究做出了重要的贡献。

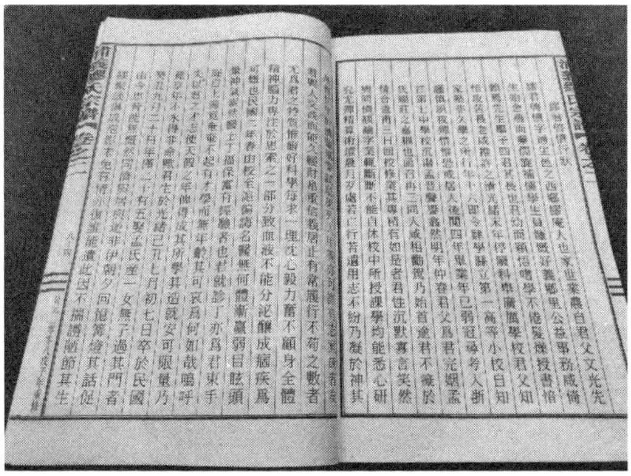

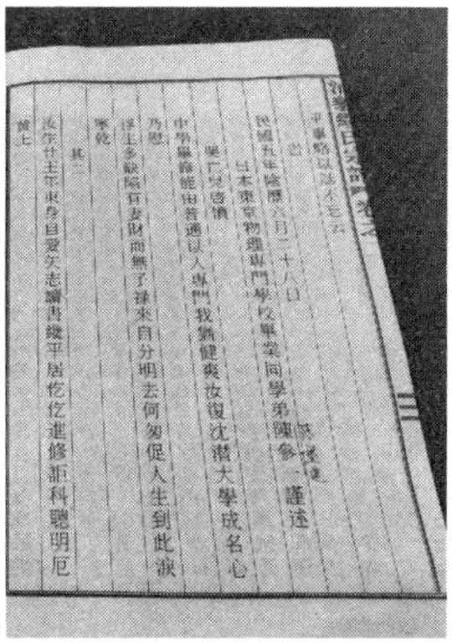

在翻阅《浦义缪氏家谱》发现先生留下的文章后，陈祥有先生深情地说：“没错！陈参一，这是大伯的曾用名，除了我们家人，很少人知道大伯的这个名字！”接着，他继续说：“大伯晚年好几次跟我们提起他年轻时在义合的事，希望我们能来义合看看，所以我早就想来这里寻访一下大伯走过的足迹，今天终于如愿了，不仅完成了大伯的遗愿，还发现了大伯写的这篇《缪君启愤行状》，这是意外的惊喜！感谢你们义合缪姓族人对大伯的支持！”

陈祥有先生的话，一下子把我的思绪带回了童年。记得我五六岁的时候，老爸当队长，邮递员陈全塘会隔三岔五地送一份《浙江日报》到我家。老爸老妈虽上过几天学，但识字不多，而住在洋房里的缪启愉太公（按辈分我得喊他太公）却是个学富五车的老学究，他经常会叫太婆（其夫人龚翠华）来我家借报纸看。

当时是人民公社生产队的体制，爸妈都在田里干活，要午饭或晚饭时间才能回来，所以很多时候报纸都是我接收的。太婆来借报纸，顺便会带我去她家洋房院子里玩，所以我小时候经常见到启愉太公。他戴着眼镜躺在藤椅上看书和报纸，偶尔闭目养神。当我们几个顽童在他旁边嬉闹时，他从不大声训斥，而是起身去房间里拿出几颗稀奇古怪的糖来给我们吃，我们一下子就被他哄得乖巧无比。闲时，他会教我们识字，还给我们讲神话故事。所以后来邮递员送报纸来我家的时候，我都会兴冲冲地把报纸送到洋房给启愉太公看。那时，我根本不知道太公为什么要看报纸。现在才知道，太公看报纸不只是在汲取营养，而且是在关心国家时事，因为他的信仰在望道先生的启迪下无比坚定。

农耕文化孕育出来的质朴和真诚，在《共产党宣言》的光辉指引下得到了洗礼，义合人也在坚定信仰的同时迎来了改革开放。

“闲云潭影日悠悠，物换星移几度秋”。在社会主义新农村建设号角声中，义合村于 2012 年全面完成了旧村改造，一排排崭新的四层半楼房井然有序地矗立在环城西路边，形成了一个现代化的新社区。

先生虽已离去，却给义合留下了难以抹去的记忆。这不仅是一笔宝贵的精神财富，更是义合人奋进的动力！如今，义合这个村名已不复存在，代替它的是一个响亮而美丽的名字：春盛小区。村名改了，但缪姓族人骨子里“以义契合”的精气神如先生留下的信仰一样坚定无比。

面临百年未有之大变局，我们需要铭记历史，更要坚定信仰，继续为信仰加油，沿着望道先生的足迹奋勇前进，让信仰的味道历久弥新，缪姓族人以此激励后人。

老屋门前那根电线杆

不知不觉，入住春盛小区已经十一年了。

十多年前的铁山背枣树林，如今已变成一个崭新的小区，还有一个响亮的名字——春盛小区，四十三幢崭新的四层半楼房整整齐齐地排列着；我生活了四十多年的义合村已成为一片肥沃的土地，滋养着庄稼茁壮成长。

已是大雪时节，大地上依然一片生机。四叔在原义合晒场的位置给豌豆苗除草，赭赤的泥土在锄头下散发出熟悉的气味。帽子和外套挂在右边的桃树丫上，静静地享受着冬阳的温润。白菜、雪菜、大蒜在四叔的精心培育下葱茂而精神；被寒霜侵蚀后的萝卜叶耷拉着脑袋，显得无精打采，雪白的萝卜已钻出泥土，露出丰腴而诱人的身体；绿油油的小麦庄严地列着队，像是等待检阅的士兵。山塘旁边的乌桕树，在西风的呼唤声中缓缓卸下浓妆，辛白乌桕籽只剩下稀稀疏疏的几颗，在枝头逗引鸟雀。田塍上的楝树，叶已归根，留下一串串金色的果实，在蓝天下显得十分刺眼。触目凝思，同是秋天的果实，楝树籽怎么就不受鸟雀欢迎呢？莫非它与鸟雀有什么宿怨？

思绪在熟悉的画面中蔓延，浓浓的乡愁掺杂着泥土的芳香萦绕在脑海。人民诗人艾青的经典诗句瞬间涌上心头：“为什么我的眼里常含泪水？因为我对这土地爱得深沉。”

“无情流水多情客，劝我如曾识”。蓦思回首，一个熟悉又陌生的身影闯入了我的眼帘。

那不是老屋门前的电线杆吗？蓝天底下，一根直径三十多厘米、高八至九米的水泥柱鹤立鸡群般伫立在麦苗中央。我双脚不自觉地向它靠拢，走近才发现，经历了四十多年的风霜雪雨后，它已铅华褪尽，水泥包浆的外衣破旧不堪，身上的沙石表层已风化脱落，犹如一道道皱纹，显出垂垂暮老的样子。

“哀其不幸，念其当初”。它当年的模样在我脑海里一页一页地翻开。九岁那年秋收后，担任生产队队长的老爸，带领五六个年轻力壮的叔叔，从停在村外的汽车上把它们卸下来，用二轮板车拉到村里，堆放在我家旁边的空地上。当时我很好奇，这又长又粗的水泥柱有什么用呢？直到有一天放学回家，才发现它们彼此相隔五十米立了起来。后来，电力部门的工作人员来村里，用三条拇指般粗的电线把它们串连在了一起。不久，家里就告别了煤油灯，黑夜里有了光亮，整个村庄增添了许多欢乐。

它是离我家最近的一根，距家门口只有三四米。刚立起来的时候，比其他树木高出了一截，惹得周边的梨树、柿子树、梧桐树一时仰慕，催促银杏、水杉与它试比高。进而，细长的柳条对它充满崇敬，甘愿天天给它按摩；聒噪的知了慕名而来，伏在它身上大声歌唱……那时的它，就像一位明星，被树木追捧的同时，还受到青砖黛瓦的敬仰。于是，它开始飘忽起来，觉得自己很了不起，摆出一副高高在上的样子，不把周围的事物放在眼里。直到村里出现了四层楼，在身高和气势上压倒了它，它才放下身段，变得从容淡定。所谓“近水楼台先得月”，天气晴好的日子，老妈会在它身上绑一条布绳，另一头系在门前的梧桐树上，用来晾晒衣服和被子，那是它给我家的特殊贡献。

它胸部那个锈迹斑斑的扁铁圈，已融入它的身体，或许是两情相悦，日久生情了吧。铁圈是当初装路灯和喇叭的固定基座，前洪村电工季天生装的。夏天的晚上，路灯一亮，大家不约而同地聚集到它身边，大人们交流农事、分享收获和探讨耕作规划，这里俨然就是一个露天议事堂。孩子们有的跳橡皮筋，有的滚铁环，有的在一旁追逐嬉闹。最吸引人的节目是孩子们的攀爬比赛，三五个孩子在大人的鼓动下，轮番上阵，抓住它的身子，看谁爬得又快又高，获胜者会得到奖励，奖品是两颗大白兔奶糖。有时候，村民会议也在路灯下举行，这里成了全村最热闹的地方，小狗的狂吠声、孩子的吵闹声、大人的欢笑声……一直延续到半夜十二点左右。

1990 年以前，路灯和喇叭是一对亲密无间的兄弟，它们并排而立，是电线杆的忠实伙伴。后来，不知什么原因，喇叭被拆掉了，只留下路灯一心一意地陪伴着电线杆，直到旧村改造，才完成它的历史使命。

如今，水渠、土丘、晒场、池塘、梧桐树……都已走入记忆，只有这根历经

岁月磨砺的电线杆还昂首挺立着，跟土地上的作物诉说着沧桑往事，流露出柔柔情意。自老村整体搬迁后，它已经在这里度过了十个年头。悠尝红尘烟火，笑看世间繁华。日出日落中，它与玉米高粱做伴，为青菜豆荚站岗；绿黄更替间，它目睹了春天百花争艳的繁华，聆听了夏天虫鸣鸟唱的旋律，体会了秋天硕果累累的喜悦，感受了冬天万籁无声的沉寂。

“千磨万击还坚劲，任尔东西南北风”。花开花落几十载，老屋门前的电线杆依然坚守在这里，它义无反顾地守护着我们缪姓族人的根基和祖辈们耕耘了几百年的土地。它阅尽沧桑，伴春秋禅思；它豁达乐观，与风雨交融；它经受岁月洗礼，彰显出高尚坚贞的气韵和风骨；它告诉芸芸众生，什么是人生的真谛。

“茂陵刘郎秋风客，夜闻马嘶晓无迹”，进入信息化时代，车马很慢的日子已一去不复返了。世事变迁，总有不变的诺言；尘封记忆，必有痕迹可循。

斜阳下，脱光叶子的枣树枝以蔚蓝的天空为底，用简约的线条勾勒出了一幅绝美的画卷。老屋门前那根电线杆的影子正在鸟雀的歌声中慢慢拉长，拉长……我知道，它的初心坚如磐石。

“天若有情天亦老”，它的坚守让时间在我心里有了重量。

2023 年 12 月 6 日

站在义合旧址的断想

在书房与“颜如玉”约会了两个多小时后，感觉有点疲乏。站起来伸了个懒腰，踱出小区，来到环城西路边。一看时间，已是下午三点半。眼前，“黑云压城城欲摧”，空气沉闷，没有一丝风，大雨要来了。没带伞，不敢走太远，脚却不自觉地带着我来到了路边的旧村遗址。

前洪方向的丘陇上，一片生机映入眼帘，各种庄稼和果树参差错落，茁壮成长，几间老旧低矮的祠堂隐匿在果树林间。“世间兴废奔如电，沧海桑田几回变”，如果没有祠堂见证，很难想象十年前这里还有一个有三百多年历史的小村庄，是我生活了四十年的义合村。

记忆牵着脚步，来到了原东半村的池塘边。在“绿水青山就是金山银山”理念的指引下，在实施“五水共治”各项举措后，昔日混浊的池塘已清澈见底，布满四周的杂草已被金边菖蒲和睡莲等观赏植物替代。“潭中鱼可百许头，皆若空游无所依，日光下澈，影布石上。佁然不动，俶尔远逝，往来翕忽”，柳宗元《小石潭记》中的情景呈现在眼前。当年妇女们洗棉被床单和大件衣物的那块长石板，在经历了七十多个春秋后，依然安卧着，在池塘怀里享受着水和浪花的抚摸与亲吻，在舒缓的节拍下咀嚼着往日的味道。

“前人种树，后人乘凉”，池塘东南角那棵柿子树，是伯母的爷爷所栽。将近两百岁了，仍然枝繁叶茂，生机盎然。每年中秋节前，鲜红的柿子像一盏盏小灯笼挂满树枝，是义合村最亮丽的一道风景线。堂哥说，去年，收获了三百多斤鲜柿子。

塘塍边的一亩半田，在实行家庭联产承包责任制（也称单干）后是我家的责任田。因紧挨池塘，灌溉方便，算是生产队里一块较好的农田，当年母亲曾为抓阄抓到这块良田而兴奋了好多天。那时农田都种水稻，一年两季，父亲也在这块田上种水稻。水稻是喜湿作物，六七月份，天气炎热，水分蒸发得很快，隔几天便需要灌溉。父亲经常扛着长柄的木勺站在塘缺（灌溉口）边从池塘往田里舀水，一舀就是几个小时。我也曾脱掉破布鞋和长裤，卷起袖口，跳进池塘，拿着破搪瓷脸盆从池塘往田里舀水，给父亲帮忙。那是一种最原始的灌溉方式，费时费力，还要坚持到水稻成熟。经历了繁重的体力劳动之后，我才领悟到“粒粒皆辛苦”这句古诗的真实内涵。直到有了抽水机，人工舀水的灌溉方式才退出历史舞台。

“少年不知愁滋味”，最快乐的时光莫过于夏天的傍晚。太阳下山前，阳光威力减退，村边的池塘就成了小伙伴们的游乐场。挂在岸边树丫上的背心和裤衩像一面面小旗，指挥着一群光着身子的毛头小伙，从埠头的青石板上扑通扑通地往水里跳，瞬间，池塘里多了不少“浪里白条”。我们在水里翻滚、追逐、潜水、抓虾、摸螺蛳、打水战……卷起的波浪里散发出阵阵欢笑和尖叫。岸边的柳树上盘踞着不少知了，不厌其烦地叫着，有小伙伴嫌它们烦，捡起石子往树枝上砸，它们便安静下来，没过多久，它们又开始闹了起来，好像故意与我们唱对台戏。有不怕羞的小伙伴，光着屁股直接爬上树枝，摇晃树枝驱赶它们，偶尔还能抓到几只，找来扎过粽子的红线，一头绑住知了的身子，另一头系在树枝上。当被抓的知了挣扎着发出哀嚎时，附近的知了才受惊飞走，或许这就是“杀鸡儆猴”的效果吧？绑住知了，又跳进池塘继续戏耍，直到太阳下山，还是意犹未尽，若不是各自母亲来喊吃晚饭，也许小伙伴们都不肯上岸。有几个调皮的，父母捡了石块前来砸打，才匆忙上岸跑回家，连接埠头的路上留下了一连串小脚印……池塘，承载了太多的儿时记忆，我至今还历历在目。

思绪如清澈的溪水，慢慢往前流，脚步被思绪牵引着在记忆中行进。留下过无数脚印的小路、从前洪一直延伸到家门口的水渠、小伙伴们经常滚铁环比赛的晒场都已走进记忆，曾经轰轰烈烈的事都已成了故事里的事。老家的位置上，如今长出了玉米、芝麻、番薯和大豆，夹杂在泥土里的几片碎瓦涩涩地诉说着这里的沧桑往事；旧时灶台的旁边，隐约还能闻到草木灰的气息；几棵桃树静静地伫立在南门处，无视我的存在；感谢残存的祠堂，让我还能确认曾经的卧榻之处。

祠堂走廊上的石柱已沾满尘垢，顶端的木雕牛腿不知什么时候被盗贼偷走了，椽梁处布满了蜘蛛网，几张破瓦无力地牵着屋檐，一副恋恋不舍的样子。哦！祠堂历经百年风雨，垂垂老矣。熟悉的石柱轻声呼唤着我，来到它身边，记忆的卷轴缓缓打开，儿时的情景一幕一幕地浮现在脑海。祠堂是村里的活动中心，一有闲，男女老少、左邻右舍都会聚集到这里，依次坐在三四米长的青石板上，彼此问候，相互交流。谈时令节气，聊庄稼长势，说家长里短，论是非恩怨……夏天，老大爷们袒胸露乳，叼个烟袋乘凉，妇女们手摇麦秆扇，围坐在一起“管唠事”；秋后，儿童东跑西窜，跟伙伴嬉闹；冬日，大家手捂着火熜，排队爆米花。这里，有回味悠长的爆米花和梨膏糖；有令人着迷的在华爷爷讲《金台打擂》；有让人难忘的吴希红评《水浒传》；有叶小妹的义乌花鼓和贾好笑的小锣书。我最喜欢的是贾好笑的小锣书，他那风趣的语言、幽默的神态和令人捧腹的表情至今还萦绕在我脑海。而那些唱道情、打花鼓、哭仙音则是大人们的事情了。有了电视机以后，祠堂边的人气才慢慢消退。随着时代变迁，如今唱道情、打花鼓、哭仙音都已成了非物质文化遗产。

祠堂是我们缪家之门脸，应风水而建。它的正门朝西，门框是粗大的方形石柱，两扇大门中间镶嵌着一对狮子形状的大铁环，进出有五级台阶。祠堂是我们缪姓族人聚议、定规、处理本族事务和举行“正本清源，认祖归宗”等活动的场所。村里的婚、丧、嫁、娶都是在这里办的。按族规，迎亲时，新郎要领新娘子从祠堂正门进来，才算正式进入缪家的门；同理，嫁女也要从祠堂正门走出去。老人仙逝，这里就是灵堂，入殓、祭拜等仪式都在这里办，出殡时，棺材从祠堂正门抬出去，然后送上山安葬。祠堂正门前的池塘，叫作门口塘，既是我们义合村的风水塘，也是西半村人生活中盥洗的地方。

“大江东去，浪淘尽”，岁月的流逝，风霜的侵蚀，让原本古朴庄严的祠堂失去了昔日的风采。眼前的祠堂，已经蓬头历齿，残缺破损，夕阳的余晖下，它已显得暮气沉沉，令人唏嘘。它跨越了三个多世纪，目睹了朝代更迭，经历了战火考验，见证了我们义合缪姓十几代人的生活和成长。如今，它已完成使命，即将退出历史舞台。但它在我们缪姓族人的心里，永远屹立不倒，就像它正门的石柱那样，神圣而伟大！

近日，欣闻村里已开始筹资对它进行修缮保护，这是对历史缅怀、对先祖德能的纪念，更是传统文化的继承和发扬。

“闲云潭影日悠悠，物换星移几度秋。”在社会主义新农村建设的号角声中，我们义合村于2012年实施了旧村改造。如今，一个由四十三幢新楼房组成的现代化小区，已巍然屹立在环城西路东边。一个响亮而富有新意的名字——春盛小区，已经深入人心。

缪氏，兰陵四望之一，“崇文重教，诗礼传家”的家风家训诲育了一代又一代的缪姓后人。先祖自山东迁徙来义乌，经过十几代的传承，依然保持着“养性修身不弃渔樵耕读，求知悟道兼习礼乐诗书”的优良传统。

如今，在义乌的缪姓族人都过上了幸福祥和的日子。作为承前启后的一代，我们将继承先人的礼仪之道、儒雅之风，开拓创新，不负新小区名称：永葆青春，繁荣昌盛，春盛！

（发表于中国作家网）

社会在发展，观念需改变

改革开放四十年来，商品经济大潮下的义乌人民，经历了“鸡毛换糖”的艰苦创业，在“勤劳好学、刚正勇为、诚信包容”的义乌精神实践中，成了最大的受益者。乌伤大地发生了翻天覆地的变化，城市面貌日新月异，新农村建设如火如荼，城乡一体化抹去了城乡之间的差别。义乌人民已经步入了小康社会。

义乌四十多年的发展历程，实际上就是思想观念转变的过程。父辈们走南闯北，挑着货郎担“鸡毛换糖”，就是在旧体制下打破固有枷锁、改变思想观念的一种实际行动，也是“无中生有”的正解。在我的印象里，20 世纪 90 年代初开始实施的殡葬改革可以说是划时代的进步，打破了千百年来“入土为安”的土葬习俗，成为人们思想观念改变的一个缩影。

物质的富足和生活条件的改变促进了思想观念的提升。时代的车轮滚滚向前，进入 21 世纪以来，背靠世界超市富起来的义乌人民，开始有了“小富即安”的思想。“借问某某在何处，孩童遥指麻将房”，棋牌室遍布各个小区，老、中、青三代人都沉醉其中，不知颓废了多少年轻人的意志，消磨了多少大好时光。他们没有老，却“先衰”了，着实可悲！

在清爷爷和老爸的一段对话发人深思。

“我们年轻时去江西萍乡煤矿打工，现在是江西的年轻人来我们义乌打工，‘十年河东，十年河西’啊！”在清爷爷说。

“三十年前，我做梦也不会想到，现在的日子会这么幸福。你看，他们年轻人，开着好车，衣食无忧。”老爸附和道。

“不要羡慕了，好好享受吧，关福！”在清爷爷发出了一声感慨。

“现在的年轻人，没经历过苦难，都不懂得生活的艰辛。到他们的下一代，千万不要像我们年轻的时候那样，又出去打工！”老爸话锋一转说。

话里是父辈们对年轻人不思进取的一种担忧，更希望打破“富不过三代”的魔咒，意味深长。历史虽然不会开倒车，但居安思危的思想还是要有的。

数据显示，义乌的豪车保有量居全国之首，这是义乌人民富起来的体现。我也曾听几位父母跟我诉苦，说家里旧村改造花掉了所有积蓄，还贷了一部分款，而收到的租金却被孩子们拿去买豪车了。贷款还没偿还就买豪车，这种超前消费观念无法取得父辈们的认同，于是他们感叹：不知道现在的年轻人是怎么想的。心痛又无奈。

我认为，这是消费观念不成熟的表现，也是攀比之风盛行的例证。盲目攀比，打肿脸充胖子，何苦呢？量力而行才是正道！

前段时间，北苑街道在拥军社区和聚园举行的邻居节，热闹异常，各项活动凸显了“美好生活，和谐邻里”新理念。然而，谁承想，两年前开始的集聚区建设，这里的好多住户还掀起过一股强烈的抵制之风。随着集聚区的优势显现，特别是集聚区房价的逐步上升，他们才幡然醒悟，部分人员都缄口不提当年之事。

遍及城乡各社区的文化礼堂，以继承、发扬乡土文化和传承优秀传统文化为纽带，利用广大乡贤的人脉资源，开展既具特色又接地气的文娱活动进行宣传教育，深受乡民欢迎的同时也加快了人们思想观念的转变。在义乌，城市有机更新正紧锣密鼓地进行，各类高端小区如雨后春笋般涌现出来。大批新义乌人的加入激活了乌伤大地青春的活力，他们带来的不只是资金流和新技术，也让更多新思想新观念融入了商城，使乌伤大地焕发出勃勃生机。

时代在进步，社会在发展，观念需改变。让我们一起，敞开胸怀，接受新思想新观念的洗礼。

2019 年 4 月 30 日　10:20

“龙行龘龘”引发的思绪

春节是我国最重要的节日之一。春节期间对亲人朋友表达美好的祝愿是我们中华民族的传统美德，也是人们对美好生活的追求和期盼。

龙年伊始，万象更新。新年有礼，微信必读，今年在亲朋好友发来的祝福语中，竟然发现一些生僻字，“龙行龘龘（dá dá）”“前程朤朤（lǎng lǎng）”“生活䲜䲜（xiān xiān）“事业燚燚（yì yì）”等等。这些带有生僻字的词组，让我这个搞文字工作的人也一脸茫然。若不是后面有拼音标注，或许有很多人都不知道读音，更别说其中的意思了。

于是朋友圈里有人庆贺：“龙年伊始，就认识了好几个生僻字，这是第一大收获。”

有人吐槽：“乍一看，还以为是茅山道士画符的专用字，不知道是谁从哪个旮旯角落里捣鼓出来的？”

有人担忧：“要是以后教科书上多了这些字，小朋友的九九八十一难中，岂不是又多了一道坎。”

其实，这四个带生僻字的词组，是对人生非常形象的描述。

龙行龘龘，描述了一个人在事业上，如同龙一样腾飞，不断前行、攀升，不断创造新的辉煌。

前程朤朤，描述了一个人对未来的美好期许和追求，不断向前，拓展事业版图。

生活䲜䲜，描述了一个人的生活中状态，无论遇到什么样的困难和挫折，都能够保持乐观的心态，不屈不挠地面对生活。

事业燚燚，描述了一个人在事业上的热情和激情，不断追求更高的目标和更好的发展。

对于在新年祝福语中用惯了“五谷丰登”“三阳开泰”“财源滚滚”“福气满满”“好运连连”“福寿绵绵”的我来说，也是耳目一新，再次感受到中华文化的博大精深。

虽说中华文化大部分产生于封建社会，但其中的价值观念和道德准则在当今社会生活中仍然发挥着重要作用，如尊师重教的思想、孝道观念的传承等。

于是……

我想起了在不同场合的敬辞，对他人的各种尊称。

想起了去年热播的动画片《长安三万里》，片中多次出现高适翻阅《河岳英灵集》的片段。《河岳英灵集》是唐玄宗时期殷璠编选的诗选，其中汇集了当时二十四位诗人的二百三十四首诗歌（今存二百二十八首），而片中李白、王维、王昌龄等人的诗词均收录其中，这让中华诗词以更形象的方式深入到广大群众的视野中。

我也感受到了近年国学的风靡。许多高校成立了“国学院”，有些地方甚至学前班就开始进行国学熏陶，民间对经典文化的传承和讲习活动非常活跃。我身边就有不少朋友、同学在学习《周易》《道德经》《阳明心学》，其他修行类、教养类、康养类、文旅类的活动更是层出不穷，国学教育已成为当前教育界的一个新热点。国学的复兴，是传承中华优秀传统的具体表现。

增强文化自觉、坚定文化自信、展示中国文艺新气象，铸就中华文化新辉煌。对优秀传统文化、传统思想价值体系的认同与尊崇，就是展现中国人民的精神志气，提振中华民族的文化自信。

在全球化的背景下，中西文化的碰撞融合，生活方式和价值观念的不断变化，对传统文化认同程度有所偏离。这是传承与发展传统文化面临的挑战。我们最不缺的就是“取其精华，去其糟粕”的能力。所以，我们能在社会生活中找到中国传统文化的发展机遇。比如，当你心烦意乱时，听一曲禅音，会使你迅速安静下来。快节奏的生活，使得人们对内心、精神的需求日益增加，而传统文化的独特内涵，正好能为人们提供这方面的寄托和指引。再者，随着互联网的普及，在抖音等平台的推动下，中华优秀传统文化正以更多的方式传播给世界，为世界带去东方文明的饕餮盛宴。

“辞暮尔尔，烟火年年”“朝朝暮暮、岁岁平安”。新年祝福语，也随着时代的变迁而递进，从儿时听着爷爷“吉祥如意”“心想事成”的祈祷，到父亲点香祈福时口中的“迎春纳福”“五福临门”，再到如今“金玉满堂”“年年有余”的现实，“事事顺心”“四季平安”永远是咱们老百姓不变的初衷和共同的企盼，纯朴而简单。

当我再次咀嚼“龙行龘龘”时，朋友又给我发来下面这些祝福语：“志气玱玱”“功名玓瓅”“智慧棽棽”“创新鱻鱻”“福禄穰穰”“德行穆穆”“岁月峥峥”“人生璨璨”。

真是“活到老，学到老”啊！

天下快意之事莫若友

“天下快意之事莫若友。”关于朋友，蒲松龄的这句话一直根植于脑海。

天下最开心的事莫过于能交许多好朋友，真正的朋友则是淡淡之交，即使平时不常联系，彼此也不会忘记，但在你需要帮助时，他会毫不犹豫地站出来。

七月的商城，阳光如火焰般炙烤着大地，周边的一切都变得慵懒无力，空气中弥漫着一股焦灼而沉闷的气息。我所居住的春盛小区，属于旧村改造小区，部分基础设施和硬件还没完工，受天气影响，施工进度较慢，加上防暑降温需求，一到傍晚，用水量陡然增大，导致整个小区的水压都非常低，增压泵也经常派不上用场。住在五楼的只能在半夜起来接点水存储起来，忘记储存水的话，连烧饭的水都要下楼去提，更别提洗澡了。这样的日子感觉比站在烈日下暴晒还要难受几倍，而我却切身体会到了。

据了解，小区的自来水工程还需两个月才能完工，而三伏天即将到来，为缓解眼前的困扰，我决定，临时启用地下水。于是，上楼顶查看了六七个月未用的地下水储水箱，打开时，发现水箱里淤积了厚厚一层污泥，水龙头被杂物堵塞无法出水，连接件已腐蚀变质，我知道，这些都是地下水盐碱含量严重超标引起的。找来工具，花了九牛二虎之力，才把损坏的部件拆卸下来。清理掉水箱内的污泥后，带上拆下来的部件，直奔朋友楼卫东的店里。

楼卫东是我2008年做方太橱柜代理商时结识的朋友，屈指算来，已有十多年，我们平时虽不常联系，心里却有十分的默契。他面容微瘦，皮肤黝黑，性情开朗，精神抖擞，一直在物资市场1087—1088号做“康泰”和“顾地”两个品牌管材的代理，兼做五金卫浴和其他建材配件，店名叫“未来水暖”。2011年我们村旧村改造时，很多幢房子基建和装修工程的水管和线管都是他提供的。近年来由于房地产市场持续火爆，他是一级代理商，生意做得风生水起。

我轻轻走进“未来水暖”店，楼卫东正坐在洽谈桌旁，手里拿着计算器和两个客户谈生意，从他们的交谈中得知，那两个是他长期合作的装修公司老客户。当他抬头看见我时，一脸惊讶说：“哟！稀客！稀客！请稍等一下，我马上就来！”随后把两个老客户的业务移交给了店里的业务员，起身去冰柜里拿了罐“王老吉”递给我说，“今天这么难得，有空来看我？”

“我来买这几个配件！”我把带来的几个部件递过去，他一看就明白了我的意思。

毕竟是从事水暖建材行业多年的行家，我心里暗自佩服。不一会儿，他就从柜子里找出了我需要的那六种型号的配件放在旁边，转身从另一个柜子里拿出一套未开封的烫接设备拆开，通上电进行预热，而后又用卷尺量好要烫接的两段橘黄PPR管，拿笔做好标记，从工具包里拿出鱼嘴剪，剪好管子后，迅速把管子和配件压入已热的烫接器端头，嗞……烫接器上冒起一缕青烟，随后，一个完美的组合件呈现在我眼前。整套动作有条不紊，连贯娴熟，干净利落。弥漫在空气中的青烟含有一股刺鼻的味道，而我却嗅到了几分幽香，那是楼卫东所散发出来的友情和信义的香味。

我正犹豫时，他已拔掉电源，收拾好工具，把烫接好的连接件递了过来，笑着对我说：“这样，你回家就不用去借烫接设备，直接拧上去就可以了！”这时我才发现，他的额头上已挂满了汗珠，身上的浅粉色T恤也湿透了。一股莫名的感动瞬间涌上心头。

我付完钱走出店门，天空响起了隆隆雷声，或许，雷公也被感动了。正准备启动车子，只见楼卫东手里拿了一把伞跑了过来，我摇下车窗，他把伞递了进来，说：“马上要下雨了，带上吧！有空多来店里坐坐！”随即跟我挥了挥手跑回了店里。

一阵雷雨安抚了焦渴的大地，沉闷的空气转瞬变得清新。雨后，树上的知了又欢叫起来：“知了……知了……”不清楚知了是否知道我今天的感受，但愿世人都能听懂知了声里的含义。

我这次去未来水暖店，只是为了买几个小配件。没想到楼卫东会为了我这十几元钱的小生意，放开老客户，亲自动手把整个连接件都烫接好，使我省却了不少烦琐的环节。专业的品质，热情的态度，贴心的服务，让我感觉如做上帝一般，怎能不为之动容？我知道，这里面既有客户的礼遇，更多的是朋友情义，是我俩十多年来心有灵犀的相知和淡泊名利的相惜。一声“谢谢”无法表达那一刻我的心情。

由此，我想起了鲍溶《壮士行》中那句流传千古的诗句：“山河不足重，重在遇知己。”是啊！生活中最珍贵的不是看到多少美景，人生最值得欣慰的不是得到名利和地位，而是遇到一个懂自己的人。遇到真正的朋友，才会给自己带来快乐和满足，才会给自己的人生增添光彩。

在如今这个物欲横流、利益为重的时代，许多人发出过“相识满天下，知心能几人”的心灵拷问。而楼卫东却以他的实际行动，诠释了“结交在相知，骨肉何必亲”这句古训的深刻含义。他那待人以诚、务实求真、做事唯细、憨实无比的为人处世之道，就像三伏天里吹来的阵阵凉风，让焦躁不安的我感到舒适和惬意。我忽然明白，谪仙为什么会有“桃花潭水深千尺，不及汪伦送我情”的感慨。

这次得到楼卫东的无私帮助，我的内心受到了强烈的震撼，灵魂受到了一场洗礼。静心思索后，我决定向楼卫东看齐，做一个无愧于自己、无愧于家人、无愧于时代的人。随之性情开始转变，粗暴的脾气渐渐温和了，紧绷的脸也慢慢舒展开来，眉毛开始下垂，被双唇封闭已久的牙齿也受到了阳光的青睐。后续加入由全国精神文明建设标兵、当代活雷锋金正洪同志引领的警卫连善爱团队，以实际行动为社会奉献一点点爱心，都是朋友楼卫东给我的启迪。

“天下快意之事莫若友。”慢慢体会这句话，或许还有更多更深刻的含义。

后 记

2014年以来，我踏着先贤的足迹，在唐诗宋词的古道上徐步前行。一路上，中华优秀传统文化的独特魅力深深吸引着我，其中春花秋月的韵味和纯真深邃的情感所引发的哲理思考，更让我如痴如醉。2020年出版的《鬓华心笺》和2023年出版的《椎轮之辙》两本诗词集是我的学习笔记。

千古风流人物的不断熏陶，拓宽了视野，丰富了认知。潜移默化中，我把赞美人间真善美，歌颂美好的新时代当成了奋斗目标，将最真挚的情感融入文字。表情达意间，平仄的韵律里衍生出空灵悠远的意境，对仗的情趣中迸发出空明澄澈的景象。于是，我以世俗风韵和时代气息为底盘，把山水、人文和风物当作车身，把文学积淀和生活感触作为轮子，在文学情怀这台发动机的驱使下，《幽径浅辙》终于上路行驶。

《幽径浅辙》收录本人从事文学创作以来，在各级报纸、杂志和中国作家网等知名网站上发表过的散文近80篇，分为“幽径浅辙”“暗香疏影”“心绪情怀”三辑。以义乌的人文风物为创作素材，贴近生活，情意交融，塑造了现实生活中普通劳动者追梦圆梦的形象，展现了“绿水青山就是金山银山”精神指引下义乌城乡环境的变化，表达了人民群众“求真务实、诚信和谐、开放图强”的主题。“幽径浅辙”立足幽径思考，从浅辙突围，通过亲身经历，诠释不同人群的生活态度和价值观。“暗香疏影”“心绪情怀”两辑则从生活的点滴中感悟生发，抒发人生的无常和不易。

“于繁复中寻自我，从焦虑处觅松弛”，曾以为，时光很长，脚步可以放慢，但无情的岁月，总在敲打我之后悄悄溜走。我很羡慕摄影师，他们能用镜头留下生活的美好，传递信息，《幽径浅辙》付梓后才发现，文字既是人类记录历史、传承文化的重要工具，还可以记录事件、描述人物、阐述思想，为后人留下宝贵的历史资料。

《幽径浅辙》脱胎于诗词的精练语言，承续于诗词的优美韵律，是本人在散文创作路上迈出的第一步，得到了各界师长的支持和鼓励。感谢著名书法家史大华先生题写书名，浙江省散文学会副会长、金华市作家协会主席潘江涛先生作序，感谢著名作家东西、四川大学文学与新闻学院教授周啸天、浙江大学教授杨达寿、义乌政协原副主席刘峻、金华市作家协会副主席李俏红、义乌市作家协会主席何恃坚、义乌市委党史研究室刘俊义等师友的关心、指导。

我思索着，生活中的烦恼和压力，就是人生路上的一段幽径，虽然曲折，却通向一片宁静和美好。衷心希望，《幽径浅辙》里这些经过我大脑重新排列、带有个人独特印记的文字，能触动你的心灵，引发你的思考和共鸣，带你走向诗和远方。

2024年9月26日晚　20:00